Konsalik
Mit Familien-Anschluss

BASTEI-LÜBBE-TASCHENBUCH
Band 11 180

1. Auflage 1982
2.-4. Auflage 1983
5.-6. Auflage 1984
7. Auflage 1985
8.-9. Auflage 1986
10. Auflage 1987
11.-12. Auflage 1990
13.-14. Auflage 1991
15. Auflage 1993

Originalausgabe
© Copyright by Autor und AVA–Autoren- und Verlags-Agentur
München-Breitbrunn
Herausgeber: Gustav Lübbe Verlag GmbH, Bergisch Gladbach
Printed in Great Britain
Einbandgestaltung: Klaus Blumenberg
Satz: hanseatenSatz-bremen, Bremen
Gesamtherstellung: Cox & Wyman Ltd
ISBN 3-404-11180-x

Der Preis dieses Bandes versteht sich einschließlich
der gesetzlichen Mehrwertsteuer.

1

Eigentlich war es ein Abend wie jeder andere, an dem die Familie vollzählig beisammensaß — und das passierte wiederum selten, denn irgendeiner fehlte meist im trauten Kreis.

Jeden Dienstag hielt Hermann Wolters, Studienrat für Erdkunde und Geschichte, seinen vielbesuchten Vortrag über »Glanz und Untergang des Römischen Reiches« in der Volkshochschule von Bamberg. Am Mittwoch traf Walter Wolters, Abiturient und Chefredakteur einer umstrittenen linksgerichteten Schülerzeitung mit einer Gruppe junger Gleichgesinnter zusammen, die sich »Revolutionäre Spitze« nannte. Am Freitag hatte Gabi Wolters, langmähnige Unterprimanerin, ihren Disco-Abend, und am Samstag durfte Manfred Wolters, zehn Jahre jung und das Verzogenste, was in Bamberg in fleckigen Jeans herumlief, seine Reitstunde nehmen. Zu Hause blieb eigentlich nur Dorothea Wolters, die Mutter, und wurde deswegen auch manchmal erstaunt gefragt: »Was tust du eigentlich den ganzen Tag?«

Man kann sich also beinahe ausrechnen, welcher Tag es diesmal war: Es blieben ja nur Montag und Donnerstag übrig, denn die Sonntage gehörten natürlich auch wieder den vielen getrennten Interessen der Familie. Bei Walter hieß das Ingeborg, bei Gabi schlicht Phip, was eine Kurzform von Philipp war.

Diesmal war es ein Montagabend. Man saß im Wohnzimmer vor dem Fernsehgerät, verfolgte gelangweilt die Jagd eines Ranchers auf einen Viehdieb und blickte nur mißbilligend zur Seite, wenn Manfred sachkundig sagte: »Ist das doof!«

Dorothea Wolters strickte. Sie strickte eigentlich immer. Die Kinder kannten es gar nicht anders, und Walter, der aufgeklärte Revolutionär, hatte einmal in seiner Gruppe gesagt: »Erstaunlich, daß sie uns drei Kinder empfangen hat. Da muß sie doch das Strickzeug aus der Hand gelegt haben, oder?«

Er hatte einen großen Heiterkeitserfolg errungen, der wieder einmal seine Eignung zum Chefredakteur bewies.

Hermann Wolters hatte es sich auf der Couch gemütlich gemacht. Er hatte sich seine geliebte halblange, nach unten gebogene Pfeife angezündet (früher nannte man so etwas schlicht eine Hängepfeife, heute eine Gesundheits-Bruyère), trank aus einem schlanken Glas sein Rauchbier, eine Bamberger Spezialität, und war mit dem Leben sehr zufrieden. Ab und zu überblickte er seine Familie. Sie erfüllte ihn mit Stolz bei der inneren Erkenntnis, daß es ihm gelungen war, in den heutigen wirren Zeiten eine halbwegs intakte kleine Lebensgemeinschaft geschaffen und behütet zu haben.

Halbwegs — das störte etwas. Aber was der neunzehnjährige Walter mit seiner linken Schülerzeitung trieb, war oft nicht mehr tragbar, vor allem, wenn der eigene Vater an derselben Schule unterrichtete und in der Zeitung mit Spott überhäuft wurde. Darunter litt die Autorität des Lehrers, denn schließlich war Hermann Wolters Klassenlehrer der Untertertia, also eines Jahrgangs, der besonders flegelhaft ist. Hinzu kam, daß seine Kollegen tadelnd zu ihm sagten: »Mein lieber Hermann, ich an deiner Stelle — na, ich würde mal Ordnung im eigenen Haus schaffen! Dein Sohn Walter, trägt der eigentlich nachts auch einen roten Schlafanzug mit Hammer und Sichel?«

So etwas schmerzt. Hermann Wolters sprach mit seinem Sohn darüber, aber Walter sah ihn nur mit einem hochmütigen, revolutionären Blick an, setzte sich in seinen kleinen, gebrauchten Citroën und kaufte sich eine rote Badehose und rote Slips. Vor allem die Slips fand seine Freundin Ingeborg klasse.

»Das legt sich alles«, sagte Dorothea milde, als Hermann von provokatorischer Frechheit sprach. »Du hast früher ein Braunhemd getragen.«

»Da war ich neun Jahre alt! Ein junger Mensch ohne Jugend! Im letzten Kriegsjahr! Das ist doch etwas anderes.«

»Dein Sohn Walter führt auch Krieg — gegen ein Gesellschaftssystem.«

»Das ihn ernährt, kleidet, ihm einen Wagen finanziert, ihm Geld gibt für seine Poussagen ... ein Revolutionär, der den dicken Willem mit Vaters Geld spielt! Nicht einen Pfennig hat er bisher selbst verdient!«

»Doch. Im vorigen Jahr ...«

»Wenn ich daran denke!« Hermann Wolters hatte die Hände zusammengeschlagen. »Als Straßensänger! Mein Sohn als Hippie-Sänger an städtischen Brunnen! Das Kollegium war entsetzt.«

»Aber Walter hat in drei Wochen neunhundert Mark verdient.«

»Unversteuert! Mein Sohn! Erinnere mich nicht daran, Hasi ...«

Das Wort Hasi entstammte der Zeit, als Wolters und Dorothea verliebt durch die Natur gepilgert waren, an Waldesrändern und im Gras lagerten und genau das trieben, was Hermann Wolters seiner Tochter Gabi untersagen wollte. Das »Hasi« wurde ein Teil ihres Lebens, es gehörte einfach zu ihnen, und Hermann Wolters reagierte ausgesprochen aggressiv, als Gabi einmal fragte: »Paps, kannst du Mami nicht endlich mal anders nennen? Meine Freundinnen lachen sich ein Loch in die Hose.«

»Das gibt einen guten Durchzug!« hatte Wolters gebrüllt. »Bei den Löchern, die sie im Kopf haben!«

Auch Walter meinte mehrmals: »Paps, ist Mami nicht ein wenig zu — na, sagen wir — zu gestanden, um noch ein Hasi zu sein?«

Und auch hier brüllte Wolters zurück: »Ich werde deine Mutter nicht deinetwegen Stalina nennen!«

»Stalin ist längst out«, erwiderte Walter von oben herab. »Für einen Geschichtslehrer bist du weit zurück, Paps...«

Am vernünftigsten war noch der kleine Manfred. Wenn er aus Vaters Mund das »Hasi« hörte, kommentierte er nur: »Doof!«

An diesem Montagabend allerdings herrschte Frieden in der Familie. Auf dem Bildschirm jagten die Cowboys durch den Wilden Westen, Gabi knabberte an einem Keks, Walter rauchte eine Zigarette, Manfred trank eine Cola, und Dorothea strickte. Und doch kündigte sich etwas an... Vor Hermann Wolters lag ein Schnellhefter, der – so hatte Walter mit einem Blick festgestellt – nichts Schulisches enthielt. Vielleicht das Konzept für Paps' neuen Volkshochschulvortrag über Kaiser Hadrian? Wenn er begann, daraus vorzulesen, ging man am besten auf sein Zimmer und hörte Protestsongs.

»Wie lange dauert der Western?« fragte Wolters und zog an seiner Krummpfeife. Es roch süßlich herb... Wolters mischte seinen Tabak immer selbst aus neun verschiedenen Sorten. Gabi mit ihrem losen Mundwerk hatte einmal eine treffende Bemerkung gemacht: »Paps ist auch noch ein verhinderter Chemiker!«

Walter drehte sich nach hinten, griff nach der Flasche seines Vaters und trank das Rauchbier auf gute alte Art direkt aus der Flasche. Wolters schob mißbilligend die Unterlippe vor, aber er schwieg. Er brauchte jetzt den allgemeinen Frieden.

»Ich nehme an, wenn die Pferde lahm sind!« beantwortete Walter die vorherige Frage seines Vaters.

.»Spar dir diese dusseligen Bemerkungen!« sagte Wolters.

»Sie können auch die Pferde wechseln, dann dauert's länger!« warf Gabi ein.

»Meine Kinder sprühen heute ja wieder vor Geist.«

Wolters klappte den Schnellhefter auf. »Ich habe euch etwas mitzuteilen ...«

»Kaiser Hadrian?« fragte Walter sofort.

Wolters deutete auf das Fernsehgerät. »Kann man den Kasten nicht abstellen?«

»Jetzt wird's doch gerade spannend!« rief Manfred und wedelte mit beiden Händen. »Den einen Räuber haben sie schon in den Hintern geschossen!«

Dorothea sah ihren Mann an, dann stand sie auf, ging zu dem Gerät und schaltete aus. Ihr Rundblick über die Kinder erstickte jeden Protest. Gegen Mami war man machtlos ... Irgendwie tat es einem innen weh, wenn man mit ihr stritt. Mit Paps in den Clinch zu gehen war dagegen eine Art Leistungssport.

»Was hast du uns zu sagen, Muckel?«

Bezeichnenderweise hatte keines der Kinder jemals gegen dieses »Muckel« protestiert. Ein Studienrat für Erdkunde und Geschichte, der Muckel gerufen wurde, lag ganz auf ihrer Linie. Ganz klar, daß Hermann Wolters in der Schule auch nur Muckel hieß. Vor neun Jahren hatte er sich noch maßlos darüber aufgeregt, als Walter diesen Namen auf dem Gymnasium einführte, jetzt trug er ihn mit der Würde der Abgeklärtheit und der Weisheit eines in Jahren gewachsenen Humors.

»Es ist eine Entscheidung zu besprechen, die ich getroffen habe und die uns alle angeht.« Wolters legte seine Krummpreife neben die Bierflasche.

»Wenn eine Entscheidung getroffen ist, braucht man keine Diskussion mehr!« sagte Sohn Walter. »Immer dasselbe! Diktatorische Demokratie!«

»Deine Schlagworte häng mal an die Flurgarderobe!« Wolters lehnte sich auf der Couch zurück. »Es wird langsam Zeit, daran zu denken: Es geht um die Planung für die großen Ferien.«

»O je!« Walter griff wieder nach der Rauchbierflasche, aber Wolters war schneller und zog sie zu sich herüber.

»Was heißt das, Walter?«

»Ich wollte sowieso mit dir darüber sprechen, in den nächsten Tagen. Nun bist du mir zuvorgekommen, Paps. Unter vier Augen...«

»Was die Familie angeht, wird gemeinsam besprochen.«

»Es geht nur mich an, Paps...«

»Was dich angeht, ist auch unser aller Problem!«

»Ich bin neunzehn...«

»Alt genug, um zu begreifen, was eine Familie wert ist...« Wolters sah Dorothea an. Sie blickte auf das zusammengelegte Strickzeug in ihrem Schoß und schwieg.

»Ingeborg und ich haben uns gedacht, daß wir...« Wie ein verlauster Hund kratzte sich Walter die permanent zu langen und ungepflegten Haare und schwieg einen Moment, um die richtigen Worte zu suchen. »Wir dachten an Ibiza. Da wird immer ein gewaltiges Faß aufgemacht.«

»Was wird da?« fragte Wolters zurückhaltend.

»Da tanzen nachts die Mädchen nackig in den Bars!« erklärte Gabi. »Übrigens, Phip hatte die Idee, daß wir nach Cres fahren könnten.«

»Cres, die Insel vor Istrien?« fragte Wolters. Ein Studienrat für Erdkunde hat die ganze Weltkarte im Kopf.

»Jugoslawien ist ein billiges Reiseland für uns Deutsche. Das billigste überhaupt. Und so klares, sauberes Wasser. Man kann tauchen...«

»Und auf Cres ist das Paradies der FKK-Anhänger«, sagte Walter gehässig, weil Gabi das mit den nackten Mädchen verraten hatte. »Hat dein Phip keine Angst, sich zu blamieren?«

»Du bist ein Saukerl!« knirschte Gabi und ballte die Fäuste.

»Ist doch alles doof«, sagte Manfred gelangweilt. »Ich mach' den Western wieder an.«

»Ihr hört mir zu!« Wolters klopfte mit dem Pfeifenmundstück gegen die Rauchbierflasche. »Kein Ibiza, kein Cres!«

»Und keine doofe Nordsee mehr!« rief Manfred.

»Darauf komme ich noch zu sprechen.«

»Ich bin neunzehn Jahre alt«, sagte Walter laut. »Und immer habe ich mit euch Ferien gemacht. Ich möchte einmal allein ...«

»Und ich bin achtzehn und möchte auch allein!« Gabi warf ihre langen blonden Haare mit einem Ruck zurück und sah in diesem Augenblick wirklich wie ein Gemälde aus.

»Und ich muß wieder an die Nordsee und mit Paps Federball spielen!« sagte Manfred weinerlich. »Gibt's auf der Welt nur Nordsee?«

»Mein Gott, wenn meine Familie sich doch angewöhnen könnte, mich aussprechen zu lassen!« Wolters klopfte wieder gegen den Flaschenhals. »Ruhe!«

»Ich habe keinen Ton von mir gegeben«, sagte Dorothea sanft. »Was hast du beschlossen, Muckel?«

»Ich muß da weiter ausgreifen ...«

Walter sandte einen verzweifelten Blick zur Decke und streckte die Beine weit aus. Gabi zog einen Flunsch und knabberte weiter Plätzchen, und Hermann Wolters fuhr fort:

»Es braucht nicht erwähnt zu werden, wie hoch das Gehalt eines Studienrates ist — wir alle wissen es.«

»Ich würde nie Studienrat ...«, warf Walter ein.

»Ich weiß ... Du willst wie eine Made im Speck vom enteigneten Kapital leben! Ruhe!« Wolters beugte sich über den aufgeschlagenen Schnellhefter. Aha, dachte seine Familie ergeben, jetzt kommt eine seiner gefürchteten Statistiken. Aber auch das geht vorbei.

»Es ist in den heutigen schwierigen Zeiten, bei der allgemeinen Teuerungswelle, bei der schleichenden Inflation in der ganzen Welt fast unmöglich geworden, daß ein Studienrat mit seiner vierköpfigen Familie, also zu fünfen, einen anständigen Erholungsurlaub machen kann. Vierzehn Tage — ja, aber nach medizinischen Forschungen beginnt die Erholung erst in der dritten Woche, und die vierte Woche birgt die Grundlage zur Gesundung in sich.«

»Wir waren immer vier Wochen lang weg«, sagte Walter. »In der vierten Woche hätte ich die Dünen umgraben können, um meine Aggressionen loszuwerden. Darum wäre jetzt Ibiza...«

»Ruhe, sage ich!«

Gabi nickte frech. »Jawohl, Herr Studienrat.«

»Ich habe mich der Mühe unterzogen, unsere letzten großen Ferien einmal durchzurechnen.« Wolters goß sein Bierglas wieder voll. Aber diesmal war Walter schneller, er griff sich das Glas, als Wolters die Flasche zurückstellte, trank es halb leer und gab es seinem Vater zurück.

»Bitte, Paps... danke.«

»Wir bezahlten für die Hotelzimmer mit Vollpension: Doppelzimmer für Mami und mich — DM 82,- Einzelzimmer für Gabi — DM 45,- Doppelzimmer für die Jungs — DM 75,-.«

»Das Geld hätte man mir zahlen müssen, weil ich Manfred nicht an die Wand geknallt habe!« erklärte Walter laut.

»Du doofe Nuß!« schrie Manfred. »Wenn du nachts heimlich flitzen gingst, mußte ich ab und zu laut schnarchen, damit Mami und Paps glaubten, du wärst im Zimmer!«

»Die drei Zimmer machen zusammengerechnet die Summe von täglich DM 202,- aus«, fuhr Wolters mit erhobener Stimme fort. »Das mal dreißig Tage ergibt die stolze Summe von DM 6060,-. Schon das klingt für einen Studienrat phantastisch. Aber das war's ja nicht allein! Hinzu kommen rund 1500 Mark sogenanntes Bewegungsgeld, also Bier, Wein, Eis, Schokolade, das Strandcafe, zweimal der Tanzabend im Kurhaus, Manfreds Milchbar-Orgien...«

»Immer ich!« rief Manfred beleidigt. »Dabei hat Gabi einen neuen Bikini gekriegt!«

»Das ist Posten Nummer drei — die Anschaffungen. Es sind rund 1300 Mark. Gabis Bikini, Mamis Strandkleid mit den grün-gelben Streifen, Walters dämliche bedruckte Jeans, ein Seidenschal für Mami, für mich einen Leinenhut... Es summiert sich, meine Lieben. Die Gesamtsumme der letzten Ferien läßt uns erschaudern: DM 8860,-!« Wolters richtete sich auf und blickte in die Runde. »Ich frage: Welcher Studienrat kann sich das leisten?«

»Du!«

»Nur unter jährlichen großen Sparmaßnahmen und unter Zuhilfenahme der Zinsen aus den Aktien, die mir mein Vater vererbt hat. Aber das nächste Jahr sieht trüber aus. Walter wird nach dem Abitur studieren — es sei denn, er geht nach Moskau! Dann wären wir gerettet!«

»Ich studiere Soziologie in Berlin, das steht fest!«

»Also wird es bei uns knapper, meine Lieben. Wir müssen einen Demonstranten mehr ernähren! Das wirkt sich schon auf den kommenden Urlaub aus. Im übernächsten Jahr wird Gabi studieren — da wird es noch knapper. Wir singen dann das alte Lied: Ein Vater kann zehn Kinder ernähren, aber zehn Kinder keinen Vater.«

»Wie doof!« stellte Manfred fest. »Also doch wieder Nordsee?«

»Nein!« Wolters lehnte sich zurück und blickte mit strahlenden Augen auf seine Familie. »Das ist meine große Überraschung. Wir fahren ans Mittelmeer. Nach Italien. An die Riviera dei Fiori. Nach Diano Marina...«

»Wo ist denn das?« fragte Walter erschrocken.

»Erdkunde mangelhaft, Herr Abiturient! Diano Marina liegt zwischen Imperia und Alassio. Sandstrand, klares Wasser, keine Verschmutzung, hinter uns die Via Aurelia. Schon die Römer genossen das paradiesische Klima, und in den Paläolithischen Grotten von Toirano können wir sehen, daß...«

»Und das ist billiger als im vorigen Jahr die Nordsee?« fragte Gabi. Die Riviera, dachte sie. Da gibt es schicke, schwarzgelockte Männer. Das kann ein Abenteuer werden. Die Idee ist gar nicht schlecht, Paps.

»Die neue Rechnung ist verblüffend.« Wolters blätterte eine Seite im Schnellhefter weiter. »Als ich alles durchgerechnet hatte, kam ich mir vor, als hätte ich den Stein der Weisen entdeckt. Ich habe in Diano Marina ein ganzes Haus gemietet...«

»*Was* hast du?« Es war der erste Satz, den Dorothea jetzt sagte. Ihre Hände lagen wie schützend über dem Strickzeug. Es sollte ein Pullover für Manfred werden.

»Ein Haus gemietet. Ein italienisches Bauernhaus, umgebaut als Feriendomizil. Fließend Wasser, allerdings nur kalt, aber was soll's! Wir wollen uns abhärten und erholen und liegen sowieso die meiste Zeit am Strand, wo es warm ist! Für jeden ein eigenes Zimmer, außerdem ein Speisezimmer, ein Wohnraum mit Kamin, eine große Terrasse mit Blick aufs Meer und die Weinberge, außerdem ein Stall mit vier Schafen und drei Ziegen...«

»Was?« fragte Gabi erschrocken.

»Die müssen wir pflegen. Eine Kleinigkeit! Darum ist das Haus auch so billig. Die guten Bauersleute wollen in diesen fünf Wochen eine Rundreise durch die skandinavischen Länder machen.«

»Fünf Wochen?« stammelte Walter und starrte seine Mutter hilfesuchend an. »Wir alle zusammen? Und das soll erholsam werden?«

»Was heißt denn das nun wieder!« Streng musterte Wolters jedes Familienmitglied.

»Gefällt euch das auch nicht? Ich bemühe mich verzweifelt, meiner Familie einen schönen Urlaub zu verschaffen, einen wunderschönen Urlaub, den wir uns auch leisten können — und was ernte ich? Opposition! Dumme Reden! Ablehnung! Anstatt dankbar zu sein — nur meckern! Meckern! Aber was kann man anderes erwarten? Zum Meckern gehört nur ein Ziegengehirn, und mehr habt ihr nicht!«

Er trank sein Glas aus, lehnte sich zurück und klappte gekränkt den Schnellhefter zu. Dorothea legte ihr Strickzeug auf einen kleinen Beistelltisch und fing die Blicke ihrer fast erwachsenen Kinder auf. Von Verzweiflung bis Ratlosigkeit war alles darin enthalten. Nur der kleine Manfred nuckelte an seiner Cola und war beleidigt, daß man den Western abgeschaltet hatte, um über solch einen Scheiß wie die Ferien zu diskutieren.

»Du hast das Haus schon fest gemietet?« fragte Dorothea. Eigentlich war diese Frage Verschwendung, sie kannte die Antwort im voraus. Wenn man 20 Jahre lang verheiratet ist...

»Ja.« Wolters blickte seine Frau kampfbereit an. »Ich mußte mich schnell entscheiden. Es standen eine Menge Anwärter vor der Tür.«

»Vor welcher Tür?« fragte Gabi keß.

»Zum Teufel, das ist eine Redensart!« Wolters schlug mit der flachen Hand auf den Tisch. So begannen Wolters-Diskussionen immer — mit der Demonstration des Patriarchats. »Ich habe die Adresse durch Vermittlung von Kollege Dr. Simpfert bekommen. Die Simpferts hatten im Vorjahr ein Haus in der Nachbarschaft gemietet. Begeistert waren sie — und braun wie die Kaffern.«

»Parteigenosse Simpfert«, warf Walter ein. Wolters holte tief Luft.

»Das ganze Land ist ein Blumenmeer. Deshalb auch ›Riviera dei Fiori‹! Rosen blühen da, Mimosen, Geranien und Millionen Nelken. Es gibt Zitronen, Kirschen, Pfirsiche und Pomeranzen! Glyzinien in zart violetter Pracht, gelb- und orangefarbene Mispeln, Kaskaden von purpurroten Bougainvilleen, Zypressen, Pinien, Oliven und Feigen. Dreißig verschiedene Blumenarten...«

»Ich will Soziologie und nicht Botanik studieren!« sagte Walter rebellisch. »Mir genügt *eine* Palme, um darunter zu liegen. Nur muß sie in Ibiza stehen.«

»Auf Ibiza, wenn überhaupt. Ibiza ist eine Insel. *Auf,*

Herr Abiturient!« Wolters verschränkte die Arme vor der Brust. »Noch weitere dumme Argumente?«

»Darf ich auch mal etwas sagen?« Dorothea nahm Manfred die Colaflasche weg, weil er in deren Hals trompetete. Erstaunt sah Wolters seine Frau an.

»Aber ja, Hasi.«

»Du hast ein Haus gemietet. Mit Küche, nehme ich an. Das bedeutet ganz schlicht: Ich muß kochen, putzen, spülen, einkaufen, waschen, zusätzlich den Stall mit den Schafen und Ziegen versorgen, vielleicht auch noch melken, ausmisten und Milchkannen schleppen. Und das soll Erholung sein?! In einem Hotel brauche ich mich um nichts zu kümmern. Da werde ich bedient, und Ferien sind wirklich Ferien für mich. Ich setze mich an einen gedeckten Tisch, gebe die Wäsche ab und kann endlich einmal Luft schnappen, ohne für diese Luft etwas tun zu müssen...«

»8860 Mark!« warf Wolters ernst ein. »Das war der Ausgangspunkt.«

»Wenn wir für fünf Wochen in dieses Haus ziehen, bedeutet das für mich fünf Wochen Schwerarbeit.«

»Fünf Wochen lang kotzige Langeweile!« sagte Walter.

Gabi schwieg. Sie dachte an die schwarzen Lockenköpfe. Nur Manfred trug mit seinem Stammwort »doof« zu der Auseinandersetzung bei.

»Was heißt hier Langeweile? Du kannst ja mit den italienischen Kommunisten Umzüge veranstalten und die rote Fahne schwenken, während du Langusten ißt!« Wolters klopfte seine Pfeife aus, stopfte sie neu und brannte sie an. Man wartete höflich ab, bis er die ersten, dichten, blauweißen Qualmwolken ausgestoßen hatte. »Wenn wir ein Haus haben, packen wir alle mit an bei der Arbeit.«

»Dann sehen wir nie den Strand!« sagte Gabi schnippisch. »Wenn Paps die Schafe und Ziegen betreut, hören wir nur Vorträge über die Ziegen des Capitols.«

»Das waren Gänse, du Gans!« Wolters war entsetzt. Man sah es an den Qualmwolken, die er ausstieß, und an seinen Augen, deren Blick von einem zum anderen wanderte und bei seiner Frau Dorothea hängenblieb. »Also völlige Ablehnung?«

»Ein Haus in einem fremden Land! Ohne dessen Sprache zu sprechen ...«, sagte Dorothea vorsichtig.

»Was heißt das schon!« Wolters deutete auf seine Sprößlinge. »Ich bin Humanist. Die Kinder haben alle Latein gelernt. Mit diesem Grundstock begreift man jede romanische Sprache spielend. Man darf nur nicht geistig so träge sein, wie es die heutige Generation vorzieht. Beweglichkeit der grauen Gehirnzellen, darauf kommt es an! Nach drei Tagen der Anpassung werden wir uns in Italien blendend verständigen können. Überlegt doch mal: ein eigenes Haus mit Meerblick ...«

»In den Ferien fast eine Strafe für die Hausfrau ...«

»Ein feiner, sauberer Sandstrand ...«

»Mit dicken, schwitzenden Menschen auf zwanzig Reihen Liegestühlen ...«

»Umgeben von einer uralten Kultur!« Wolters blickte in seine Akte. »Die Steinzeithöhle ›Caverna delle Fate‹ ...«

»So wird die auch sein!«

»In Imperia gibt es ein Spaghetti-Museum ... In San Remo war die russische Zarin einmal zur Kur und baute anschließend eine orthodoxe Kirche mit Zwiebeltürmen ...«

»Da sieht man es wieder!« rief Walter. »Diese imperialistischen Ausbeuter! Die Zarin in San Remo, die Wahrheit in Sibirien ...«

»In San Remo versuchte dein deutscher Kaiser Friedrich III. seinen Kehlkopfkrebs auszuheilen!« schrie Wolters plötzlich. »Du Geschichts-Banause! In San Remo fand vom 19. bis 26. April 1920 die berühmte Konferenz statt, auf der die Entente-Mächte, also die Gegner Deutschlands im Ersten Weltkrieg, die Unverletzlichkeit des Versailler Vertrages beschlossen und bekräftigten! Mein Gott, von wieviel Dummheit bin ich umgeben!«

»Ich gebe zu bedenken, ob es sich lohnt, ein Haus zu mieten, um ein Spaghetti-Museum zu besichtigen«, sagte Walter unbeeindruckt. »Klar, es wäre reizvoll, die Riviera kennenzulernen. Meine Klassenkameraden kennen Ceylon und Kenia, die Seychellen und Hawaii, Ägypten und Tunesien. Unsere weiteste Reise ging nach Saint Malo in der Bretagne, weil sich Onkel Fritz dort ein Bein gebrochen hatte — auch in einem Ferienhaus. So gesehen, wäre die Riviera mal was Neues. Aber nicht in einem Ferienhaus, in einem Hotel!«

»Unbezahlbar!« Wolters blätterte wieder in seinem Schnellhefter. »Die Väter deiner Klassenkameraden, die nach Ceylon fliegen können, sind keine Studienräte mit drei Kindern! Man muß den Realitäten ins Auge sehen können, meine Lieben. Das Haus bei Diano Marina kostet uns pro Woche ganze 750 Mark. Das sind für fünf Wochen 3750 Mark! Die Hälfte von dem, was wir für die vorigen Ferien bezahlt haben. Und keine engen Zimmer, wo man auf der Bettkante sitzen muß, wenn es regnet. Unsere Zimmer in diesem Haus sind groß und hoch, und im Juli und August regnet es an der Riviera kaum ... für den halben Preis!«

Es gibt Argumente, die überzeugen so vollkommen, daß keine Widerrede mehr möglich ist. Man könnte noch hunderterlei sagen, aber das alles verblaßt vor einer nackten Zahl. Die ist unangreifbar. Deshalb nennt man die Mathematik auch eine exakte Wissenschaft.

Walter, Gabi und Dorothea sahen sich an — die Kapitulation war unabwendbar. Es gab nur noch eine Tatsache, gegen die man sich auflehnen konnte. Walter sprach sie ganz hart aus:

»Also dann — nehmen wir das Haus. Aber wir lehnen es ab — wir, das sind ich und Gabi ...«

»Immer die Damen zuerst«, warf Wolters ein.

»Ich bin älter!« knurrte Walter. »Also, wir lehnen es ab, fünf Wochen den Aufpasser und das Kindermädchen für den Ekelzwerg Manfred zu spielen. Mutter wird mit dem

Haushalt genug zu tun haben, du mit den Schafen und Ziegen, wir wollen an den Strand... Sollen wir Manfred vielleicht an einen Nagel hängen?«

»Ihr doofen Flitzer!« rief der Kleine, biestig wie eine in den Schwanz gekniffene Katze. »Ich kann allein schwimmen...«

»Darüber reden wir noch!« Wolters klappte den Schnellhefter wieder zu. »Wir sind uns also einig: Dieses Jahr fünf Wochen Diano Marina?«

»Das hast du gut bestimmt«, antwortete Dorothea sanft. »Wir alle freuen uns riesig darauf. Bett- und Tischwäsche und Handtücher sind natürlich mitzubringen?«

»Natürlich.«

»Das habe ich mir gedacht.« Dorothea seufzte. »Wir werden uns wie zu Hause fühlen...«

Dieses wichtige Gespräch wurde später im elterlichen Schlafzimmer fortgeführt. Wolters lag schon im Bett, hatte eine Biographie von Oliver Cromwell neben sich und betrachtete seine Frau Dorothea, die nackt aus dem Badezimmer kam, sich vor den Spiegel setzte und ihre rötlichblonden Locken hochsteckte.

Eine schöne Frau habe ich, dachte Wolters. Mutter meiner drei Kinder — keiner sieht ihr das an. Sie ist mit ihren vierzig Jahren so jugendlich wie früher... nein, viel reizvoller. Von einer reifen Jugendlichkeit. Ein sommerlicher Mensch. Das ist es. Die ganze Fülle eines herrlichen Lebens strömt sie aus.

Er wurde unruhig unter der warmen Daunendecke, wünschte sich jetzt seine Pfeife herbei, um zur Ablenkung an ihr zu nuckeln, und blätterte in der Cromwell-Biographie, ohne darin zu lesen. Dazwischen warf er immer wieder einen langen Blick auf den schönen, nackten, glänzenden Rücken und die Hüften von Dorothea. Die Schenkel und die Beine waren lang und schmal.

»Hasi, komm her...«, sagte Wolters endlich.

»Ich bin gleich soweit. Nur noch eincremen...« Sie blickte ihn im Spiegel an. »Walter hat da ein wirkliches Problem angeschnitten, Muckel... Wer paßt auf Manfred auf?«

»Wie immer — wir.«

»Walter und Gabi fallen aus. Ich habe volles Verständnis dafür.«

»Wieso denn das?«

»Sie sind längst keine Kinder mehr. Sie sind erwachsene Menschen.«

»Die die Gänse des Capitols mit Ziegen verwechseln! Die Ramses für ein neues Waschmittel halten!«

»Aber die zum Beispiel von Atomphysik mehr verstehen als du.« Sie wandte sich auf dem Fellhocker um und bot Wolters nun ihren Körper von vorn dar. Er kannte ihn seit 22 Jahren. Damals steckte sie gerade mitten im Abitur, als sie sich auf einer Mainwiese zum ersten Mal küßten und ihre Körper spürten. Er machte die Referendarprüfung und büffelte auf der Universität von Würzburg geschichtliche Zusammenhänge und Jahreszahlen. Eine Liebe war es, die nie gleichgültig geworden war... mit den Jahren natürlich stiller, aber tiefer, inniger, seelenverwandter. Man war eine Einheit geworden. Man hatte, wie es so pathetisch heißt, eine Insel der Geborgenheit geschaffen.

Nun war er, Studienrat Hermann Wolters, sechsundvierzig Jahre alt, rundum glücklich und zufrieden — bis auf die ewige Rechnerei mit dem Gehalt. Drei Beiträge zu einem Geschichtsbuch für die Mittelstufe Höherer Lehranstalten in Bayern hatten ein paar hundert Mark gebracht und in ihm den Gedanken wachsen lassen, in ein paar Jahren einmal ein ganzes Buch zu schreiben. Vielleicht über die Königin von Saba, die ihn wahnsinnig interessierte, vor allem ihr Verhältnis zu König Salomo. Wenn man das ein wenig erotisch würzte, konnte es auch die Leser fesseln. Und zusätzlich Geld bringen. Dann konnte man auch mit Dorothea auf die Seychellen oder nach Ceylon fliegen.

O Hasi, wie geduldig warst du doch in diesen 22 Jahren! Du hättest auch einen reichen Fabrikanten heiraten können — aber vielleicht wäre der jetzt schon pleite. Ein Studienrat kann wenigstens nie pleite gehen...

»Wir müssen uns für Manfred etwas einfallen lassen«, sagte Dorothea und cremte ihr Gesicht für die Nacht mit einer Nährcreme ein. Sie roch schwach nach Vergißmeinnicht.

»Sonst werden die Ferien eine Katastrophe. Du weißt, wie launisch Manfred sein kann.«

»Verzogen und verwöhnt!«

»Daran sind wir beide schuld, Muckel. Der Nachkömmling... die Überraschung...«

Hermann Wolters nickte. War das damals ein Ereignis! Acht Jahre nach Gabis Geburt kriegt Hasi abends im Bett einen roten Kopf und flüstert mir ins Ohr: »Ich war beim Arzt. Wir bekommen das dritte!« Dann hat sie geweint, und ich habe dagelegen wie ein Stock und gedacht: Das Kindergeld, das es für das dritte Kind gibt, ist lächerlich. Das reicht nicht mal für die Babynahrung. Das Gehalt wird also wieder schmaler. Der alte Opel muß nun noch ein paar Jahre länger über die Straße klappern. Nein, ich kaufe nichts auf Kredit. Kein Darlehen, keine Abzahlungen! Ratenzahlungen sind wie eine Hydra — überall wachsen die fauchenden, hungrigen Köpfe nach und fressen einen auf. Hermann Wolters kauft nur das, was er bar bezahlen kann. Und das wird jetzt knapp! Nach acht Jahren noch ein Kind... Na ja, wir sind ja noch relativ jung, Hasi dreißig, ich sechsunddreißig. Das packen wir schon noch.

Und dann kam das Kind zur Welt, ein Junge auch noch, und wurde auf den Namen Manfred getauft — nach einem Onkel, der in Biberach eine Fleischerei mit einer Imbißstube besaß und in der Sommersaison das Geld abends in einem Spankorb heimtrug.

Wen wundert es, daß Manfred wie in Watte gepackt aufwuchs und sich zu einem Ekel entwickelte, vor allem dann, wenn er einmal seinen Willen nicht bekam. Seine beiden größeren Geschwister verkehrten nur brüllend mit ihm oder verdroschen ihn, wenn sie mit ihm allein waren.

Eines tat Manfred allerdings nicht: Er beschwerte sich nicht bei seinen Eltern darüber, er petzte nicht. Er revanchierte sich anders. Als noch nicht schulpflichtiger Kleiner pinkelte er Walter ins Bett oder legte eine tote Maus unter Gabis Kopfkissen. Später ließ er einige Liebeleien von Walter platzen, indem er dem jeweiligen Mädchen erzählte: »Du, mein Bruder hat noch drei andere. Dich hält er für doof, hat er gesagt.«

Seine Glanzleistung aber war die Abschmetterung von Gabis erstem Verehrer, dem er mitteilte: »Ach, du bist der Willi? Der Stinker? Gabi behauptet, du stinkst so nach Ziegenbock...«

Es gab ein Drama mit hysterischem Geheule und wilden Drohungen im Hause Wolters, und zum ersten Mal in seinem Leben erhielt Manfred von seinem Vater zwei Ohrfeigen. Eine Woche lang übersah er daraufhin seine Eltern, nahm schweigend seine Mahlzeiten ein, ging schweigend ins Bett. Bis Dorothea ihm eine Tafel Nußschokolade schenkte. Welche Mutter kann schon acht Tage lang einen schweigenden Sohn ertragen?!

»Ich habe mir auch darüber Gedanken gemacht!« sagte Wolters jetzt. Es war ernüchternd für ihn, solch profane Gespräche beim Anblick der nackten Dorothea zu führen. »Es soll ein wirklicher Erholungsurlaub werden. Ein Gesundbrunnen. Da der Mietpreis des Hauses die Hälfte eines Hotelaufenthaltes ausmacht, können wir uns für Manfred eine Betreuerin leisten. So eine Art Ferienhilfe, die auch dir zur Hand geht. Es gibt Tausende, die solch einen Ferienjob suchen.«

»Einen fremden Menschen fünf Wochen lang mitten unter uns?« fragte Dorothea unsicher.

»Immer noch besser als eine Verwandte! Oder willst du deine Kusine Johanna mitnehmen?«

»Um Himmels willen!« Dorothea verteilte die Creme über Kinn und Hals. Es sah fröhlich aus, wie ihre Brüste dabei wippten. »Außerdem will sie mit Manfred nichts mehr zu tun haben. Denk an den Osterurlaub in Tirol.«

»Na also!« Wolters erinnerte sich. In Tirol hatte Manfred der Tante Johanna einen Igel ins Bett gelegt, und Johanna war ziemlich kurzsichtig... Seitdem erwähnte Johanna nicht einmal mehr Manfreds Namen. »Wir sollten uns deshalb darum kümmern, daß wir eine fleißige Ferienhilfe bekommen, die mit Kindern umgehen kann.«

»Und woher?« fragte Dorothea. Sie massierte jetzt ihr Gesicht, vor allem die Partie um die Schläfen und die Augen, und Wolters dachte: Sie hat wahrhaftig noch keine Krähenfüßchen. Ihr Gesicht ist glatt und fein. Sie ist erstaunlich jung geblieben — im Gegensatz zu mir. Bei mir haben die Jahre schon einige Falten hinterlassen. Aber das Gesicht eines Mannes kann ruhig zerfurcht aussehen, vom Leben gezeichnet. Das macht ihn erst richtig interessant. Ein Mann mit einem Kinderpopo-Gesicht — das ist fürchterlich primitiv. Reife muß sich eingraben.

»Durch die Zeitung natürlich!« beantwortete er Dorotheas letzte Frage. »Ich werde eine ganz klare, deutliche Anzeige aufgeben, die keinen Zweifel über das anstehende Aufgabengebiet offenläßt. Wir können in aller Ruhe die starke Persönlichkeit aussuchen, die mit Manfred fertig wird. Du wirst sehen, Hasi — diesmal erholst du dich auch.«

»Das wäre das erste Mal, Muckel.« Dorothea beendete ihre abendliche Kosmetik, warf sich ein langes Nachthemd über, was Hermann bedauerte, und schraubte die Cremetöpfchen zu. »Hast du Sprudelwasser am Bett?«

»Ja.«

Sie löschte die Deckenlampe und die Lampe am Frisierspiegel, schlüpfte ins Bett und reckte sich wohlig. Der Duft nach Vergißmeinnicht verstärkte sich. Wolters wandte den Kopf. Dorotheas Gesicht glänzte, als wäre es mit Speck eingerieben.

»Muß das sein?« fragte er.

»Was?«

»Dieses Einschmieren jeden Abend. Wenn ich dich küssen will, schmecke ich nur parfümiertes Fett...«

»Du willst mich küssen?« Sie sah ihn verblüfft an.

»Nehmen wir es einmal an.«

»Was ist denn mit dir los?«

»Nur ein Anflug von Romantik. Schon vorbei!« Wolters zog die Cromwell-Biographie zu sich heran. Dorothea wälzte sich immer so rücksichtslos im Bett hin und her und verknitterte dabei die Seiten, und er haßte Eselsohren in den Buchseiten! »Ich werde die Anzeige so formulieren, daß von vornherein klar ist: Hier kann man keine großen Ansprüche stellen. Von wegen einige hundert Mark netto! Ich werde es so ausdrücken: ›Mit Familienanschluß...‹ Das hört sich gut an und wird billig werden.«

»Bestimmt...«

»Familienanschluß heißt Eingliederung in die Gemeinschaft, komme, was da wolle. Das gilt auch für das Finanzielle.«

»Und du glaubst wirklich, darauf meldet sich jemand?«

»Postsäcke voll, Hasi! An die Riviera — da stehen die Leute Schlange!« Wolters holte die Sprudelflasche vom Flauschteppich, schraubte sie auf und trank einen langen Schluck aus der Flasche — jetzt war man ja allein und mußte kein Vorbild mehr für die Kinder sein! Dann schraubte er sie wieder zu und unterdrückte dezent das obligatorische Aufstoßen. Es war üblich, daß er über Nacht eine Flasche Wasser trank. Dorothea behauptete, das seien die ersten Anzeichen eines Diabetes, aber Wolters wies das weit von sich. Sein Vater hätte nachts zwei Flaschen getrunken und sei an Arterienverkalkung gestorben. Die Unlogik dieses Arguments sah Wolters nie ein.

Er nahm das aufgeschlagene Buch, stellte es auf seine Brust und wandte den Kopf zu Dorothea.

»Dieser Oliver Cromwell war vielleicht ein toller Knabe«, sagte er. »Aber wenn du die heutige Jugend nach ihm fragst — heiße Luft! — Weißt du übrigens, daß in Imperia der große Clown Grock seine Villa hat?«

»Nein.«

»Das werdet ihr alles sehen! Und Bordighera! Seit 1586 hat der Ort das Privileg, Palmsonntag der Alleinlieferant von Palmzweigen für den Vatikan zu sein. Das muß man wissen als gebildeter Mensch! Ach, Hasi, es wird ein wunderschöner Urlaub werden.«

»Bestimmt, Muckel.« Dorothea gähnte und streckte sich. Sie löschte ihre Nachttischlampe und ließ Hermann mit seinem Oliver Cromwell allein.

Die Riviera, dachte sie vor dem Einschlafen. Ein Bauernhaus für uns allein. Unter Garantie ohne Waschmaschine. Fünf Wochen mit sechs Personen von zu Hause weg — und dann keine Waschmaschine! Das ist eine Vorstellung, die Panik erweckt. Bettwäsche, Handtücher, Unterhosen, Hemden, Blusen, Strümpfe, Shorts... und fünf Wochen ohne Waschmaschine! Das wird chaotisch!

Mit diesem Gedanken schlief sie ein und träumte später, sie säße auf dem Marktplatz von Diano Marina auf einem riesigen Haufen schmutziger Wäsche, und alle Leute lachten sie aus.

Es war ein nervenzerfetzender Traum...

Am nächsten Tag nutzte Hermann in der Schule die große Pause, bei der er zwar Aufsicht hatte, sich aber von einem Kollegen vertreten ließ, fuhr schnell zur Anzeigenannahmestelle einer Zeitung und gab sein Inserat auf. Den Text hatte er vorher aufgesetzt.

»Bitte in die Freitagsausgabe«, sagte er energisch. »Am Samstag geht es in dem allgemeinen Anzeigengrab unter.«

»Umrandet?« fragte der junge Mann hinter dem Schalter.

Wolters war etwas verwirrt. »Es ist keine Todesanzeige...«

»Aber mit Rand fällt sie mehr auf.«

25

»Wenn Sie meinen.«

»Kostet vierzig Mark mehr. Das erste Wort dann fett gedruckt.«

»Lassen wir es beim Normalen«, sagte Wolters obenhin. Vierzig Mark für eine Umrandung und ein fettes Wort! Mit vierzig Mark konnte man in Diano Marina schon eine Menge anstellen.

Aber da hatte man den Beweis – die Verschwendung beginnt schon bei unbedeutenden Kleinigkeiten, nur das Bewußtsein der Menschen nimmt es meist nicht auf. »Ein ehrlicher Interessent findet auch kleine Anzeigen...«

Und so stand es am Freitag in der Bamberger Zeitung in normalem Fließsatz:

›*Akademikerfamilie, vier Erwachsene und ein Kind, fährt Juli/August an die italienische Riviera. Wer fährt als Betreuer des Kindes mit? Angemessener Lohn, keine weiteren Unkosten und mit Familienanschluß. Zuschriften bitte unter Nummer 36921.*‹

Am nächsten Montag schon lagen 24 Briefe auf der Expedition. Hermann Wolters frohlockte. Mit seinem Sohn Walter sprach er seit Freitag nicht mehr. Der war nämlich mit der Zeitung heimgekommen und hatte die Anzeige rot angestrichen. »Zweimal ›fährt‹ – in so einem kleinen Text«, hatte er gesagt. »Welch ein schlechter Stil!«

Wolters hatte aufrichtig bedauert, daß man einem Neunzehnjährigen keine Ohrfeige mehr geben darf. Er hatte die Zeitung seinem Sohn aus der Hand gezerrt, sie in kleine Stücke gerissen und ihm die Schnipsel ins Gesicht geworfen.

»Da, bring es nach Moskau als Lokuspapier!« hatte er gesagt. »Die haben es nötig!«

»Daß eure Generation immer politisch werden muß!« hatte Walter geknurrt und war gegangen. Seitdem herrschte Funkstille zwischen Vater und Sohn.

Vierundzwanzig Briefe, dachte Wolters. Schon beim ersten Anlauf! Und der junge Mann von der Anzeigenannahme hatte gesagt, daß noch mehr kämen. »Erfahrungsgemäß bis Donnerstag, mein Herr.«

»Eure ersten Bedenken sind also bereits ad absurdum geführt«, sagte Hermann Wolters am Abend stolz zu seiner Familie. »Das Problem Manfred ist gelöst. Ich sage ja immer: Laßt mich nur machen...«

An seinem Schreibtisch, an dem er sonst die Klassenarbeiten durchsah, begann die Auswahl der mutigen Bewerber.

Es stellte sich schnell heraus, daß das gar nicht so einfach war.

2

Die Beurteilung eines Briefes ist eine sehr komplexe und diffizile Angelegenheit. Ein Brief ist nämlich — vor allem in den Augen eines Studienrates — eine individuelle Form von Aufsatz. Es kommt da auf Anliegen und Aussage an, auf Stilgefühl und Satzbau, auf Wortschöpfungen und freie Phantasie, auf reale Betrachtung und nacherzählende Beschreibung, sowie Beherrschung der grammatikalischen Regeln und die Nutzanwendung einer fehlerfreien Interpunktion. Es ist wirklich erstaunlich, was ein Brief alles enthalten kann, wenn er vor die Augen eines Schulmannes gerät.

Für Hermann Wolters stellte die Beurteilung kein Problem dar. Gewöhnt, Aufsätze zu korrigieren und mit einer Zensur zu belegen, sortierte er die Briefe.

Schreiben, die mit, ich, begannen, etwa: ›Ich hätte Interesse an Ihrem Angebot...‹ schieden sofort aus. Man fängt keinen ersten Satz mit, ich, an!

Desgleichen chancenlos waren die ›Wenn Briefe‹ wie: ›Wenn ich mich bei Ihnen vorstellen dürfte...‹ Ein Satz, mit ›wenn‹ begonnen, gehört zu den erschütterndsten Erlebnissen eines Lehrers. Ganz schlimm aber waren die Briefe, bei denen die Kommafehler überwogen.

»Sieh dir das an, Hasi!« sagte Wolters geradezu ergriffen von seinen Erkenntnissen. »Kein Gefühl für den Fluß der Sprache, der durch die Interpunktion geregelt wird. Ich habe nun neunzehn Briefe gelesen... niederschmetternd, sage ich dir! Eine grauenhafte Unkenntnis von Punkt und Komma! Ein Semikolon scheint überhaupt unbekannt zu sein! Und so jemandem soll ich unseren Manfred anvertrauen? Hier...« Er schwenkte einen Brief. »Eine ausgebildete Gouvernante, angeblich Schweizer Lyzeumsausbildung, Diplom in Kinderpsychologie! Und schreibt doch tatsächlich bei: ›Ich glaube, daß ich der Aufgabe gewachsen bin...‹ das ›daß‹ mit einem einfachen runden ›s‹! Was soll ich mit solch einer Frau anfangen? Ein Diplom und, daß, mit einem einfachen ›s‹! Ich würde immer daran denken, wenn ich sie ansehe! — Und so geht es weiter, in allen Briefen. Überall Unvollkommenheit, Lässigkeit in der Sprache, mangelhaft in der Interpunktion...«

»Sie soll Manfred betreuen, aber keine Germanistik lehren«, sagte Dorothea milde. »Um Manfred fünf Wochen lang zu beaufsichtigen, muß man ein Elefantenfell haben, aber keine Syntax kennen.«

»Von Syntax wollen wir gar nicht reden — die hat keine von allen!« Wolters schlitzte den zwanzigsten Brief auf, überflog ihn und stöhnte auf. »Man soll es nicht für möglich halten! Kindergärtnerin, 32 Jahre alt. Vier Kommafehler... Hasi, die Verflachung der deutschen Sprache ist erschütternd!«

»Ich fürchte, wir werden nie eine Betreuerin für Manfred bekommen, wenn du alle Bewerbungen wie einen Aufsatz zensierst.«

»Sollen wir unseren jüngsten Sohn einer Analphabetin in die Arme treiben?«

»Muckel, ein Kommafehler...«

»... ist ein gravierender Fehler, denn bei einem Satz ohne Komma fließen die Aussagen zu einem sinnlosen Brei ineinander! Ein Komma ist das Fundament des Stils!«

Er öffnete den 21. Brief, blickte auf ein Foto und deckte schnell den Brief über das Bild. Plötzlich wirkte Wolters etwas unsicher, stopfte seine Hängepfeife, brannte sie an und blickte versonnen den ersten Qualmwolken nach.

»Alle Briefe durch?« fragte Dorothea.

»Noch vier. Ich mache eine kleine Pause, um mich von diesen sprachlichen Verwirrungen zu erholen.«

Ganz langsam schob Hermann Wolters das Briefpapier etwas zur Seite und warf einen schrägen Blick auf das Foto. Es zeigte ein fröhliches, offenes, lachendes Mädchengesicht, umrahmt von schulterlangen, blonden Haaren. Kekke blaue Augen, deren Ausdruck Klugheit verriet. Die Figur war nur zu erraten, da das Foto ein Porträt war. Der erste Eindruck: angenehm. Hermann Wolters drückte sich da im Geist sehr vorsichtig aus...

Mit größerem Interesse als bisher begann er den Brief zu lesen. Das Fräulein hieß Eva Aurich, wobei Wolters der Vorname Eva ausgesprochen gut gefiel. Sie schrieb:

›Ihre Anzeige im Bamberger Blatt hat mich sehr interessiert...‹

Kein ›Ich-Satz‹ also. Das war schon ein Pluspunkt.

›Darf ich mich Ihnen vorstellen‹, hieß es weiter. ›Ich bin Studentin im 7. Semester, Germanistik und Kunstgeschichte. Berufsziel: Pädagogin in den Fächern Deutsch und Kunsterziehung. Meine Eltern leben in bescheidenen Verhältnissen, und so wäre es für mich sehr schön, wärend der Ferien ein wenig Geld nebenbei zu verdienen, eine schöne Sommerreise damit zu verbinden und mich im Umgang mit einem schwierigen Jungen zu üben. Versprochen wird: Einfühlungsvermögen in alle anfallenden Probleme und deren Überwindung. Für eine persönliche Vorstellung stehe ich Ihnen jederzeit zur Verfügung.‹

Hermann Wolters las den Brief zweimal, rümpfte einmal die Nase, aber zwang sich, weiterzulesen.

Dorothea hatte ihn die ganze Zeit beobachtet. »Wieder ein schrecklicher Brief?« erkundigte sie sich. Sie kannte ihren Mann zu gut, um nicht zu wissen, daß dies ein besonderer Brief war, den er da gelesen hatte.

»Einer, der lobenswert aus der Masse herausragt«, antwortete Wolters. »Ich glaube, wir haben die richtige Dame für Manfred gefunden. Lies mal...« Er gab den Brief weiter, und Dorothea las ihn in ihrer stillen, bedächtigen Art.

»Ein Foto ist auch dabei?«

»Ach ja, bitte...« Wolters reichte das Bild nach, etwas zögernd, wie es schien. Auch ein Studienrat von 46 Jahren ist in gewissen Dingen genau wie andere Männer.

»Du meinst...«, fragte Dorothea gedehnt und blickte in die blauen Augen von Eva Aurich.

»Studentin der Germanistik und Kunstgeschichte!«

»Sie schreibt ›während‹ ohne ›h‹...«

»Aber sie hat eine glänzende Interpunktion!«

»Unter anderem«, sagte Dorothea leichthin. Wolters überhörte heldisch ihren Unterton.

»Kein ›Ich‹- oder ›Wenn-Satz‹. Klare Aussagen, eine erkennbare Willensäußerung. Reale Vorstellungen. Sie hat das Problem begriffen: Umgang mit einem schwierigen Jungen...«

»Das halte ich für eine Frechheit, Muckel! Das riecht nach Überheblichkeit, nach Impertinenz!«

»Ist Manfred schwierig oder nicht?«

»Woher kann sie das wissen?«

»Das eben lobe ich an diesem Brief. Sie erkennt Hintergründe! Sie spricht knapp und klar. Keine barocken Schnörkel, sondern präzise Zielvorstellungen: Verdienst, eine billige Sommerreise, Fortbildung in Pädagogik durch den Umgang mit unserem Sohn. — Das alles ist doch lobenswert...«

»Wenn du meinst...« Dorothea gab ihrem Mann das Foto zurück. »Soll ich dir morgen aus der Stadt einen Silberrahmen mitbringen?«

»Wofür?«

»Für das Foto.«

Wolters sah seine Frau kopfschüttelnd an, schob Brief und Bild in den Umschlag zurück und legte ihn zur Seite. »Das war eine läppische Bemerkung!« sagte er kurz.

Dorothea mußte ihm recht geben. Sie biß sich auf die Lippen. Es war ausgesprochen dumm, so auf ein Foto zu reagieren. Nach über zwanzig Ehejahren sollte man klüger sein, vor allem hat man andere Mittel der Gegenwehr. Und außerdem — so wie diese Eva Aurich schrieb und aussah, gehörte sie der Generation an, die sich antiautoritär nannte und für die ein Studienrat ein Feindsymbol war. Ein Typ, bei dem einen Hermann Wolters normalerweise das kalte Grausen überfiel.

Die letzten drei Bewerbungsbriefe hatten keine Chance mehr. Ein Haufen Kommafehler! Vom Stil her mittlerer Durchschnitt. Der letzte Brief kam sogar von einer Doktorin der Philosophie. Schon nach Kenntnisnahme des Absenders legte Wolters das Schreiben ungelesen weg.

Eva Aurich war damit ausgewählt.

»Sollten wir nicht die Post bis Donnerstag abwarten?« fragte Dorothea klug. »Du hast es doch gehört — bis Donnerstag können noch allerhand Bewerbungen bei der Zeitung eingehen. Stell dir vor, ein Typ wie Marylin Monroe meldet sich.«

»Ich will keinen Film drehen, sondern in Ruhe Urlaub machen«, antwortete Wolters steif. »Unterlaß bitte solch dumme Bemerkungen, Hasi!«

Am Dienstag schrieb er einen kurzen Brief.

›*Ich würde mich freuen, wenn Sie uns am nächsten Sonntag zum Kaffee, so gegen 16 Uhr, besuchen könnten, um alles durchzusprechen.*‹

Der Satz fing mit ›ich‹ an... Aber für einen gereiften

und sprachlich sicheren Mann ist das erlaubt. Schüler müssen erst lernen, was eine gepflegte Sprache ist und wie man mit ihr umgehen kann.

Es stellte sich heraus, daß weder Walter noch Gabi daran interessiert waren, zu erfahren, wer da mit Familienanschluß mit ihnen in die Ferien fahren sollte. Sie waren voll damit beschäftigt, auszuknobeln, wie einerseits Ingeborg und andererseits Phip an die Riviera nach Diano Marina zu schleusen waren. Die ›Nurse‹, wie Gabi sie abwertend nannte, war Manfreds Bier.

Es stellte sich nämlich heraus — und das war tiefgreifend — daß Phip die Riviera ein Altersheim nannte und keine Lust hatte, dort fünf Wochen herumzulungern. Und Ingeborg bestand auf Ibiza, auf Diskotheken, Remmidemmi und Ringelpiez mit Anfassen. Sie legte Walter zwei Illustrierte vor, die Bildberichte über Ibiza und sein Nachtleben brachten, und bekundete ganz cool: »Das oder gar nichts! Riviera, Massenstrand, Spaghetti-Museum ... Ich hab doch keinen Knall!«

Und so verknoteten sich schon vier Wochen vor den Ferien die Probleme unlösbarer als der Gordische Knoten. Unbelastet davon blieb nur Manfred, um den es ging. Er hörte sich an, was Paps und Mami da von einer Eva Aurich erzählten, die ihn betreuen sollte, sagte in seiner unnachahmlichen Art: »Das ist alles doof! Ich bin doch kein Säugling mehr!« und nahm sich vor, diese Eva Aurich voll ins Messer laufen zu lassen.

Diesen Ausdruck hatte er im Fernsehen gehört und auch in die Tat umgesetzt gesehen. Es hatte dabei drei Tote gegeben.

Fernsehen bildet ...

Zwei Tage später rief Eva Aurich an. Am Vormittag. Dorothea war natürlich allein, die Familie in der Schule. Deshalb war Eva Dorothea einen Augenblick lang sympathisch, denn sie hätte ja auch abends anrufen können, wenn Hermann zu Hause war. Aber dann sagte sie sich, daß diese Eva ja gar nicht wußte, daß Hermann Studienrat war. In der Anzeige hatte nur gestanden ›Akademiker‹, und das ist ein weiter Begriff, vom Archäologen bis zum Zytostatiker.

So gesehen war elf Uhr vormittags absolut eine Zeit, wo man einen Mann zu Hause erreichen konnte. Bremsen wir also die Sympathie!

»Ja bitte . . .«, sagte Dorothea deshalb zurückhaltend.

»Ich bin Eva Aurich«, antwortete die forsche, jugendliche, verdammt angenehme Stimme.

»Das sagten Sie bereits.«

»Sie haben mich zum Sonntagskaffee eingeladen . . .«

»Mein Mann . . .«

»Ich komme gern.«

»Das freut uns.«

»Also dann — bis Sonntag.«

»Bis Sonntag, ja.«

Das Gespräch war beendet. Ein durchaus nicht geistreiches Gespräch, aber nützlich, fand Dorothea. Sie hatte eine gewisse Distanz spüren lassen, die das, mit Familienanschluß, durchaus nicht zu beeinträchtigen brauchte. Familienanschluß ist eine Form des Zusammenlebens, es hat mit Vertrautheit nicht unbedingt zu tun.

Hermann Wolters war etwas betroffen, als Dorothea bei seiner Rückkehr aus der Schule — er hatte an diesem Tag nur vier Stunden geben müssen — sagte: »Eva hat angerufen.«

Daß er nicht fragte, welche Eva, sondern sofort wußte, wer gemeint war, stellte Dorothea mit schwerem Herzen fest.

»So . . .«, antwortete er bloß. »Was wollte sie denn?«

»Zusagen.«

»Das ist nett. Was hat sie sonst gesagt?«

»Ihren Namen.«

»Sonst nichts?«

»Nein. Was sollte sie denn sonst noch sagen? Sie kommt am Sonntag, so etwas ist in zehn Sekunden ausgesprochen.« Dorothea trug in einer Terrine die Linsensuppe auf, die es an diesem Mittag gab. Hermann aß meist, bevor die Kinder aus der Schule kamen. Er wollte in Ruhe essen, weil das der Verdauung förderlich war. Die ganze Familie am Tisch — da gab es immer Streitigkeiten. Ein unruhiges Essen aber schlägt sich auf die Magenwände nieder.

»Oder«, fuhr Dorothea fort, »sollte ich Eva unterhalten?«

»Was heißt hier unterhalten?«

»Sie hat sich nicht einmal erkundigt, wer wir sind. Ob du Arzt oder Geologe bist . . .«

»Das spricht für ihre Unbefangenheit. Die Person ist uninteressant für sie, nur die Aufgabe zählt.«

»Nach Manfred hat sie überhaupt nicht gefragt. Kein Wort über den Jungen.«

»Den wird sie noch früh genug kennenlernen!« Wolters schöpfte sich den Teller voll Linsensuppe. Es gab eine Knackwurst dazu, die er sorgfältig in kleine Scheiben schnitt. »Wirst du einen Kuchen backen, Hasi?«

»Sie soll sich bei uns vorstellen, aber nicht 400 Gramm zunehmen.«

»Wir haben sie zum Kaffee eingeladen. Zu einem Sonntagskaffee in einer deutschen Familie gehört Kuchen. In England würde man Kekse reichen, in Frankreich . . .«

»Ich kann einen Stachelbeerkuchen holen.«

»Sehr gut. Stachelbeeren sind erfrischend.« Mit gutem Appetit aß Wolters seine Linsensuppe. Er hatte immer Appetit, außerdem kochte Dorothea vorzüglich. »Ob es möglich ist, daß am Sonntagnachmittag meine Familie vollzählig am Tisch sitzt?«

»Das wage ich nicht vorauszusagen.«

»Wenn wir der jungen Dame Familienanschluß anbieten, sollte die Familie auch versammelt sein.«

»Das könntest du ja mit deinen fast erwachsenen Kindern besprechen.« Dorothea aß kaum etwas, aber sie tat so, als ob. Sie tunkte den Löffel in die Suppe und führte ihn fast leer zum Mund. Wolters nahm das gar nicht wahr.

»Ich spreche nicht über Selbstverständlichkeiten! Wir sind am Sonntagnachmittag alle hier versammelt — oder es kracht!« Er blickte in die Terrine und dann Dorothea an. »Nur ein Würstchen?«

»Für jeden eins. Fünf Würstchen kosten heute...«

»Ich habe die Ferienkasse noch mal durchgerechnet.« Wolters legte den Löffel in den Teller. »Wenn wir alle normale Ansprüche stellen, können wir es uns leisten, in Diano Marina einmal wöchentlich auswärts zu essen, Kollege Dr. Simpfert, ein guter Rivierakenner, hat mir drei Fischlokale empfohlen, wo man schon für 9,43 deutscher Währung vorzüglich und reichlich essen kann. Wir werden das wahrnehmen. Ein Liter Landwein kostet DM 2,19. Das ist doch phänomenal!«

»Es kann aber sein, daß Fräulein Eva keinen frittierten Tintenfisch mag«, meinte Dorothea. Ein Unterton von Gehässigkeit war nicht herauszuhören.

»Auch das ist einkalkuliert.« Wolters rührte in seiner Suppe herum. »Ein Schnitzel à la Bolognese kostet in diesen Restaurants 11,17 nach deutschem Geld. An der Nordsee kostete es im vorigen Jahr 18 Mark! Man braucht kein mathematisches Genie zu sein, um zu begreifen, daß...«

»Du machst dir eine Menge Gedanken um Fräulein Aurich...«

»Nun werde doch nicht spitz!« Wolters aß unlustig weiter. »Familienanschluß verpflichtet. Er legt uns eine Bürde auf, denn alles, was wir tun, muß dem guten Ruf unserer Familie entsprechen, das ist Ehrensache! Ich kann nicht Familienanschluß anbieten und die junge Dame dann an einem Hering lecken lassen. Also, mir ist es ein Rätsel, was in euren Gehirnen vorgeht! Eine intakte

Familie ist eine in Sturm und Wetter sicher ruhende Insel...«

»Und wieviel willst du der neuen Inselbewohnerin für diese fünf Wochen zahlen?«

Wolters legte den Löffel endgültig hin. Dorothea hatte da ein Thema angeschnitten, das er bisher elegant umgangen hatte. Bei seinen Kollegen hatte er Informationen eingeholt, was so eine Ferienhilfe kostete. Die Zahlen gingen weit auseinander. Darum hatte er beim Studentendienst angerufen, wo man ihm einen Stundenlohn nannte, den Wolters für völlig irre hielt. Unter Zugrundelegung dieser Lohnstufe wurden fünf Wochen in Diano Marina noch teurer als die Nordsee.

Aber dann hatte Hermann Wolters sich gesagt, daß man hier anders rechnen müßte. Freie Fahrt, freies Wohnen, freie Verpflegung, ein paar Sonderzuwendungen wie etwa ein Sonnenhütchen oder ein paar Pantoletten aus Bast, dazu noch der Familienanschluß... also, bei einer zusätzlichen Bargeldzuwendung konnte es sich nur noch um eine Anerkennungsgebühr handeln. Um eine Art Taschengeld.

»Ich dachte so an zehn Mark pro Tag«, sagte er gedehnt.

»Dafür krabbelt dir nicht mal ein Käfer übers Bein!«

»Fräulein Eva soll nicht krabbeln, sondern Manfred beaufsichtigen«, erklärte Wolters steif. »Was ist eigentlich mit dir los? Du hast schon weitgehend die lädierte Sprache der Jugend angenommen. Zehn Mark pro Tag, das sind 380 Mark für fünf Wochen. Bares Geld, ohne Abzüge! Mein erstes Gehalt als Referendar...«

»Damals gab es noch keinen Manfred Wolters. Du mußt Fräulein Eva Schwerstarbeiterzulage, Schwitzgeld und Gefahrenzulage zubilligen«, sagte Dorothea ruhig. »Überlege es dir. Ich möchte dich nur vor Nachforderungen bewahren.«

Diese Sorge war unbegründet, wie es sich herausstellte, als Eva Aurich am Sonntag zum Kaffee erschien.

In ausgesprochen schlechter Laune hockten Walter und Gabi am Tisch und empfanden es als Ausdruck totalitärer Gewalt, daß man ihnen befohlen hatte — jawohl, befohlen! — etwas zu besichtigen, was sie gar nicht betraf, sondern nur Manfred. Der hingegen hockte in seinem Zimmer und heulte vor Wut, weil er, was selten vorkam, von seinem Vater eine schulmeisterlich perfekte Ohrfeige bekommen hatte — als Quittung für seine Bemerkung: »Diese doofe Nuß von Eva soll abzischen!«

Pünktlich um vier Uhr klingelte es. Wie vorher festgelegt, trippelte Gabi hinaus und öffnete die Tür. Sie ließ Eva Aurich ein, starrte sie an, gab ihr die Hand, und während Eva sich ihrer Sommerjacke entledigte, sauste Gabi zur Wohnzimmertür und winkte Walter, sofort herauszukommen.

»Falls da draußen einer deiner langmähnigen Leninjünger ist — sag ihm, heute nicht!« rief Wolters ihm nach.

Walter zog die Schultern hoch und knallte die Tür hinter sich zu. Aber dann stand er einem weiblichen Wesen gegenüber, dessen Anblick sein neunzehnjähriges Herz einen Trommelwirbel schlagen ließ. Eva Aurich war langbeinig und schlank, die blonden Haare fielen ihr bis über die Schultern, und sie hatte Rundungen überall da, wo man sie bei einer Traumfigur erwartet. Kurzum, sie entsprach äußerlich in keiner Weise der Aufgabe, die sie übernehmen sollte.

»Ich bin Walter, der älteste Sohn«, sagte Walter gekonnt lässig. »Das ist Gabi. Unserem Vater hätte nichts Besseres einfallen können, als Sie zu engagieren.«

»Mein Gott, ich soll dich — pardon, Sie betreuen?« Eva Aurich starrte zu Walter hinauf, der einen Kopf größer war als sie.

»Ich hätte nichts dagegen«, grinste der. »Bleiben wir beim Du...«

»Das muß doch ein Irrtum sein. In der Anzeige stand: ein Kind...«

»Das gibt es auch. Manfred, der Jüngste. Wir gelten schon als Erwachsene.« Gabi hob die Schultern. »Bei unserem Vater ist das allerhand. Großjährigkeit heißt bei ihm nämlich noch lange nicht erwachsen sein. Aber man gewöhnt sich daran. Paps ist schon stiller geworden, nachdem wir ihm anhand des Familienstammbuches bewiesen haben, daß unsere Großmutter schon mit achtzehn ihr erstes Kind hatte — Onkel Fritz. Und ich bin achtzehn.«

»Kennst du den geologischen Aufbau von Neuguinea?« fragte Walter.

Eva schüttelte den Kopf. »Nein.«

»Oh, das wird schwer werden!«

»Wer ist denn da?« rief Hermann Wolters aus dem Wohnzimmer. »Walter! Gabi!«

»Das ist er!« Walter nickte Eva Aurich aufmunternd zu. »Unsere Familie ist eine sogenannte intakte Familie — aber total chaotisch. Man merkt das nicht sofort, alles läuft supernormal, aber in diesem Supernormalen steckt der Irrsinn! Also denn, gehen wir zum Diktator...«

Dorothea erhob sich ohne Eile, als Eva Aurich ins Zimmer trat. Genauso hatte sie sich den Familienanschluß vorgestellt, nachdem sie mit einiger weiblicher Phantasie das dem Brief beigelegte Brustbild nach unten verlängert hatte. Nur waren die Beine noch länger und schlanker, als Dorothea vermutet hatte, und überhaupt war Eva Aurich eine wahre Augenweide.

Das Mädchen kann nichts dafür, dachte Dorothea etwas hilflos. Aber für ihren Job mit Familienanschluß ist sie einfach zu hübsch.

Hermann Wolters katapultierte sich förmlich aus seinem Sessel und entwickelte eine jugendliche Elastizität, die auf regelmäßige sportliche Betätigung hätte hindeuten können, was aber gar nicht der Fall war. Wolters hatte für Sport immer wenig übrig gehabt. Er war ein geistiger Mensch. Lediglich Fußball und Boxen interessierten ihn, aber auch nur vor dem Fernseher.

»Da sind Sie ja!« rief er schwungvoll. Es war ein dämlicher Satz, aber in dieser Situation verzeihlich. »Meinen Sohn und meine Tochter kennen Sie ja nun schon. Das hier ist meine Frau Dorothea — ich bin Hermann Wolters. Sind Sie mit einem Taxi gekommen? Hatten Sie Auslagen?«

»Nein, ich habe einen eigenen Motorroller.« Eva gab jedem die Hand — es waren die schrecklichen leeren Minuten, in denen man nicht recht weiß, was man sagen soll, diese Minuten des Kennenlernens und Abtastens. »Ich habe ihn an den Zaun des Vorgartens gelehnt. Das darf ich doch?«

»Aber ja, ja! Hier ist noch eine Gegend, wo eine Jungfrau nachts unangefochten an einem Gebüsch vorbeigehen kann... hahaha...«

Eva Aurich lächelte höflich, Dorothea zeigte keinerlei Regung, und Walter warf Gabi einen schnellen Blick zu. Paps benimmt sich mal wieder super, sollte das heißen.

Das Gespräch kam etwas mühsam in Fluß, was vor allem daran lag, daß Walter von einem Jugendtreffen gegen den amerikanischen Imperialismus berichtete, zugegebenermaßen mit originellen Redewendungen und ohne sich von seinem Vater irritieren zu lassen. Danach kam er auf die kapitalistische Gesellschaft zu sprechen, die in Dekadenz enden würde, aß dabei drei Stück Stachelbeertorte mit viel Schlagsahne und trank vier Tassen Kaffee.

Endlich konnte Wolters eine kleine Denkpause zu der Bemerkung benutzen: »Ich möchte hier nur etwas richtigstellen, Fräulein Aurich. Wenn Sie Interesse daran haben, mit uns in die Ferien zu fahren, wird es nicht Ihre Aufgabe sein, die marxistische Klagemauer meines Sohnes Walter darzustellen. Es handelt sich vielmehr um meinen Sohn Manfred, gerade zehn geworden... Gabi, hol doch mal Manni her.«

»Falls er will.« Gabi erhob sich und verließ das Zimmer.

Mit diesem kurzen Satz war alles gesagt, stand das ganze Problem vor Eva Aurich.

Wolters versuchte ein schiefes Lächeln, Walter hob stumm und resignierend die Schultern, nur Dorothea meinte in ihrer milden Art:

»Manfred ist ein Nachkömmling.«

»Ich verstehe«, antwortete Eva. »Sehr verwöhnt...«

»Man könnte ihn täglich neunmal an die Wand knallen!« erklärte Walter.

»Du übertreibst!« Wolters sah seinen Sohn böse an. Er vergrault mir ja die junge Dame! Sie bekommt Bedenken, noch bevor sie Manfred gesehen hat. »Walter tut so, als sei sein kleiner Bruder ein Ungeheuer...«

»Es fehlt nicht viel!«

»Er hat einen eigenwilligen Charakter — und das begreifen die wenigsten.«

»Ich glaube, es wird für mich eine gute Aufgabe sein, Manfred zu beobachten«, sagte Eva Aurich.

»Wieso beobachten?« Walter blickte Eva ziemlich konsterniert an. »Du sollst ihn an den nächsten Baum binden, damit er keinen Blödsinn macht.«

»Beobachtung ist das Fundament der Erziehung.« Eva Aurich wandte sich an Hermann Wolters, der so heftig Zustimmung nickte, als säße sein Kopf auf einer Spirale. »Manfred wird ein Junge wie jeder andere in seinem Alter sein.«

»Das möchte ich nun nicht unterstreichen«, erwiderte Walter unter den strafenden Blicken seines Vaters. Innerlich klatschte nur Dorothea ihrem Sohn Beifall, in der Hoffnung, diese Eva würde ihre Bewerbung vielleicht zurückziehen. »Jeder Junge in diesem Alter kann frei herumlaufen... bei Manfred löst das Katastrophen aus. Wir werden nach den Ferien ein Daueraufenthaltsverbot für Diano Marina bekommen, und unsere Fotos werden zur Warnung ausgehängt werden.«

»Mein Sohn Walter leidet an geistigen Blähungen!« sagte Wolters aufgebracht. Walter bekam einen knallroten Kopf, schluckte und sprang auf. »Aber das ist nicht verwunderlich«, fuhr Wolters unbeeindruckt fort. »Er lebt mit revolutionären Schlagworten in einer engen Symbiose. Nehmen Sie das nicht ernst, Fräulein Aurich.«

»Danke!« knurrte Walter giftig. »Ihr entschuldigt mich jetzt wohl, ich werde ja hier nicht mehr gebraucht.«

Er verließ das Zimmer; dafür kamen Gabi und Manfred herein. In der Tür stießen sie zusammen, und man hörte Manfred deutlich fragen:

»Ist die dumme Kuh also da?«

Walter verzichtete darauf, ihm eine zu schmieren, Dorothea saß unbeweglich am Tisch, und Hermann Wolters schämte sich. Eva Aurich drehte sich auf ihrem Stuhl um.

Es war ein denkwürdiger Augenblick, und keiner weiß, was da in Manfreds kleiner Seele geschah. Er blickte Eva an, kräuselte die Lippen, kam dann auf sie zu, reichte ihr die Hand und sagte:

»Das ist schön, daß du da bist, Eva ...«

»Im höchsten Falle: Fräulein Eva!« rief Wolters aufgebracht.

»Fräulein ist doch doof! Warum denn?«

»Du hast recht, Manfred.« Eva drückte seine Hand. »Ich bin Eva.«

»Und ich Manni ...«

»Das werden schöne Ferien werden.«

»Sie wollen also wirklich die Aufgabe übernehmen, Fräulein Aurich?« fragte Dorothea steif. Hermann Wolters hielt vor Spannung fast den Atem an.

»Ja, natürlich, gerade jetzt, wo Manfred und ich uns auf Anhieb so gut verstehen. Wenn Sie mich näher kennen, werden Sie die Erfahrung machen, daß ich nie kapituliere. Ich habe einen starken Willen. Schwierigkeiten breche ich auf.«

»Bravo!« sagte Wolters begeistert. »Bravo! Das ist auch ganz meine Auffassung!«

»Bei so viel Klarheit sollte man jetzt über den kaufmännischen Teil reden«, beendete Dorothea nüchtern diese Erklärungen.

Das kann ja lustig werden, dachte sie dabei. Dieses raffinierte, blondmähnige Aas! Erfaßt sofort, wo man Hermann packen kann — beim pädagogischen Gleichstrom! Sie stellte verblüfft fest, daß sich Manfred ohne Murren oder »Doof«-Ausrufe an den Tisch setzte, sich manierlich ein Stück Stachelbeerkuchen auf den Teller legte und höflich fragte: »Darf ich Sahne haben?«

Gabi übernahm das, noch ganz in früheren Gewohnheiten befangen, und klatschte ihm Schlagsahne auf das Tortenstück. Das hätte sonst zu einem wilden Aufschrei geführt, aber heute sagte Manfred nur: »Danke.«

»Fangen wir beim Wichtigsten an — beim Geld.« Dorothea lächelte schief. »Es muß sein, Fräulein Aurich. Davon haben wir am wenigsten.«

»Ich habe mir gedacht: für die fünf Wochen pauschal sechshundert Mark«, sagte Hermann Wolters schnell. Dorothea saß steif wie eine Statue und starrte ihren Mann an.

»Ich dachte, dreihundertachtzig — nach deinen eingehenden Berechnungen ...«

»Ich habe neue Berechnungen angestellt und bin dazu gekommen, daß sechshundert Mark tragbar sind. Schon immer war meine Maxime: gerechte Arbeit — gerechter Lohn! Auch wenn du achtzehn Jahre alt bist, Gabi, kann ich dir noch verbieten, hier so unverschämt grinsend am Tisch zu sitzen.«

»Sechshundert akzeptiere ich.« Eva Aurich blickte an Wolters vorbei und schien im Geist zu rechnen. »Für dreihundertachtzig wäre es nicht gegangen.«

Wolters atmete auf, nannte sich innerlich einen Teufelskerl und lehnte sich zufrieden zurück.

»Ich habe also keine Ausgaben?« wollte Eva noch wissen.

»Voller Familienanschluß, wie angeboten.«

»Dann wären wir uns einig«, lächelte Eva sonnig.
»Noch nicht.« Dorothea hatte sich diesen Trumpf bis zuletzt aufgespart. Keiner hatte daran gedacht, auch Hermann nicht. Er war nach dem Foto viel zu euphorisch geworden.
»Was ist denn nun schon wieder?« fragte Wolters irritiert.
»Die Transportfrage.«
»Wie soll ich das verstehen?«
»Einer von uns muß auf dem Dach oder über dem Kofferraum festgeschnallt reisen. Schon mit fünf Personen war das Auto überbesetzt, und hinten hockte man wie in einer Sardinendose. Nun sind wir sechs. Ich bin gespannt, wie wir dieses Problem lösen.«
»Das Problem ist gelöst!« Walter erschien wieder im Zimmer. Es war offensichtlich, daß er an der Tür gelauscht hatte. Jetzt kam sein großer Auftritt, und er genoß ihn wie ein Staatsschauspieler seinen Monolog. »Wir teilen uns und fahren mit zwei Wagen. Eva und ich in meinem Citroën, die anderen in Vaters Veteran. Dann haben wir alle Platz genug, und es gibt gar keine Schwierigkeiten.«
Verräter, dachte. Dorothea, fällst mir in den Rücken! Aber was kann man von einem Neunzehnjährigen anderes erwarten? Er ist ein ausgewachsener Mann, das vergißt man als Mutter immer wieder. Für ihn muß diese Eva die ganz große Leuchte sein, die seinen Weg erhellt. Und natürlich ist es selbstverständlich, daß sich Vater und Sohn diesmal völlig einig sind: Es gibt keine bessere Ferienbegleitung für Manfred als Eva Aurich. Da braucht man gar keine Gegenargumente mehr vorzubringen — die beiden schmettern sie mit Elan ab. Wie Männer doch alle gleich reagieren bei langen Beinen, knackigem Po, jungen Brüsten und blonder Haarmähne! Natürlich könnte ich nachher zu Muckel unter vier Augen und ganz ultimativ sagen: Entweder kommt eine andere mit, oder wir bleiben hier! — Aber was bringt das? Soll ich mir die Blöße geben, daß ich eifersüchtig bin — auf ein

Mädchen von 23 Jahren? Ich bin jetzt vierzig, aber wenn ich mich danebenstelle, brauche ich keine Komplexe zu haben. Das habe ich gestern abend im Spiegel gesehen. Und dabei habe ich drei Kinder geboren, von denen zwei schon längst wissen, wozu sie ihre Hormone haben. Nein — ich habe es nicht nötig, Hermann in diesem Fall zu etwas zu zwingen. Da gibt es andere Methoden, einem balzenden Hahn die Federn zu rupfen.

Also schwieg Dorothea, und in diesem Augenblick meldete sich Manfred zu Wort. Völlig logisch sagte er: »Ich fahre mit Eva! Walter sitzt vorn, und Eva und ich sitzen hinten im Citroën.«

»Mit Manni im Nacken kann ich nicht fahren!« Walter starrte seinen Bruder böse an. »Kein Dompteur dreht einem Raubtier den Rücken zu.«

»Ist er nicht doof?« Manfred blickte Eva treuherzig aus blauen Augen an. »Frag du doch mal, wen du betreuen sollst, mich oder Walter!«

»Hier wird nicht dumm gefragt!« sagte Wolters laut und bestimmend. »Es wird also mit zwei Wagen gefahren. Platzverteilung: Im Citroën Walter, Gabi und Mami, in meinem Wagen Fräulein Eva, Manfred und ich.«

»Sehr eindrucksvoll« meinte Dorothea ohne besondere Betonung.

»Man könnte auch so sagen: Mein Wagen ist das pädagogische Gefährt. Ich hätte während der Fahrt genügend Zeit, mit Fräulein Aurich über Manfred zu sprechen.«

»Ich könnte ja auch mit Eva und Walter fahren«, mischte Gabi sich ein und komplizierte damit das Problem völlig. »Manni kann dann bis zur Riviera bei Mami und Paps bleiben.«

»Ist Eva für mich da oder für wen sonst?« schrie Manfred und stieß gegen seine Kaffeetasse. Eine braune Brühe lief über das Tischtuch. Aber darauf kam es jetzt auch nicht mehr an. »Ich bin der Ekelzwerg, der geknebelt werden soll!«

»Haben Sie das zu ihm gesagt?« Eva Aurich sah Wolters erschrocken an.

»Nein! Solche unqualifizierten Sprüche läßt nur mein Leninjünger los. Anscheinend spricht man in Rußland so über seine Brüder!«

»Das war aber sehr häßlich, Walter!« Eva warf Walter einen langen Blick zu. Der wurde rot und grinste verlegen. »Mit so etwas bringst du deinem Bruder nur Komplexe bei.«

»Der und Komplexe! Aber bitte, einigt euch unter euch über die Sitzordnung. Klar ist nur, daß wir mit zwei Wagen fahren. Paps, kalkuliere bitte Benzin, Öl, Reifenverschleiß und Wertminderung durch die gefahrenen Kilometer in deinem Ferienetat mit ein.«

»Wir werden auf das Nordsee-Niveau kommen«, sagte Dorothea und stand auf, um den Tisch abzuräumen und die Tischdecke abzuziehen. »Nur mehr Arbeit werde ich haben...«

Eva Aurich blieb sogar noch zum Abendessen. Sie trank Bier mit Wolters und Walter, rauchte sogar Walters filterlose Zigaretten und half Dorothea in der Küche beim Geschirrspülen. Anschließend saß sie auf der Couch, als im Fernsehen eine Quizsendung lief, und wußte jede Frage schneller und richtiger als die meisten Kandidaten zu beantworten. Es war eine Freude, sie anzusehen.

Mit Familienanschluß...

»Ich schlage vor«, rückte Wolters plötzlich heraus, »daß wir Fräulein Aurich bitten, zur Eingewöhnung in unsere Familie schon eine Woche vor den Ferien bei uns zu wohnen. Was haltet ihr davon?«

»Sehr gut!« sagte Walter ohne Zögern.

»Von mir aus...« Das war Gabi.

»Klasse!« Manfred war begeistert.

»Du hattest schon immer einen enormen Weitblick.«

Auch diese Bemerkung von Dorothea nahm Wolters als Zustimmung, wenngleich sie im Grunde perfide war.

»Das ist ein sehr guter Vorschlag«, meinte Eva Aurich fröhlich. »Ich komme gern. Sie sind wirklich eine nette Familie.«

Bevor Manfred einschlief, erschien Walter in seinem Zimmer. Das war so ungeheuerlich, daß Manfred sich unter der Decke zusammenrollte und bereit war, laut zu schreien.

Wenn er mich jetzt verhaut, dachte er, mache ich eine Woche lang in der Schule blau. Wegen Kindesmißhandlung! Aber Walter setzte sich nur auf die Bettkante und war ganz friedlich.

»Ich will dir einen Vorschlag machen, Manni«, sagte er leise. »Wenn du Eva mit mir fahren läßt und zu Paps in den Wagen steigst, kriegst du zwanzig Mark.«

»Du hast wohl 'ne Meise!« Manfred tippte sich an die Stirn. »Unter hundert Mark läuft da gar nichts! Wenn Eva dir das nicht wert ist...«

»Man sollte dir wirklich den Hals umdrehen«, knirschte Walter und verließ das Zimmer.

Noch drei Wochen bis zu den großen Ferien... Da konnte noch viel passieren!

3

Wenn eine kluge Frau Probleme auf sich zukommen sieht, an die sie früher nie gedacht hätte, spricht sie nicht darüber, sondern handelt in der Stille. Zwar können das die wenigsten, und es ist auch – zugegebenermaßen sehr schwer, den Mund zu halten. Beispielsweise, wenn der Ehemann, der bisher völlig auf die konservative Linie eingeschworen war, sich plötzlich ein breitgestreiftes, supermodisches Hemd kauft und behauptet, für Italien sei gerade das von angenehmer Tragbarkeit. Und dabei weiß man sehr wohl, daß solch ein Hemd nur dazu dienen soll, einen Hauch von Jugendlichkeit zu verbreiten.

Außerdem legte sich Wolters, sonst immer auf bequemes Schuhwerk bedacht, ohne vorherige Beratung mit seiner Frau, wie sie bisher üblich war, italienische Schuhe zu, eng, vorn spitz zulaufend und in einem leuchtenden Ochsenblutrot. Dabei war ein Lehrsatz von ihm: ›Schuhe sind Laufwerkzeuge. Sie müssen bequem sein und fußkonform. Es gibt keine Latschen — es gibt nur anatomisch richtig angepaßte Schuhe!‹

Dorothea schwieg zu dem Kauf. Das war gut, denn Wolters hätte nach einem halben Tag in den neuen Schuhen nur grobe Antworten gegeben. Am Abend massierte er eine Fußcreme in die Haut und trug weite Hausschuhe. Allerdings — nach zwei Tagen konnte Dorothea die Frage nicht zurückhalten: »Hast du dich eingelaufen?«

»Was soll das heißen?« fragte Wolters überrumpelt. Er hatte gerade an die kommende Woche gedacht, die für die, Eingewöhnung in die Familie, vorgesehen war. Der Tag, an dem Eva Aurich bei den Wolters den Familienanschluß proben sollte, rückte erfreulich näher.

»Ich meine die neuen Schuhe.«

»Welche neuen Schuhe?«

Man muß Männer kennen ... Was eine Stunde alt ist, ist nicht mehr neu. Wolters trug die ›Italiener‹, wie seine neuen Schuhe in der Familie unter der Hand genannt wurden, nun schon zwei Tage. Nach männlichem Ermessen waren sie also uralt.

»Die du anhast«, sagte Dorothea geduldig. »Die schmalen, spitzen ...«

»Ach die! Sie sind sehr bequem.« Wolters schlug elegant die Beine übereinander. Dadurch sah Dorothea nun auch, daß er seit heute neue Socken trug. Mit einem Rand aus blauen Doppelringen. »Ein guter Leisten, auf dem die Schuhe gearbeitet sind. Man schwebt nur so darin.«

»Sicherlich.«

Das Gespräch über die Schuhe war damit klugerweise beendet. Aber was waren auch die kleinen Probleme von Hermann Wolters gegen die Schlachten, die Walter schlagen mußte.

In Anbetracht der Erfahrung, daß alle großen Ferien mit der Familie eine unheimlich triste Angelegenheit waren, und von der Aussicht gequält, in einem Ferienhaus mit Schafen und Ziegen wohnen zu müssen, hatte es Walter nach großen Bemühungen endlich erreicht, daß seine Freundin Ingeborg von der Reise nach Ibiza Abstand nahm und sich bereiterklärte, Diano Marina zu akzeptieren. Allerdings nur, wenn die Familie ausgeklammert wurde und man an der Riviera ebenfalls das Leben von Paradieskindern führen konnte. Das sah Walter auch ohne Gegenargumente ein.

»Das biege ich schon hin«, hatte er Ingeborg mit Elan versprochen. »Erst einmal müssen wir da sein, dann kommen die Alten in Zugzwang.«

Das war vor drei Wochen gewesen. Aber seitdem hatten sich für Walter das Leben, die großen Ferien, sein erotisches Weltbild und sein Lebensstil grundlegend verändert. Der Eintritt von Eva Aurich in die Wolters-Familie war eine Art Naturereignis geworden. Darum war es seitdem für Walter die Hauptaufgabe all seiner Beredsamkeit, Ingeborg davon zu überzeugen, daß Diano Marina wohl doch nicht der rechte Erdenfleck sei, um gemeinsam das freie Leben auszukosten.

Ingeborg jedoch erwies sich auf einmal als schwerhörig. Ibiza war abgeschrieben, die Riviera eingeplant — sie dachte nicht daran, nun einzusehen, daß Walter als Opfer seiner Familie seinen vorherigen Versprechungen nicht mehr nachkommen konnte.

»Bist du noch ein Schoßkind?« fragte Ingeborg ziemlich schnippisch. »Mit neunzehn hatte Alexander der Große schon Persien erobert.«

»Er hatte keinen Hermann Wolters zum Vater!«

»Auch autoritäre Väter kann man in die Knie zwingen! Mensch! Hältst Vorträge über Knechtschaft und ziehst selbst den Pflug!«

Man muß zugeben, Ingeborg war eine gute Rhetorikerin.

»Zeig es deinem Alten mal!« fügte sie noch hinzu. »Hau auf den Tisch!«

»Solange ich kein Geld verdiene . . .«

»Dann verdiene es! Steig doch aus dem ganzen Scheiß der humanistischen Bildung aus! Wer Mörtel anrühren kann, ist wichtiger als der, der den Mörtel bezahlt. Der Stinksack mit dem dicken Bankkonto kann keine Kuh melken — aber Milch will er trinken! Die Zukunft gehört denen, die notwendig sind. Mensch, werde notwendig!«

»Ich muß erst mit dem Studium in Berlin angefangen haben, dann schlage ich zu!« sagte Walter etwas lahm. Er wußte, daß er so auf Ingeborg keinen Eindruck machte. Sie arbeitete in einer sogenannten Aktivgruppe, die von ›Spendern‹ unterstützt wurde. Aufgabe der Gruppe war es, überall dort, wo man protestieren konnte, mit roten Fahnen, Transparenten und Pflastersteinen aufzumarschieren.

Zweimal war Walter mitmarschiert, bei Demonstrationen in München und Nürnberg, natürlich mit einem Schal vermummt. An Ingeborgs Seite hatte er tapfer mitgebrüllt. Dann bekam er Hiebe von der Polizei, die man selbstverständlich nur ›Bullen‹ nannte, wurde vom Strahl eines Wasserwerfers gegen eine Hauswand gedrückt und behielt eine neuntägige Erkältung zurück.

Von da an war Walter nur noch Theoretiker. Aber die muß es ja auch geben, schließlich standen auch Marx und Engels nie im Wasserwerferstrahl. Also erfand Walter die Slogans, die die anderen später auf den Straßen und Plätzen brüllten. Nicht jeder ist zum Nahkämpfer geboren . . .

»Dein Scheiß-Studium!« antwortete Ingeborg. »Wenn ich dich nicht so gern hätte, würde ich sagen: Kapitalistenknecht! Walter, zeig deinem Alten mal die Zähne. Das brauchen die Opas wie wir den Sex. So was ist für die ein Ersatzkoitus. Sag ihm cool: ›Nein, ich mache in den Ferien, was ich will! Wenn euch das nicht gefällt, verzichtet auf mich.‹ Du wirst sehen, dein Alter wird toben das ist sein Ersatzbums — und dann klein beigeben, das ist seine Entspannung.«

Man kann sagen, was man will: Auch wenn Ingeborg mit ihren Ansichten und der Wahl ihrer Worte nach bürgerlichen Begriffen nicht gerade zu den zahmen, liebreizenden Mädchen gehörte — ihre Argumente waren zumindest diskussionswürdig. Nur hatte Walter gar kein Interesse mehr daran, es auf eine Kraftprobe mit seinem Vater ankommen zu lassen. Er dachte an Eva Aurichs lange, blonde Haare, an den sanften Blick ihrer stahlblauen Augen, geriet innerlich ins Schwärmen und fand plötzlich Ingeborgs verwaschene Jeans scheußlich und die Boots an ihren schlanken Füßen (die sowieso keiner sah) fürchterlich.

»Wir müssen das abblasen, Ingeborg«, sagte er gespielt traurig. »Im nächsten Jahr sieht alles anders aus.«

»Im nächsten Jahr bist du ein bürgerlicher Sack, wenn das so weitergeht!«

»Die Weihnachtsferien...«

»Da singst du ›Stille Nacht, heilige Nacht‹ vor eurem Weihnachtsbaum und machst dir vor Rührung die Hose voll.«

Es stieß Walter auf einmal unangenehm auf, wie ordinär Ingeborg sein konnte. Das war sie natürlich immer gewesen, aber der Blick für so etwas trübte sich schnell, wenn sie die Bluse auszog und zu einem schnurrenden Kätzchen wurde.

Sie bewohnte ein Zimmer in einem baufälligen Haus am Rande von Bamberg, in Richtung Bayreuth, das sie mit einer Matratze auf der Erde, Nägeln an den Wänden, einem zweiflammigen Elektrokocher und einer Kommode vom

Sperrmüll eingerichtet hatte. Außerdem gab es noch zwei Stühle mit zerschlissenen Polstern (auch vom Sperrmüll) und eine fuchsrote Katze, die sie Lenin nannte, weil auch der einen rötlichen Spitzbart gehabt haben soll.

Allerdings war es völlig falsch, zu denken, Ingeborg käme aus der Gosse. Im Gegenteil. Ihr Vater war ein bekannter Chirurg, Privatdozent und Oberarzt an einer Uniklinik, der es inzwischen aufgegeben hatte, nach dem Aufenthaltsort seiner Tochter zu forschen, und der wie viele Väter die vage Hoffnung hegte, daß seine Tochter bei zunehmender Lebenserfahrung eines Tages wieder vor der elterlichen Tür stehen würde. Zur Zeit war Ingeborg achtzehn Jahre alt, voller Weltekel, aber wahlberechtigt. Sie fühlte sich als eine der Säulen der deutschen Zukunft.

Der Kampf, den Walter führte, um aus seinen vorherigen Abmachungen herauszukommen und für Eva Aurich frei zu werden, war wirklich heroisch. Selbst die entkleidete Ingeborg auf der Matratze konnte ihn nicht mehr rühren; er erklärte nach langen Diskussionen mit sehr viel Mut: »Zum Teufel, es geht nicht. Ich bin meinem Vater noch verpflichtet!«

»Feigling!«

»Das nimmst du zurück.«

»Nein!«

»Ich gehe!«

»Tschüs. Sieh dir noch mal an, was dir gehört hat — und dann verschwinde!«

»Du bist erschütternd vulgär, Ingeborg.«

»Mensch, hau ab! Und so was habe ich mal geliebt, wirklich geliebt. Weiß der Teufel, warum!«

»Ich denke, Liebe ist ein reaktionäres Überbleibsel?«

»Ach, leck mich doch am . . .«

Walter verließ das alte Haus, stieg in seinen Citroën und klapperte los. Oben am blinden Fenster stand Ingeborg, noch immer in schöner Nacktheit, und starrte ihm entgeistert nach.

51

Er geht wirklich! Er läßt mich tatsächlich allein — so, wie ich jetzt vor ihm gelegen habe. Er kriegt es fertig und saust ab ohne ein Wort.

Er hat eine andere! Verdammt noch mal, das ist es: Er hat eine andere!

Ingeborg schlug mit der Faust gegen die kahle Mauer, brüllte: »Du Schuft!« in den fast leeren Raum und begann dann völlig unmodern zu heulen. Sie hockte sich auf die Matratze, starrte ihre Kleider an, die an den Nägeln an der Wand hingen, und die verstreut am Boden liegenden leeren Konservendosen, Joghurtbecher, Zwiebackpackungen und Gurkengläser. Dann sprang sie auf, gab einer Colabüchse einen Tritt und sagte laut in den kahlen Raum hinein:

»So nicht, mein Junge! Jetzt tret' ich dir in die Kniekehlen. Jetzt kreuze ich bei deinen Eltern auf und nehme mir deinen Alten zur Brust. Mit mir macht man so was nicht!«

Walter fuhr unterdessen mit dem Hochgefühl eines Siegers nach Hause und freute sich auf die kommende Woche. Er machte sogar einen Umweg, fuhr zu dem Appartementhaus, wo Eva Aurich eine Zwei-Zimmer-Wohnung bewohnte, parkte gegenüber und starrte die Fassade an.

Vierte Etage ... da wohnt sie. Hinter einem dieser Fenster.

O Eva ...

Wie gut, daß man nicht durch Mauern sehen kann!

Am Tag, als Eva kam — daraus könnte man einen Hit-Titel machen — hatte sich die Familie gut vorbereitet.

Walter hatte sich die Haare stutzen lassen — allerdings nur etwas, um nicht ganz so bürgerlich zu wirken. Manfred hatte die letzten drei Tage kaum Anlaß zu Klagen gegeben und sein Zimmer peinlich korrekt aufgeräumt. Hermann Wolters trug sein Streifenhemd, seine Streifensocken und die spitzen italienischen Schuhe. Gabi war neugierig, was für Klamotten Eva wohl mitbringen mochte — nur Dorothea war wie immer. Sie saß in ihrem Sessel schräg vor dem Fernseher, sah sich die Tagesschau an und strickte. Manfreds Pullover war bald fertig.

Im Kühlschrank in der Küche warteten zwei Flaschen besten Volkacher Weines darauf, daß man mit ihnen Evas Einzug begoß. Wolters hatte sie gekauft — auf Empfehlung des Kollegen Dr. Schwamm, der ein großer Weinkenner war und im Kollegenkreis als Lebemann galt. Er wußte genau, was Damen mundete. Man konnte sich auf sein Urteil verlassen.

Pünktlich um halb neun abends läutete es. Wolters nickte zustimmend. Pünktlichkeit ist ein Grundpfeiler der Ordnung. Er hatte von Eva Aurich nichts anderes erwartet.

»Ich mache auf!« sagte Walter sofort und sprang von der Couch hoch. Aber Wolters winkte ab.

»Nein, Manfred wird öffnen. Schon aus pädagogischen Gründen. Fräulein Aurich wird ja nun sechs Wochen lang seine Bezugsperson sein.«

Manfred grinste breit und rannte hinaus.

Warten wir es ab, dachte Walter und blieb stehen. Laß uns erst mal in Italien sein.

Die Tür flog auf, und Manfred erschien allein und verwundert. »Da ist 'ne Type gekommen, die will uns sprechen!«

»Wie redest du von Fräulein Aurich?« brüllte Wolters sofort los. »Geh raus und entschuldige dich auf der Stelle!«

»Das ist nicht Eva.« Manfred war sehr beleidigt, daß man ihm zutraute, so von Eva zu sprechen. »Das ist so 'ne Type, die will was von Walter.«

»Walter?« Wolters blickte zu seinem anderen Sohn hinüber. »Ein reitender Bote aus Moskau vielleicht?«

»Ich bin gleich wieder da.« Walter atmete tief durch und verließ das Zimmer, Manfred, der hinterherflitzen wollte, wurde von Dorothea festgehalten.

»Du bleibst hier«, sagte sie streng.

»Aber das ist so 'n Mädchen, wie sie immer im Fernsehen bei den Demonstrationen herummarschieren.«

»Das geht dich gar nichts an.«

»Sie hat gesagt: Ich will deinen Bruder sprechen — oder deinen Alten. Sofort!«

»Der Alte bist du, Muckel«, sagte Dorothea ohne Spott oder Schadenfreude. »Aber du bleibst auch hier. Das ist Walters Sache.«

»Da bin ich aber anderer Meinung. Wer mich Alter nennt...« Wolters blickte Dorothea irritiert an. »Ist das Walters Freundin?«

»Ja.«

»So etwas... etwas Unmögliches leistet sich mein Sohn!«

»Seit fast einem Jahr.«

»Ach, du weißt Näheres über das Mädchen? Und warum ich nicht?«

»Söhne, auch erwachsene, sprechen eben mit ihren Müttern öfter über interne Dinge.«

»Wie schön. Und der Vater, der Alte, darf nur bezahlen! Er ist die Zapfstelle. Aber Interna der Familie laufen an ihm vorbei. Interessant, diese Neuigkeit wenigstens jetzt auf so ungewöhnliche Art zu erfahren! Was will diese Rote-Fahnen-Schwenkerin von mir?«

»Überlaß das bitte Walter«, sagte Dorothea geduldig. »Reg dich nicht auf, Muckel. Es gibt Knoten, die sich von selbst entwirren.«

»Das ist technisch nicht möglich!«

»Aber menschlich. Der Mensch und seine Seele sind eben nicht berechenbar. Sie kommen auf die wunderlichsten Sachen, nicht wahr?«

Wolters ahnte, daß weitere Diskussionen über dieses Thema ins allzu Persönliche abgleiten würden. Deshalb ging er zu seinem Sessel zurück und setzte sich wie auf einen Thron. Er tat beleidigt.

Vor der Tür fand unterdessen ein verbissener Kampf statt.

Ingeborg, das muß man ihr zugestehen, hatte sich fein gemacht. Sie trug Rock und Bluse, vernünftige flache Schuhe und hatte die Haare gewaschen und zu Locken gedreht. Sie sah nicht nur appetitlich, sondern geradezu hübsch aus, nur ihre grauen Augen sprühten Gift, und ihre zitternden Lippen spritzten Galle. Als Walter die Wohnungstür öffnete, die Manfred vor ihr zugeschlagen hatte, empfing sie ihn zunächst wortlos mit einer Ohrfeige. Walter atmete tief durch.

»Bist du wahnsinnig?« keuchte er.

»Wer mit mir schläft, kann auch von mir eine geschmiert bekommen!« schrie Ingeborg und bebte am ganzen schönen Körper. »Wenn du glaubst, du könntest so mir nichts, dir nichts verduften...«

»Du hast gesagt, ich soll abzischen.«

»Seit wann gibst du was auf das, was ich sage? Du willst mich kalt abservieren, das ist es. Hinflappen wie eine leere Coladose! Nicht mit mir, mein Junge!«

»Was willst du eigentlich?« fragte Walter laut. »Deine Matratze jetzt hierherlegen?«

»O du gemeiner Schuft!« Plötzlich weinte Ingeborg, und das war etwas völlig Neues bei ihr. Walter hatte sie bisher nur einmal weinen sehen, als bei einer Demonstration die Polizei ihr Transparent zerstört hatte, bevor das Fernsehen es filmen konnte. Da waren Tränen der Wut über ihre Wangen gekullert. Aber jetzt weinte sie aus der Seele heraus.

»Ich liebe dich doch«, sagte sie schluchzend.

»Darüber haben wir nie gesprochen.« Walter lauschte nach hinten, in Richtung Wohnzimmer. Wenn jetzt Paps kommt, wird es dramatisch, dachte er. Liebe? Mein Gott, ja, ich mag sie, es war immer schön mit ihr. Wir haben heiß diskutiert und zwischendurch ging's ›zur Sache‹. Aber keiner von uns hat doch davon geredet, daß das Liebe ist.

»Also, was willst du nun hier?«

»Glaubst du, ich lasse dich bei mir schlafen, wenn ich dich nicht liebe?« weinte Ingeborg.

»Das ist eine ausgesprochen rhetorische Frage ...«

»Geh mir weg mit deiner Akademikersprache!« Sie wischte sich mit dem Handrücken die Tränen vom Gesicht. »Wo ist die andere?«

»Welche andere?«

»Wegen der du mir einen Tritt gibst!«

»Zum Donner, ich habe dir keinen Tritt gegeben. Ich habe dir nur erklärt, daß das mit Diano Marina nicht geht.«

»Es geht doch.«

»Nein!«

»Ich ziehe in eine kleine Pension in eurer Nähe.«

»Unmöglich!«

»Warum! Wegen der anderen?«

»Es gibt keine andere!« schrie Walter. »Was willst du in Diano Marina?«

»Dasselbe, was du dort willst. Mich sonnen, schwimmen, ausruhen, Fisch essen, die Gegend begucken — und dich sehen. Oder willst du mir vorschreiben, wo ich meinen Urlaub verbringe? Willst du den Ort bestimmen?«

»Ich will gar nichts.« Walter ahnte Komplikationen, die er bisher nicht einkalkuliert hatte. »Was heißt hier überhaupt eine Pension? Dafür hast du doch kein Geld.«

»Und ob ich es habe!« rief Ingeborg voller Triumph. »Ich habe zu Hause angerufen. Mein Alter schickt mir tausend Mark.«

»Dieses vertrottelte Rindvieh!«

»Noch ein Wort über meinen Vater, und es knallt wieder«, sagte Ingeborg kalt.

»Vor zwei Jahren bist du ihm weggelaufen. Überall hat er verkündet, er habe keine Tochter mehr — und kaum gibst du einen Laut von dir, pflastert er dich mit Geld zu. Das ist doch hirnrissig.«

»Das ist Vaterliebe, du Affe!« Ingeborg lehnte sich an

die Wand des Treppenhauses. »Aber du siehst — ich komme nach Diano Marina. Und ich werde jeden Morgen vor eurem Haus sitzen und warten, was da passiert.«

»Damit erreichst du gar nichts!« knirschte Walter voller Wut.

»Steter Tropfen höhlt den Stein.«

»Bei mir nicht. Bei mir setzt er Kalk an und versteinert mich.«

»Was glaubst du, welche Wirkung es hat, wenn ich mit einem Plakat vor eurem Haus aufkreuze.«

»Was für ein Plakat?« fragte Walter geschockt. So gut kannte er Ingeborg inzwischen, um zu wissen, daß sie irgend etwas ganz Unerhörtes plante. Auf Plakat-Parolen war sie in der Demo-Szene spezialisiert.

»Da wird draufstehen: ›Der Beischlaf hört nicht am Morgen auf!‹«

»Die ganze zerschmetternde Verachtung meines Vaters wird dich treffen!«

»Schön, dann schreibe ich eben: ›Erinnerst du dich nicht mehr?‹ — Ja, das ist es! Da kann keiner was sagen, aber jeder weiß, was es bedeutet. Dazu werde ich einen ganz knappen Bikini anziehen, so einen Tanga, und vor eurem Haus sitzen und warten...«

»Bis du schwarz wirst!« zischte Walter.

»Hoffentlich scheint die Sonne, und ich werde schön braun. Ich werde schnell braun. Ich habe viel Pigmente... Ich habe überall viel von dem, was man braucht...«

In diesem Augenblick betrat Eva Aurich das Haus. Zehn Minuten zu spät und deshalb so eilig, daß sie fast mit Ingeborg auf dem Treppenflur zusammengestoßen wäre. Wie bei einer Giftschlange, die man gerade getreten hat, schoß Ingeborgs Kopf nach vorn.

»Ha!« sagte sie laut. »Das ist sie!«

»Ja.« Eva nickte dem total verlegenen Walter mit einem strahlenden Lächeln zu. »Da bin ich endlich. Ihr habt schon auf mich gewartet, was?«

»Aha, so weit ist es schon. Die Familie akzeptiert sie. Mit Familienanschluß...«

»Das Wort hat mir sofort gefallen«, sagte Eva ahnungslos.

»Du feiger Lügner!« Ingeborg schlug wieder zu, und die Ohrfeige saß. Ihre Hand war schnell und ihr Auge zielgewohnt. Sie hatte sogar einen Minister mit Tomaten beworfen und jedesmal getroffen.

Eva Aurich, noch etwas atemlos, erkannte erst jetzt, daß hier eine grundsätzliche, ernste Meinungsverschiedenheit vorliegen mußte. Sie tippte Ingeborg auf die Schulter, und diese fuhr wieder wie ein gereiztes Raubtier herum.

»Ich weiß nicht, was dich berechtigt, so mit Walter umzugehen«, sagte Eva ruhig. »Aber ich nehme an, ihr habt was miteinander, und irgend etwas läuft nun schief. Nur, so ist es die denkbar schlechteste Methode, sich zu einigen.«

»O Gott, eine Intellektuelle!« schrie Ingeborg. Ihre grauen Augen flammten. »Damit du's weißt: Er schläft mit mir.«

»Na und?«

»Das stört dich nicht?«

»Nicht im geringsten...«

»Pervers bist du auch noch! Aber da mache ich nicht mit. Ich bin normal, bei mir gibt's keine Dreiecksverhältnisse...«

»Nun reg dich mal ab«, sagte Eva Aurich. Es war erstaunlich, wie perfekt sie in den Sprachschatz von Ingeborg einstieg. »Darf sie nicht in die Wohnung, Walter?«

»Nein.«

»Warum nicht?«

»Er macht sich die Hosen vor seinem Vater naß«, schrie Ingeborg. »Mit neunzehn Jahren! Da sind andere schon selber Vater!«

»Komm mit«, sagte Eva und ging an dem erstarrten Walter vorbei in die Diele. Er wollte den Arm wie eine Schranke ausstrecken, aber Eva schob ihn zur Seite.

»Wenn du sie nachts kennst, solltest du sie auch am Tage nicht vergessen.«

Ingeborg schüttelte verwirrt den Kopf, ging an Walter vorbei hinter Eva her, tippte sich an die Stirn und betrat somit die Woltersche Wohnung. Die gediegene Bürgerlichkeit, in die sie kam, gefiel ihr im Grunde, aber ihrer Einstellung gemäß zog sie eine Grimasse vor der ›verstaubten Bourgeoisie‹.

Hermann Wolters riß die Wohnzimmertür auf, als er die Schritte in der Diele hörte. Zunächst sah er Eva, und ein erfreutes Leuchten flog über sein Gesicht. Aber dann fiel sein Blick auf ein Wesen, das zwar nicht ganz, aber doch immer noch im Ansatz dem entsprach, was Manfred verkündete hatte: ›So eine, wie sie im Fernsehen bei den Demonstrationen herummarschieren.‹ Als letzter stand Walter an der jetzt geschlossenen Wohnungstür und sah ausgesprochen dämlich aus.

»Wolters«, sagte Hermann Wolters steif und nickte Ingeborg zu. »Sie wollten mich sprechen?« Er wandte sich zu Eva, gab ihr die Hand und lächelte sie an. »Entschuldigen Sie, Fräulein Eva, gehen Sie doch bitte schon ins Wohnzimmer. Da ist etwas Außerplanmäßiges dazwischengekommen.«

»Ich habe die junge Dame in die Wohnung gebeten«, sagte Eva und blieb in der Diele. »Walter hatte draußen im Treppenhaus eine Diskussion mit ihr. Ich bin der Ansicht, daß man so etwas nicht im Flur erledigen sollte.«

»Was es auch ist . . .« Wolters wandte sich wieder zu Ingeborg. »Kann ich Ihnen helfen?«

»Ich bin Ingeborg von Vredden.«

»Erfreut.« Wolters hob die Augenbrauen. Von Vredden, das klang ganz passabel.

»Mein Vater ist Erster Oberarzt der Chirurgie an der Universitätsklinik in Homburg an der Saar.«

»Ich weiß, wo Homburg liegt«, sagte Wolters steif.

»Es gibt auch ein Homburg vor der Höhe.«

»Fräulein von Vredden, ich bin Studienrat und unterrichte Geographie.«

»Das weiß ich.«

Vater Chirurg und Erster Oberarzt, dachte Wolters. Das hört sich noch besser an. Eine Schande, daß die Kinder sich immer seltener ihrer Eltern würdig erweisen. Die Moral unserer Tage ist völlig ins Wanken geraten.

Er räusperte sich. »Gehe ich recht in der Annahme, daß Sie mit meinem Sohn ... wie soll ich sagen ... befreundet sind?«

»Ich liebe ihn!« antwortete Ingeborg, ohne zu zögern.

Das ist infam, durchfuhr es Walter. Das ist ja so gemein! Hätte sie gesagt, wir schlafen miteinander, so wäre das zwar ordinär gewesen, aber es hätte bei Paps genau die Reaktion hervorgerufen, die ich brauche. Aber zu sagen: Ich liebe ihn ... das weckt bei Paps romantischmoralische Gefühle.

»Mein Sohn hat mir kaum etwas von Ihnen erzählt.«

»Ich kann doch nicht über alles sprechen«, sagte Walter laut.

»So ist er eben!« Ingeborg strich sich über ihr hübsches Gesicht. »Alles! Als ob ich nur, alles, wäre! Übrigens sind Sie gar nicht so ...«

Wolters zuckte zusammen. »Was ›nicht so‹?«

»Ich habe mir Walters Vater immer als typischen Pauker vorgestellt. Aber nun stehen Sie da, sehen ganz vernünftig aus und tragen sogar ein modernes gestreiftes Hemd.«

Wolters blickte zu Walter hinüber. Der verdrehte die Augen und benahm sich so passiv, daß Wolters begann, sich seines Sohnes zu schämen.

Ingeborg holte tief Atem. »Ich will Ihnen gleich sagen, daß ich die heutige vermiefte Gesellschaft bekämpfe.«

»Das freut mich.«

»Das freut Sie?« Ingeborg starrte Wolters ungläubig an. »Wieso denn?«

»Da komme ich nicht aus der Übung. Walter will nämlich auch alles verändern, und auf dem Gymnasium habe ich in zwei Oberprima-Klassen jeden Tag genügend Revolutionäre vor mir sitzen. Ich bin also sozusagen im vollsten Einsatz. Aber damit ist noch immer nicht geklärt, was Sie von mir wollen, Fräulein von Vredden.«

»Nennen Sie mich Ingeborg — oder einfach Ibo! Ibo können nur ganz harte Freunde zu mir sagen.«

Du Luder, dachte Walter und wurde wider Willen rot. Ibo durfte doch nur ich sagen, als einziger, weil wir zusammen... na ja. Wenn Paps jetzt Ibo sagt, weiß er nicht, was das bedeutet. Oh, du Luder!

»Also, Ibo, was wollen Sie von mir?« frage Wolters versöhnlicher.

»Ich wollte Sie fragen, warum ich nicht mit nach Diano Marina darf.«

»Davon war nie die Rede.«

»Zwischen Walter und mir schon. Aber plötzlich sagte er: Schluß. Bleib zu Hause. Ich muß auf Familie machen...«

»Allerdings fährt die ganze Familie geschlossen...«

»Mit Walters neuer Flamme da, nicht wahr?«

»Moment mal! Hier liegt ein Irrtum vor.« Eva Aurich begriff erst jetzt, welche Rolle man ihr hier zutraute. »Ich bin engagiert, um Manfred, den jüngsten Sohn des Hauses, zu betreuen. Sonst nichts.«

»Engagiert?« Ingeborg war zwei Schritte weitergegangen, weil Wolters einladend auf die Wohnzimmertür gezeigt hatte. Jetzt blieb sie stehen. »Du bist nicht...«

»Nein.«

»Verzeihung...«

»Irren ist menschlich.«

»Dann gibt es also noch eine andere?«

»Keine andere gibt es!« schrie Walter aus dem Hintergrund. »Mein Gott, wie kann man nur so eine hysterische Kuh sein!«

»Ich glaube, daß es vernünftiger ist, wenn wir das Gespräch im großen Kreis fortsetzen«, sagte Wolters. »Vor allem darf ich darum bitten, den Wortschatz nicht ausufern zu lassen. Darf ich Sie hereinbitten . . .«
Es wurde ein sehr interessanter Abend, das muß man gestehen. Ingeborg, nun von allen Ibo genannt, was Walter ausgesprochen makaber fand, hinterließ einen erstaunlich günstigen Eindruck.
Mit Dorothea unterhielt sie sich über ein neues Strickmuster, das aus dem indianischen Kulturkreis um den Ontariosee kommen sollte. Hermann Wolters gestand sie, daß sie zwar von daheim ausgerückt sei, weil die bürgerliche Gesellschaft in ihrer heutigen heuchlerischen Form sie ankotze, daß sie aber trotzdem Thomas Mann und Hermann Hesse lese und sehr gern Händel, Bach und Mozart höre. Auf die Frage, wie sie sich denn nun ihr ferneres Leben vorstelle, antwortete sie einfach: »Ich weiß es nicht. Ich lebe eben . . .«
Und als Wolters meinte: »Wo kämen wir hin, wenn alle so dächten?« hob sie die Schultern.
»Ganz gut, daß nur ich so denke . . .«
Mit Alternativen zu diskutieren ist eben eine Kunst, die man lange üben muß, sonst rennt man gegen Gummiwände.
Später ging Ingeborg mit Gabi auf deren Zimmer, hörte Rockplatten und besuchte anschließend Manfred, der ins Bett mußte. Ihm gab sie den Rat, wenn er alles doof fände, solle er ruhig dabei bleiben, was den Kleinen hellauf begeisterte.
Danach erschien Ingeborg wieder im Wohnzimmer, wo Walter schmollend in der Ecke saß und sich überlegte, wie man ohne Geld selbständig werden konnte. Sein Vater hatte ihm in einer Form die Leviten gelesen, wie sie ein Neunzehnjähriger mit etwas Stolz nicht akzeptieren konnte. Erschwerend kam hinzu, daß dies alles vor den Augen und Ohren von Eva geschehen war. Einem jungen Mann

mit Mut zur Konsequenz blieb danach eigentlich nur eines: ausziehen.

Aber wohin? Wovon leben als Abiturient? Das heißt, das Abi hatte er in der Tasche, mit Note 1,9. Den Winter hatte er noch verbummeln, aber dann im Sommer in Berlin mit Politologie und Soziologie loslegen wollen. Hermann Wolters' Vorschlag, doch besser Zoologie zu belegen, da seine, Walters, Genossen als Kindviecher bestimmt einen Tierarzt brauchten, betrachtete er als einen verbalen, aus Minderwertigkeitskomplexen geborenen Ausrutscher.

Aber das war jetzt sowieso unwichtig. Wichtig war nur die Frage: Wohin jetzt? Auch ein halbes Jahr des Herumgammelns muß schließlich eine gesunde Grundlage haben. Im Notfall kann man Väter natürlich auf Unterhalt verklagen, aber so weit wollte Walter nicht gehen.

»Wir sind jetzt unter uns«, sagte Wolters und schenkte rundum Wein ein — den vollmundigen Volkacher. »Der Kleine ist im Bett, wir können ungezwungen reden. Ibo, Sie haben in meiner Frau eine gute Anwältin. Ich selbst, das gebe ich zu, denke da etwas strenger. Sie sind Walters... nun ja... Freundin. Wir müssen das akzeptieren; er ist ja ein erwachsener Mann, wenngleich er doch immer unser Sohn bleibt. Also: Wenn es Ihnen Spaß macht, fahren sie mit uns nach Diano Marina.«

»Gegen meinen Protest!« sagte Walter finster aus der Ecke.

»Dann möchte ich nicht.« Ingeborg nippte an dem Wein. »Ich möchte mich nicht aufdrängen. Das habe ich gar nicht nötig. Ich liebe Walter, aber wenn er meint, ich sei eine Wegwerfpackung, dann ist es besser...«

»Und wenn ich Sie einlade, Ibo?« fragte Dorothea.

»Sie — mich, Frau Wolters?«

Walter zog die Schultern hoch. Er wurde aus seiner Mutter nicht mehr klug. Ein Jahr lang hatte sie konstant behauptet, Ingeborg sei der falsche Umgang für ihn. Selbst als er gestanden hatte, daß er mit ihr schlief, hatte sie gesagt: »Trenne dich von ihr, solange es noch möglich ist. Ein Gammelmädchen...« Und jetzt lud Mutter sie an die Riviera ein!

»Ich habe das Gefühl, es käme etwas Nützliches dabei heraus«, meinte Dorothea in ihrer mütterlichen Art. »Was denkst du, Hermann?«

Im Moment vermied sie die Anrede Muckel — das verriet den Ernst der Sache.

»Ich denke, du hast recht.« Wolters blickte sinnend auf die Knie von Eva Aurich. Ihr Rock war hochgerutscht sie hatte wirklich sehr schöne Beine. »Ibo, Gabi und du, Mutter, fahren mit Walters Wagen, Manfred und Fräulein Eva mit mir. Platzmäßig sind wir mit zwei Fahrzeugen ja nun sehr variabel.«

»Ibo, Eva und Manfred fahren mit Walter!« protestierte Gabi idiotischerweise. Wolters bedauerte, ihr jetzt keine Ohrfeige geben zu können. »Mami und ich mit Paps.«

»Das wird sich noch zeigen.« Wolters beugte sich über den Tisch. »Ibo, kommen Sie mit?«

»Nur, wenn Walter es möchte.«

»Nein!« Das klang aus der Ecke, als wenn ein Hund knurrte.

»Dann ist die Sache gelaufen«, sagte Ingeborg und erhob sich. »Du hast noch ein Hemd, zwei Socken und ein Pornoheft bei mir. Hol das sofort ab, Walter. Kann ich jetzt gehen?«

Da niemand von der Familie sich rührte, stand Eva Aurich auf. »Komm, ich bring dich hinaus.«

Ingeborg nickte. Ihre grauen Augen wurden wieder feucht, aber sie hielt die Tränen tapfer zurück. Nur sich nicht wieder diese Blöße geben!

Nachdem die Tür hinter den beiden Mädchen zugeklappt war, sagte Wolters betont: »Mein Sohn Walter! Wenn du nicht großjährig wärest, würde jetzt ein Donnerwetter losbrechen! Statt dessen sage ich dir bloß: So benimmt sich kein Mann, sondern ein Schuft!«

In der Diele endlich durfte Ingeborg wieder weinen. Und draußen im Treppenhaus schluchzte sie laut.

»So sehr liebst du ihn?« fragte Eva und legte den Arm um Ingeborgs Schulter.

»Ja ... und ich versteh' selbst nicht, warum!«

»Das werden wir herauskriegen.« Eva gab ihr einen Kuß auf die Wange. »Du fährst jedenfalls mit uns. Laß mich nur machen ...«

4

Reisevorbereitungen können Himmel und Hölle sein. Es kommt nur darauf an, auf welcher Seite man steht und zu welchem Geschlecht man gehört, zum männlichen oder weiblichen.

Männern bereitet die Vorbereitung einer großen Fahrt wahre Wonnen. Sie studieren Karten und lesen Abhandlungen, betrachten Bildbände und wühlen sich förmlich in alles Wissenswerte über geographische und historische Besonderheiten ihres Urlaubsortes hinein. Sie besorgen sinnlose Dinge wie etwa eine Taucheruhr, die noch einer Meerestiefe von 60 Metern standhält (jedenfalls Wolters tat das, obwohl er noch nie getaucht war und auch nicht vorhatte, es zu lernen). Oder sie informieren sich bei Bekannten und Kollegen genauestens über das Urlaubsziel, denn meist waren schon andere dort gewesen und konnten Tips geben.

Kollege Dr. Simpfert, der Wolters ja auch das Ferienhaus vermittelt hatte, kannte sich natürlich in Diano Marina bestens aus. Er diktierte Wolters eine Liste von Restaurants und Tavernen in näherer und weiterer Umgebung, von San Remo bis Finale Ligure. Er nannte markante Sehenswürdigkeiten voller Geschichtsträchtigkeit, billige Weinhandlungen, wo man besten Wein zum halben Preis kaufen konnte, zwei Handwebereien (für die Damen) und einen Teppichhändler. Mit plinkernden Augen gab Kollege Simpfert auch zwei Adressen bekannt, die unter der Hand gehandelt wurden ... ein Haus voller schöner, williger Mädchen in Imperia und ein gleiches in Albenga.

»Nur im Notfall, mein Lieber!« lachte der freizügige Kollege. »Aber Sie sind natürlich ein Musterknabe. Na, bei *der* Frau!«

Ganz anders stellten sich die Reisevorbereitungen bei den Damen dar. Hier ging es um Wäsche, Kleider, Kosmetik und all die tausend kleinen Dinge am Rande, die einen Urlaub erst vollkommen machen und von denen ein Mann nichts ahnt — und auch kaum etwas wissen will.

Dorothea wusch vier Tage lang und trocknete die Wäsche auf der Wiese hinter dem Haus: Bettwäsche, Leibwäsche, Hemden, Handtücher, Tischwäsche, Jeans. Was eine fünfköpfige Familie alles braucht, wenn sie ein Ferienhaus bezieht und alles mitbringen muß, ist ungeheuerlich! Bei den Wolters' war es nämlich Sitte, daß jeder seinen Koffer selbst packte — vorausgesetzt natürlich, daß alles, was man mitnehmen wollte, sauber und gebügelt in den Schränken lag, so daß man sich nur zu bedienen brauchte.

Unter diesen Voraussetzungen ist das Kofferpacken eine einfache Angelegenheit, und man wird zusätzlich überall bewundert, wenn man sagt: »Tja, meine Koffer packe ich allein. Da hat mir keiner dreinzureden, und ich habe den besten Überblick!«

Auf diese Art bekam vor allem Hermann Wolters die Gloriole eines mustergültigen Ehemannes, der seiner Frau sogar die Mühe des Koffervollstopfens abnahm.

Dorothea, von Wäsche und Einkäufen derangiert, ging zum Friseur, ebenso wie Gabi und Eva Aurich. Man weiß ja nie, wie die Friseure im Ausland sind. Dorothea hatte an der Nordsee schon ein schreckliches Erlebnis gehabt.

Sie hatte eine leichte Kupfertönung für ihr schönes Haar haben wollen und kam zurück mit einer karottenroten Farbe wie ein Punker. Das wenigstens behauptete Wolters, während Gabi Mamis rote Haare einfach klasse fand.

Tatsächlich sah Dorothea um zehn Jahre jünger aus — aber da sie Hermann so nicht gefallen hatte, wollte sie diesmal auf Nummer Sicher gehen und sich nicht den italienischen Stylisten überlassen. Abzusehen war allerdings, daß eine diskrete Kupfertönung nicht fünf Wochen lang halten würde. Dorothea würde also doch in Diano Marina zum Friseur gehen müssen. Aber für diesen Fall wollte sie sich von ihrem Bamberger Salon die Tönung mitgeben lassen.

Dann kaufte man noch Badeschuhe, Söckchen, Federballschläger, eine Luftmatratze und diskutierte heftig darüber, ob man auch ein aufblasbares Gummiboot für zwei Personen erstehen sollte. Wolters hielt das für eine sinnlose Ausgabe. Er rechnete vor, daß am Strand die Leihgebühr für ein Kunststoffboot so bemessen war, daß man für den Kaufpreis des Gummibootes vierzehnmal aufs Meer hinausfahren konnte — und natürlich wesentlich komfortabler. Auch darüber hatte man bei Kollegen Dr. Simpfert Informationen eingeholt.

Hermann Wolters überließ eben nichts dem Zufall.

Zum allgemeinen Erstaunen stellte es sich heraus, daß Eva Aurich über Erfahrungen in südlichen Regionen verfügte. Sie war vor zwei Jahren auf Capri gewesen, auch ein Ferienjob, bei dem sie einen gelähmten reichen Mann betreut hatte. Es war ein leichter Job gewesen, denn Herr Millerjahn, ein Fabrikant, hatte meist in seinem Rollstuhl im Park der Kur-Villa gesessen, neben sich auf einem Tischchen ein Telefon, mit dem er mit der ganzen Welt telefonierte. Eva hatte tun und lassen können, was sie wollte. Nur zu den Mahlzeiten hatte sie erscheinen müssen, um Konversation zu treiben und Herrn Millerjahn zu berichten, was sie bisher auf der Insel erlebt hatte. Die Aufgabe bei den Wolters' würde um vieles schwerer werden.

»Das wichtigste und teuerste im Süden sind die Sonnencremes«, sagte Eva. »Davon sollten wir genügend mitnehmen.«

Dorothea handelte sofort. Im Großhandel (einen Einkaufsschein bekam sie vom Gymnasium, weil man dort für den Kunstunterricht einkaufen durfte, wozu erstaunlicherweise auch Dosenwurst und Waschmittel gehörten), erstand sie eine Großpackung Sonnenmilch, Schutzfaktor 5, After Sun Lotion und andere Cremes zur Vermeidung von Sonnenbrand, Austrocknung der Haut und Hitze-Allergien.

Das alles berührte Ingeborg gar nicht. Nachdem sie von Eva die Zusicherung erhalten hatte, nach Diano Marina mitfahren zu können, wartete sie. Vor allem wartete sie darauf, daß Walter sich bei ihr blicken ließ. Aber er kam nicht.

»Wenn Ibo mitfahren darf, wird mein Auto streiken!« drohte Walter zu Hause. »Und wenn ich den Motor ansäge. Ich bin doch kein Selbstverstümmler! Ibo mit uns an die Riviera — das ist das letzte. Ihr könnt alle dämlich reden, ihr kennt sie ja nicht.«

»Aber du«, erwiderte Wolters anzüglich. »Wenn mein Sohn sich bei ihr ausruht, muß sie ja Qualitäten haben.«

»Ausruht! Daß ich nicht lache«, sagte Gabi.

Wolters sah seine Tochter strafend an. »Solche Bemerkungen schätze ich nicht. Man kann prekäre Dinge auch anders formulieren.«

»Das eine hat doch mit dem anderen nichts zu tun!« rief Walter. »Mein Gott, was seid ihr altmodisch! Ingeborg ist für meine Begriffe eine Pfundsgenossin...«

»Lasset die roten Fahnen wehen...«

»Mit euch kann man nicht diskutieren«, sagte Walter angeekelt. »Jedenfalls — wenn Ibo mitfährt, müßt ihr auf mich verzichten!«

»Wir brauchen aber deinen Wagen, Walter!«

»Kein Problem!« Eva Aurich winkte ab. »Ich kann auch

Auto fahren. Ich habe seit vier Jahren meinen Führerschein.«

Walter kapitulierte. Er verließ die Familienrunde, setzte sich in seinen Citroën und ratterte davon. In der Nacht kam er nicht nach Hause. Verdammt, es mußte doch bewiesen werden, daß er ein Mann war!

Auf Wolken schwebte dagegen Manfred. Er wurde nämlich in der letzten Woche vor den Ferien von Eva von der Schule abgeholt. Das war eine Idee von ihr gewesen, die Manfred zuerst nicht nur doof, sondern in höchstem Maße als Schädigung seines Ansehens empfand.

Abgeholt werden Kinder, das steht nun mal fest. Kinder, die in den Kindergarten gehen, aber kein Sextaner! So wurde Manfred denn auch erst blaß und dann rot vor Scham, als Eva Aurich vor der Schule stand und auf ihn wartete. Sie war mit ihrem Roller gekommen, trug eine enge Lederhose, einen grobgestrickten Pullover und hatte die Haare zu einem Pferdeschwanz gebunden.

Manfred versteckte sich zunächst hinter dem Fahrradschuppen. Aber dann sah er voller Verblüffung, daß Evas Erscheinen das Gymnasium in Verwirrung versetzte. Die jungen Herren der Oberklassen gaben ihre lässige Haltung auf und bestaunten das Mädchen auf dem Roller. Sie rotteten sich in einiger Entfernung zu kleinen Grüppchen zusammen, taten so, als seien sie in weltbewegende Gespräche vertieft, und warteten doch nur darauf, zu wem diese Ausnahmeerscheinung von Mädchen gehörte. Denn daß sie zufällig vor dem Eingang des Gymnasiums parkte, war unwahrscheinlich.

Sogar die jüngeren Studienräte und Assessoren warfen ein Auge auf Evas lange, lederbehoste Beine, ein Assessor grüßte sogar, als kenne er sie – ein uralter, dämlicher Trick, wie die Herren Primaner sofort feststellten. Jedenfalls, es gab niemanden, der Eva beim Verlassen der Schule nicht angestarrt hätte. Kein Wunder, es handelte sich ja um ein Jungengymnasium.

Schließlich entschied sich Manfred dafür, sein Versteck zu verlassen. Langsam, noch immer mit ziemlich schwerem Herzen ging er auf Eva zu. Vor ihr blieb er stehen, aber bevor er etwas sagen konnte, beugte sie sich zu ihm hinunter, gab ihm einen Kuß und sagte: »Los, steig hinten auf. Warum kommst du denn so spät?«

Manfred schwang sich auf den Sitz, klammerte sich an Evas Taille fest, und als er die erstaunten Gesichter der »Doofen« aus der Oberklasse sah, ahnte er, daß sein Ansehen im Gymnasium eine unerhörte Aufwertung erfahren hatte.

Am nächsten Tag erhielt er den Beweis.

Sechs Primaner nahmen ihn nacheinander zur Seite und wollten ihn bestechen. »Wie heißt sie? Wie alt ist sie? Wo wohnt sie? Ist sie mit dir verwandt? Kannst du nicht als Vermittler ...«

Von Schokolade bis zur Modelleisenbahn, von Rock-Schallplatten bis zum gebrauchten Fahrrad wurde alles zum Tausch angeboten. Selbst Manfreds Klassenkameraden zeigten sich beeindruckt. »Mensch! Hinten auf'm Motorroller! Das möchte ich auch mal. Immer nur die dämlichen Autos! Kannste nicht, Manni ... Nur mal rund um'n Block ...« Es war klar, daß für Manfred die Anerkennung seiner Sexta mehr wert war als alle grandiosen Bestechungsversuche der Oberkläßler.

War man sich bisher über Manfreds berufliche Zukunft noch im unklaren gewesen, so zeigte er jetzt Ansätze für eine ganz bestimmte Eignung: Er konnte Politiker werden! Er versprach vielen eine Menge, ließ aber offen, ob er es erfüllen konnte. Immerhin wurde ihm geglaubt wie den Politikern! So fängt schon im Frühstadium die Gutgläubigkeit der Masse an ...

Am dritten Tag war Hermann Wolters der Mittelpunkt des Lehrerkollegiums. Eva Aurich war in knappen, kurzen Shorts gekommen. Es war heiß, ein schöner Sommertag, und wenn man so frei auf einem Motorroller sitzt und jung und lufthungrig ist, bietet man schon einen Herzklopfen erregenden Anblick. Evas Bluse war dünn und bei Gegenlicht fast transparent.

Kollege Dr. Simpfert stieß Wolters verstohlen in die Rippen. Man stand am Fenster des Konferenzzimmers und blickte hinunter auf Eva. Außerdem beobachtete man mit Mißfallen das Balzgehabe der Primaner, das schon an Belästigung grenzte.

»Mit der wollen Sie an die Riviera?« fragte Simpfert leise.

»Ja«, antwortete Wolters kurz.

»Und da nehmen Sie Ihre Frau mit?«

»Fräulein Eva soll Manfred betreuen, sonst nichts!«

»So trocken kann nur ein Studienrat für Geschichte reden!« flüsterte Simpfert. »Wir Lehrer für Französisch sind da beweglicher ... Wie alt ist sie?«

»Das können Sie sie selbst fragen.«

»Wolters, Sie sind ein Stockfisch!«

Der nächste, der sich an Wolters wandte, war der Assessor Liebeneu. Er litt in der Schule sehr unter seinem Namen. Wenn man Liebeneu heißt, wird man kein Lehrer! Das ist ein Name für Psychiater. Aber davon abgesehen war Assessor Liebeneu ein eleganter Mann, der außerhalb der Schule das hielt, was sein Name versprach, und so blieb es nicht aus, daß Evas Anblick ihn gewaltig in Schwung brachte.

»Lieber Kollege«, sagte er zu Wolters, »vor den Ferien sollten wir noch einmal über Ihren Sohn Manfred sprechen. Bei mir in Physik ist er ... Verzeihung ... eine Träne!«

»Bitte ...« Wolters nickte. »Gehen wir nach hinten. Setzen wir uns.«

»Ich dachte, es wäre vielleicht besser, wenn wir das bei Ihnen zu Hause besprächen. Wir könnten dann auch Manfred gleich selbst befragen.«

»Natürlich.« Wolters grinste verhalten. »Ich möchte nur

von vornherein klarstellen, daß Fräulein Aurich mein Arbeitszimmer nicht betritt, wenn ich Besuch empfange. Sie werden sie also nicht zu Gesicht bekommen.«

Am knappsten war Kollege Dr. Meier III. Er unterrichtete Mathematik. »Na, Sie Pascha!« sagte er zu Wolters. »Denken Sie an Cäsar und Cleopatra, das ging auch nicht gut!«

Hermann Wolters fand das alles sehr dumm und plump, unkollegial und neidisch. Er wartete immer im Gymnasium, bis Eva mit Manfred auf dem Roller davongebraust war. Erst dann verließ er die Schule und stieg in seinen alten Wagen. Allerdings blieb es bei so vielen Sticheleien nicht aus, daß Wolters sich unentwegt mit Eva beschäftigte — natürlich nur geistigerweise — und einmal mußte er sogar an den Straßenrand fahren und anhalten, weil er sich nicht mehr auf den Verkehr konzentrieren konnte.

Er steckte sich eine Pfeife an und rief zur Dämpfung seiner eigenen Bedenken einige berühmte Schicksalsgenossen zu Hilfe: Pablo Casals, Artur Rubinstein, Pablo Picasso, Salvatore Dali, Leopold Stockowsky, Curd Jürgens, Herbert von Karajan ... die Liste konnte man meterlang fortsetzen. Sie alle waren durchaus nicht ausgewichen, wenn eine jüngere Frau, eine wesentlich jüngere Frau, den Herzschlag und die Pulsfrequenz belebte. Soll ein Studienrat da mönchischer denken?

Wo, bitte, steht das geschrieben?!

Aber solche Augenblicke der inneren Rechtfertigung waren selten. Wenn Dorothea und Eva nebeneinander standen, etwa unten im Garten beim Wäscheaufhängen, kam sich Wolters zu seinem eigenen Erschrecken wirklich wie ein Pascha vor.

Die Mutter meiner Kinder, dachte er, attraktiv, voll in der Blüte, eine herrliche Frau, auf die man Festungen bauen kann, ein Kamerad wie kein zweiter, eine Geliebte (das behalten wir aber schön für uns, ganz tief im Herzen!) — und überhaupt ein Mensch, ohne den ich kaum noch lebensfähig wäre... Und daneben die blonde, unbekümmerte Jugend. Glockenhelles Lachen, lange Beine, ein Blick aus blauen Augen, der bis in die Zehenspitzen kitzelt, ein Händedruck, der ein Streicheln ist, eine Körperbewegung, die an geheimste Wünsche rührt. Hermann Wolters, denk nicht daran, wie schnell fünf Wochen vorbei sind!

An diesem Tag, wo das Kollegengespräch im Lehrerzimmer stattgefunden hatte, kam Wolters ziemlich mißmutig nach Hause und fand die Familie um den Tisch versammelt. Man wartete mit dem Mittagessen auf ihn.

»Verzeihung«, sagte er brummig. »Die Kollegen hatten noch alle möglichen Dinge vor den Ferien zu besprechen. Drei Nachprüfungen nach dem Urlaub, wegen Krankheit... Immer derselbe Kram. Mahlzeit!«

Er setzte sich und nahm erst jetzt wahr, daß auch Walter am Tisch hockte. Er hatte ein geschwollenes, gerötetes Auge. Das linke.

»Wo wurde denn heute demonstriert?« fragte Wolters. »Kennst du den Namen des Polizisten, dem du dein Veilchen verdankst? Ich möchte ihm dafür danken.«

»Nix Polizist!« rief Manfred hell. »Ibos volle Coladose!«

»Es ist aus.« Walter legte die geballten Fäuste auf das Tischtuch. »Endgültig aus. Ihr könnt zufrieden sein. Bei den Wolters' ist der bürgerliche Mief gerettet. Es gibt keine Ingeborg mehr.«

»In eurer Gesellschaft erledigt man so was mit Coladosen?« meinte Wolters anzüglich. »Das sollte man in die Werbung einbauen.«

»Mein Gott, Ibo hat eben mal wieder durchgedreht.«

»Deine Mutter hat noch nie mit Cola nach mir geworfen.«

»Vielleicht nur, weil mir Cola zu süß ist«, sagte Dorothea ruhig.

Gabi quietschte laut, Manfred brüllte vor Vergnügen, und Eva lächelte sonnig. Selbst Walter grinste etwas gequält. Wolters fand die Bemerkung seiner Frau allerdings gar nicht witzig, zog die Gemüseschüssel zu sich heran und tat sich Kohlrabi auf. Humor ist eine zwiespältige Angelegenheit; ihn verbreiten ist etwas anderes, als ihn ertragen.

Es stellte sich im Verlauf des Mittagessens heraus, daß Ingeborg der Geduldsfaden gerissen war und nicht Walter, als er am Vorabend unvermutet bei ihr aufgetaucht war. *Sie* hatte ihn hinausgeworfen, was Walter völlig aus dem Gleichgewicht gebracht hatte. Er hatte als Sieger gehen wollen und war als Geschlagener davongeschlichen. Allerdings war dieser total unbegreiflichen Szene ein Besuch von Eva bei Ingeborg vorausgegangen, von dem Walter nie etwas erfahren würde. Drei Stunden lang hatte sich Eva Aurich mit Ingeborg in deren kahler Wohnung unterhalten, mit ihr auf der Matratze gesessen, zwei Becher Fruchtjoghurt gegessen und Zwiebäcke geknabbert, Cola getrunken und selbstgedrehte Zigaretten geraucht. Danach wußte Ingeborg, daß sie sich auf Eva voll verlassen konnte, und hatte Walter, als er sich überraschenderweise abends bei ihr sehen ließ, kraft einer vollen Coladose aus dem Zimmer gefeuert.

Danach rief Ingeborg ihren Vater in der Uni-Klinik vom Homburg an und fragte, wie er denn nun die tausend Mark für den Urlaub überweisen wolle — per Postscheck, in bar in einem Brief, per Bankscheck — oder gäbe es noch einen anderen Weg?

»Ja, du kannst dir das Geld bei mir abholen«, sagte Privatdozent Dr. von Vredden. »Es liegt hier in meinem Schreibtisch.«

»Umständlicher geht es nicht?«

»Wo steckst du überhaupt?«

»Im Fränkischen...«

»Und was machst du da?«

»Ich liebe den Sohn eines Studienrats für Erdkunde und Geschichte.«

»Enorm! Das ist eine wirklich große Aufgabe!« Dr. von

Vredden schien ein moderner, aber vor allem sarkastischer Mensch zu sein. Allerdings ist Sarkasmus gerade bei Chirurgen weit verbreitet. Das mag daher kommen, daß sie menschliche Körper aufschneiden, Stücke wegschneiden, Stücke einmontieren, und die Leute leben trotzdem weiter. Soviel Inkonsequenz von seiten der Patienten muß zwangsläufig zu Spott führen.

»Er wird im nächsten Jahr Soziologie in Berlin studieren und sich damit beschäftigen, eine bessere Gesellschaft zu schaffen.«

»Das ist lobenswert. Die alte, verrottete Gesellschaft ist bereit, dir die tausend Mark per Post zu schicken.«

»Du redest wie sein Vater.«

»Wirklich? Der Herr Studienrat ist mir, ohne daß ich ihn kenne, schon jetzt sympathisch. Hast Du Mutti angerufen?«

Ingeborg schüttelte den Kopf, was Dr. von Vredden natürlich nicht sehen konnte. »Nein, Papi...«

»Bist du krank, Ingeborg?«

»Wieso?«

»Du hast eben Papi gesagt.«

»Ach, laß mich doch in Ruhe!« Ingeborg spürte, wie ihr Tränen in die Augen schossen. »Warum müßt ihr Alten immer um euch schlagen und alles kaputtmachen?«

»Wer will denn das Chaos? — Also bitte...« Dr. von Vredden schraubte seinen Sarkasmus zurück. Er hing an seiner Tochter, obwohl er überall verkündet hatte, seit dem Ausrücken von Ingeborg habe er kein Kind mehr. Er hatte sie sogar polizeilich suchen lassen, aber wer einmal in der Szene untertaucht, den findet der Fahndungsdienst nicht so leicht. »Ruf Mutti an«, bat er mit weicher Stimme. »Ingeborg, mach ihr diese Freude.«

»Was soll ich denn sagen, Papi? Ich habe doch nichts zu sagen.«

Dr. von Vredden vermied es, zu antworten: ›Das ist mir bekannt. Mit diesem Nichts wollt ihr ja die Welt verändern.‹ Er erwiderte nur milde: »Sag einfach: Hier bin ich, Mutti. Es geht mir gut, mach dir keine Sorgen.«

»Sag du es ihr, Papi, bitte ...«

»Zu feige dazu?«

»Ja. Ich ... ich will nicht weinen.«

»Gut. Ich bestelle es ihr.«

»Danke, Papi.« Sie schluckte. »Ich will mit den tausend Mark nach Diano Marina fahren.«

»Wo liegt denn das?«

»An der Riviera dei Fiori ...«

Dr. von Vredden konnte den nächsten Satz nicht mehr zurückhalten, es wäre gegen seine Natur gewesen: »Mir ist vollkommen klar, daß chaotische Weltverbesserer zur körperlichen und geistigen Auffrischung an die exklusive Riviera fahren müssen. So ist man hautnah mit denen zusammen, die man vernichten will.«

»Papi ...« Ingeborg schluckte wieder. »Walter fährt dorthin.«

»Der Soziologe?«

»Die ganze Familie.«

»Du lebst schon in der Familie?« Hoffnung klang aus dieser Frage.

»Gewissermaßen ...«

»Also nicht!« Wie gut Väter doch ihre Töchter kennen ... in Wortwahl und Stimmlage!

»Ich werde mich in Diano Marina irgendwo einmieten, Papi.«

»Wie lange?«

»Fünf Wochen.«

»Mit tausend Mark? An der Riviera? Übernachtest du auf Parkbänken oder unter Pinien?«

»Ich werde mir eine billige Bude suchen, Papi. Im Notfall jobbe ich als Kellnerin. Ich wollte erst mit Walter nach Ibiza — da hätte ich eine Woche als Go-go-Girl und eine Woche als Fotomodell gejobbt, um das Geld für die übrigen drei Wochen zu verdienen.«

Es war für einen Universitäts-Kliniker, der kurz vor seiner Berufung zum Professor für Chirurgie, Spezialgebiet Magenchirurgie, steht, wirklich schwer zu verstehen, daß seine einzige, einst wohlbehütete Tochter auf Ibiza als Gogo-Girl arbeiten wollte. Aber es hatte wenig Sinn, ihr so etwa auszureden versuchen oder sauer zu reagieren.

»Ingeborg«, sagte Dr. von Vredden deshalb auch erstaunlich aufgeschlossen, »ich schicke dir zweitausend Mark...«

»O Papi!«

Verdammt, die Tränen kamen schon wieder! Ingeborg biß sich auf die Lippen und trat wütend gegen eine Packung Cornflakes, die auf der Erde stand — wie alles in ihrer Wohnung.

»Fünf Wochen sind lang, Kleines. Und es kommt immer etwas Unvorhergesehenes dazwischen. Ich kenne das. Das Geld geht noch heute per Post an dich ab.«

»Postlagernd, ja? Hauptpostamt Bamberg...«

»Meinetwegen.«

»Danke, Papi. Noch was, Papi...«

»Ja, Kleines?«

Ingeborg umklammerte den Telefonhörer und zerkrümelte mit den Turnschuhen, die sie trug, vier Zwiebäcke auf dem Boden. »Wenn die großen Ferien vorbei sind, komme ich vielleicht mal nach Hause. Vielleicht... nur zu Besuch. Ich... ich weiß noch nicht...«

»Kann ich das Mutti sagen?«

»Bitte nicht. Sie wartet sonst.«

»Ich warte auch, Kleines.«

»Ja, Papi. Tschüß.« Sie legte schnell, mit bebenden Händen, auf, ehe Dr. von Vredden seinen Abschied sagen konnte. Dann heulte sie ein Weilchen vor sich hin und nannte sich ein saublödes Schaf, daß sie sich so unsterblich in Walter verlieben mußte, statt ihre ganze Seele der Neuordnung der Gesellschaft zu widmen.

Der Tag der Abfahrt an die Riviera war gekommen.

Die Familie, am Rande ihrer Nervenkraft, hätte es auch keinen Tag länger mehr ausgehalten. Wer ahnt denn schon, was es heißt, zwei Autos für die lange Fahrt ans Mittelmeer zu trimmen!

Autowerkstätten sind seit jeher das große Problem der Autobesitzer. Ein Auto steht und fällt mit der Werkstatt! Was nützt einem der teuerste Wagen, wenn bei einer Inspektion vergessen wird, eine Schraube anzuziehen? Durch Kleinigkeiten wie ein lockerer Keilriemen oder ein Oxydieren der Zündkontakte können Urlaubstragödien entstehen.

Eine Autowerkstatt ist so etwas wie ein Krankenhaus. Man bringt Krankes hin und hofft auf Gesundung. Wenn man dabei bedenkt, daß es auch ärztliche Kunstfehler gibt, braucht man den Hals nicht aufzureißen, wenn eine Autowerkstatt auch nur von unvollkommenen Menschen besetzt ist. Warum sollen Mechaniker besser sein als Ärzte?

Hermann Wolters rückte dreimal mit seinem Wagen an. Einmal zur Generalinspektion, das zweitemal, weil hinten etwas klapperte, das drittemal, weil hinten noch immer etwas klapperte. Ihm war es gleichgültig, ob es der Auspuff, die Wanne, der Kofferraumdeckel, das Bodenblech oder der Auspufftopf war — es klapperte!

»Ich kann, wenn einer meiner Schüler schreibt: ›Die Schlacht bei Issus war 389 . . .‹ das auch nicht durchgehen lassen. Ich muß darauf bestehen, daß sie 333 vor Christus war!« sagte Wolters zu dem völlig verwirrten Automechaniker. »Und genauso ist ein klapperndes Auto ein nicht korrektes Auto!«

»Der Wagen ist nun bald zehn Jahre alt«, erwiderte der Mechaniker. »Da wackelt eben einiges.«

»Die Pyramiden stehen über viertausend Jahre und wackeln nicht.«

»Sie fahren ja auch keine Pyramide, Herr Wolters.«

»Das ist eine dumme Bemerkung, Herr Müller«, sagte

Wolters steif. Der Werkstattmeister hieß Müller, er war ein bärtiger Riese und bis zu einer gewissen Grenze gutmütig wie ein Elefant. Er kannte von jedem Kunden genau dessen Eigenheiten und seine Fahrweise. Studienrat Wolters gehörte zu den Autofahrern, die akademisch fahren. Das heißt: Sie fahren mit Verstand. Am besten aber fährt man mit Gefühl.

»Also, was klappert da nun?« wollte Wolters unbeirrt wissen.

»Es klappert in sich...« sagte Meister Müller. Solche Fachdiagnosen heben meist alle Frager aus dem Sattel, nur einen Studienrat nicht. Unklares muß geklärt werden.

»Bezeichnen Sie das mal näher, Herr Müller.«

»Sie haben eine freitragende Karosserie...«

»Was habe ich?«

»Das ist schwer zu erklären.«

»Alles ist zu erklären«, beharrte Wolters. »Warum klappert es? Klappern ist der akustische Beweis für etwas Losgelöstes. Einem Kraftfahrzeugmeister muß doch zuzumuten sein, daß er etwas Abgelöstes entdeckt! Oder wackeln an einem Wagen so viele Dinge frei herum?«

Meister Müller, wie gesagt, mit Langmut begabt, ließ den Wagen mit der Bühne hochfahren, leuchtete ihn unten ab und fand nichts. Aber er klapperte. Wolters, der sein Auto zum ersten Mal von unten sah, staunte über die Vielfalt an Formen, die sich ihm darbot.

»Können Sie in einer Stunde wiederkommen?« fragte Meister Müller.

»Trinken Sie inzwischen ein Bierchen...«

»Die Idee ist nicht schlecht.«

Müller wartete, bis Studienrat Wolters die Werkstatthalle verlassen hatte. Dann ließ er den Wagen wieder herunter, stellte sich hinter ihn und versetzte ihm einen gewaltigen Fußtritt. »Du Mistbock!« sagte er dabei. Das war alles.

Nach einer Stunde holte Wolters sein Auto ab, setzte

sich hinein, startete und fuhr zufrieden davon. Nichts klapperte mehr.

Es hängt eben alles von einer guten Autowerkstatt ab! Weniger Probleme hatte Walter mit seinem Citroën. Er fuhr zu einer alternativen Werkstatt, sagte: »Hei!« und zog sein Hemd aus. Dann arbeiteten vier Fachmänner an seiner Karre und machten sie fit.

»Wohin geht's denn?« fragte einer.

Und Walter antwortete ohne Reue oder Gewissensqual: »Riesendemo gegen ein Atomkraftwerk. Sprengung einer Parteiversammlung . . . Mal im Norden, mal im Süden. Die Karre muß laufen wie 'ne Eins.«

Das tat sie dann auch. Der Motor war sowieso heimlich frisiert worden.

So stand dem also nichts mehr im Wege, daß die Familie Wolters am nächsten Tag die große Fahrt ans Mittelmeer antreten konnte. Die Koffer waren gepackt, die Post hatte ihren Nachsendeauftrag bekommen, vor allem wegen der Tageszeitung, denn Hermann Wolters war zu vielem bereit, nur nicht, auf die Lokalereignisse von Bamberg zu verzichten. Er nannte das schlicht Heimatverbundenheit.

Eine heftige Kontroverse gab es noch mit Walter, der die Kilometer bis Diano Marina mit bloßer Arschbacke, in einem Rutsch herunterreißen wollte, was Eva allerdings sowieso nicht imponierte. Und schließlich setzte sich Dorothea durch, die eine Übernachtung in Österreich verlangte.

»Nach den paar Stunden!« rief Walter.

»Denk an den Kleinen . . .«

Und der Kleine grinste. Seine Rolle als eigentliche Hauptperson der Ferien hatte begonnen.

Am Abend vor der Abfahrt versuchte Walter noch einmal, Ingeborg zu erreichen. Aber sie ging nicht ans Telefon. Das war auch nicht möglich, denn Ingeborg war bereits auf dem Weg an die Riviera. Sie fuhr mit dem Liegewagen nach Ventimiglia und von dort mit einem

Leihwagen, dem kleinsten Fiat, den es gab, die Küstenstraße entlang.

Jeder große Einsatz bedarf einer abschließenden, übersichtlichen Zusammenfassung. Jeder Schlacht geht eine letzte Besprechung voraus. Nachdem alle Koffer, Kartons und Taschen in der Diele aufgebaut waren, um am frühen Morgen in die Autos verladen zu werden, zog Wolters den Schlußstrich unter alle Mühen.

»Also dann...« sagte er, »aufstehen um sechs Uhr. Abfahrt um sieben. Platzverteilung: Mami, Eva und Manfred bei mir. Gabi bei Walter. Dafür übernimmt Walter für die Rücksitze noch Gepäck. Ich fahre voraus und gebe das Tempo an. Die Strecke ist bekannt, wir haben sie eingehend studiert.«

»Außerdem bist du Studienrat für Erdkunde!« sagte Gabi frech.

Wolters überhörte es. Einsatzbesprechungen sollten problemlos durchgezogen werden.

»Ich rechne mit einem großen Stau auf den Autobahnen und Straßen. Das müssen wir in Kauf nehmen, wenn wir gleich am ersten Ferientag losfahren. Aber es verringert natürlich unseren Aktionsradius. Wir werden, wie abgemacht, in den Alpen übernachten. Noch Fragen?«

Man hatte viele, aber man hielt sie zurück, denn jeder wollte ins Bett, um am Morgen munter zu sein. Walter war sehr zufrieden — die Organisation klappte. So war einmal mehr bewiesen, daß gut durchdachte Vorbereitungen schnelle Früchte tragen.

»Jetzt sage noch einer, es wäre keine gute Idee mit dem Ferienhaus an der Riviera gewesen«, meinte Wolters wohlgefällig.

Noch sind wir nicht da, dachte Dorothea. Aber sie nickte, weil Hermann sie beifallheischend anblickte. Noch haben wir fünf Wochen vor uns... auf relativ engem Raum, nicht so bequem vermutlich wie hier, mit Schafen und Ziegen, ohne Erfahrung mit den Gepflogenheiten in südlichen Ländern und ohne Waschmaschine. Vor allem aber auch ohne Übung in »mit Familienanschluß«. Da konnte man einiges erwarten, nachdem Dorothea beim Kofferpacken gesehen hatte, daß Muckel zwei Shorts mit blauen Streifen gekauft hatte. Sie schienen ihr reichlich klein zu sein. Wer weiß, was er noch alles in seine Koffer gehäuft hatte. Das war der einzige Nachteil des individuellen Pakkens.

An diesem letzten Abend in Bamberg lag Wolters im Bett und lernte noch ein paar italienische Sätze auswendig. Italienisch für Touristen.

»Wie komme ich zur Post? Sagen Sie mir bitte, wo bekomme ich Strümpfe? Sind Sie der Ober (Portier, Hoteldirektor, Hausdiener, Barmixer sieben)? Wo ist die Toilette für Herren (Damen)? Können Sie bitte die Bettwäsche wechseln? Ist das Kalb- oder Rindfleisch (Schweinefleisch, Lammfleisch, Hammelfleisch, Ziegenfleisch)? Ich möchte bitte ein hartes Ei (ein weiches, ein Spiegelei, ein Rührei).«

Man sieht, es waren lauter sehr nützliche Sätze.

»Wenn man Latein kann, Hasi, ist Italienisch leicht zu begreifen«, sagte Wolters und gähnte laut. »Ich helfe dir. Du brauchst dich nicht hinzuhocken und zu gackern, wenn du ein Ei kaufen willst.«

Er fand den Witz köstlich, lachte laut, kniff Dorothea mit jugendlichem Elan in den Busen und warf das kluge »Italienisch für Touristen« an die Wand.

»Licht aus und schlafen!« kommandierte er. »Morgen früh kommt die Stunde der Wahrheit. Die Familie Wolters erobert die Riviera!«

In der Nacht hörte Eva Aurich in der Wohnung ein Geräusch. Sie stand leise auf, schlich durch die Wohnräume und traf auf Walter, der im Arbeitszimmer seines Vaters im Dunkeln hockte und verzweifelt die Wählscheibe des Telefons drehte.

»Laß das Licht aus!« zischte er, als Eva zum Schalter

griff. »Mutter wacht sonst auf. Sie hat einen leichten Schlaf.«

»Was ist denn los, Walter?« Eva kam näher und hockte sich neben ihn. Sie trug einen dünnen Schlafanzug und roch nach Limonenseife.

»Es meldet sich niemand«, flüsterte Walter.

»Wer meldet sich nicht?«

»Wer schon! Ingeborg...«

»Was willst du denn von der? Es ist doch aus...«

»Ich wollte nur feststellen, ob ein anderer bei ihr ist.«

»Das hättest du dir früher überlegen müssen. Jetzt geht es dich nichts mehr an.«

»Gar nichts.« Walter legte den Hörer auf. »So ein Luder! — Eva, tröste mich!«

»Geh ins Bett und penne!« sagte Eva grob. »Und red nicht solchen Blödsinn!«

»Das ist kein Blödsinn, Eva!« Er tastete nach ihrem Arm und war selig, als er ihre glatte, warme Haut spürte. »Ich mag dich sehr...«

»Ich dich auch!«

»Eva!« Er wollte sie an sich ziehen, aber sie gab ihm einen Stoß.

»Stop! Mögen und — das andere, das sind zwei ganz verschiedene Dinge, Walter. Das halten wir schön auseinander.«

»Wir haben fünf tolle Wochen vor uns, Eva. Jetzt freue ich mich darauf wie ein Kind auf den Weihnachtsbaum.«

»Ich auch.« Sie dachte an Ingeborg, die jetzt schon fast in Ventimiglia war. »Hau dich hin und schlaf. Morgen wird es ein harter Tag.«

»Mit dem Gedanken an dich werde ich herrlich schlafen...«

Gemeinsam schlichen sie auf Zehenspitzen aus Wolters' Arbeitszimmer.

Um sechs Uhr früh klingelten die Wecker. Die Familie Wolters sprang aus den Betten und stürzte zu den Waschbecken und Duschen. Dorothea ging in die Küche. Wer sollte sonst Kaffee kochen?

Der erste Ferientag hatte begonnen. Der erste von vielen unvergeßlichen Tagen in der Sonne der Riviera.

5

Über das Autofahren ist schon viel geschrieben worden, über verstopfte Autobahnen und Straßen während der Ferienzeit noch mehr. Die Flüche der Fahrer können Bände füllen, die Beschimpfungen sind für einen Sprachforscher unglaublich ertragreich, denn es kommt da zu Wortschöpfungen, die geradezu abenteuerlich sind.

Auch die Familie Wolters wurde von all dem nicht verschont. Es begann schon auf der Autobahn nach München, kurz nach dem Nürnberger Kreuz, wo eine drei Kilometer lange Baustelle den bis dahin fließenden Verkehr, zum Stehen brachte.

Jedes Jahr wird sich jeder Autofahrer immer wieder fragen, warum gerade zur Urlaubszeit jede Autobahn mit einer wahren Wollust aufgerissen wird. Die Autobahnbauer haben dafür eine einfache und logische Erklärung: Weil das Wetter gut ist. Bei Eis und Schnee kann man nicht bauen. Woraus man eigentlich folgern könnte, daß Autobahnen nur für den Winterverkehr gebaut werden, da sie im Sommer ja repariert werden müssen.

Ein routinierter Autofahrer sollte sich diese Erkenntnis aufschreiben und an die Windschutzscheibe kleben. Hermann Wolters, bisher in jedem Urlaub auf deutsche Autobahnen angewiesen, kannte sich da aus. Als der Verkehr hinter Nürnberg zum Erliegen kam, schimpfte er nicht, sondern gab den von Dorothea gut gefüllten Eßkorb für das erste Picknick frei. Es war Korb Nummer 1.

Da Wolters die Fahrt an die Riviera wissenschaftlich vorbereitet hatte, gab es vier Picknick-Körbe bzw. Kühltaschen mit verschiedenen Füllungen. Nummer 1 zum Beispiel enthielt Kaffee, belegte Brötchen, Kekse, Cola und biologische Fruchtstangen, eine leichte Kombination.

Nummer 2 — da war man laut Berechnung schon im Alpengebiet — diente einer massiveren Erfrischung mit kalten Fruchtsäften, Sandkuchen, Marmorkuchen und Rosinenstuten.

Die Nummer 3 war der Höhepunkt: Gekochte Eier, Kartoffelsalat, Wiener Würstchen mit Tubensenf, Fleischfrikadellen, dazu würziger Tee zur Anregung. Und Traubenzucker zur Erhaltung der Energie für die lange Fahrt.

Nach Plan mußte es dann später Mittag sein. Bis zum Übernachtungsort war noch eine kleine Rast vorgesehen mit Kaffee und etwas Gebäck: der kleine Korb Nummer 4.

Die Logistik stimmte also. Nur die Autobahn nicht. Der Zeitplan kam, bei aller genialen Berechnung, durcheinander. Als man den Autobahnring um München erreichte, war man schon um zwei Stunden im Rückstand.

»Es ist zu erwarten, daß wir in Österreich schneller vorwärts kommen«, sagte Wolters bei einer Austrittspause an einer Tankstelle.

Auch diese Pausen waren kritische Punkte: Mal mußte Manfred, mal winkte Gabi aus Walters Wagen, daß sie an der nächsten Tankstelle raus mußte, mal sagte Dorothea milde: »Muckel, wenn du die nächste Raststätte anfahren könntest...« Man kam eben nie richtig in Schwung.

»Wäre es möglich, sich zu einigen, daß man gemeinsam austritt?« fragte Wolters noch leidlich ruhig. »Sonst sprinten wir nur von Tankstelle zu Tankstelle.«

»Wir wollen uns Mühe geben«, antwortete Dorothea ohne Aufsässigkeit. »Du hast vergessen, unsere Blasen zu koordinieren...«

Zum ersten Mal fuhr die Familie Wolters durch die Alpen. Zum ersten Mal sah sie dreitausend Meter hohe Berge, Gipfel mit ewigem Schnee, in der Sonne bläulich glitzernde Gletscher, steile Almwiesen und Sennhütten wie aus der Spielzeugschachtel. Vom Fernsehen her kannte man das ja alles schon, aber es ist doch ein Unterschied, ob man so etwas auf einer Mattscheibe, 66 cm im Durchmesser, oder in natura sieht, wo man von einem großartigen Panorama rings umgeben ist und umfächelt von einer Luft wie Samt und Seide. Man muß dann allerdings die Autobahn verlassen, schon wegen der Luft.

Wolters gönnte seiner Familie dieses einmalige Erlebnis.

»Wer weiß, ob wir uns nächstes Jahr noch eine solche Reise erlauben können, wenn Walter studiert und immer wieder alles teurer wird. Nur das Gehalt bleibt sich gleich.«

Er verließ also die Autobahn und fuhr durch das Land, durchquerte verträumte Dörfer und zuckelte über kaum befahrene Straßen. An schönen Aussichtspunkten hielt er an, bewunderte die Natur und fotografierte die ergreifend schöne Landschaft. Wobei er allerdings meistens Eva Aurich mit erwischte, vor allem als Vordergrund, aber ab und zu auch Dorothea, das muß zu seiner Ehrenrettung gesagt sein.

Walter filmte. Auch bei ihm war Eva der Bildmittelpunkt. Eva an einer Quelle, Wasser trinkend, Eva hüpfend vor einem Bergmassiv, Eva mit einem Kalb auf der Weide spielend.

Das künstlerische Auge von Vater und Sohn schien deckungsgleich zu sein.

»Wir kommen in Zeitdruck, Paps«, sagte Walter, als sie die sechste Rast machten und einen Wasserfall fotografierten — mit Eva im Vordergrund. »Laut Plan sollten wir gegen sechzehn Uhr am Übernachtungsort sein. Das schaffen wir nie.«

»Dann disponieren wir um«, rief Wolters jugendlich.

»Die Kunst des Reisens ist die Improvisation! Wenn wir um 19 Uhr im Hotel sind, reicht das auch!«

»Es ging um den Kleinen.« Walter bemühte sich, nicht höhnisch zu sein. »Der Kleine sollte nicht überanstrengt werden.«

»Bist du müde, Manfred?« rief Wolters reaktionsschnell.

Der Kleine aß gerade ein Stück Kuchen. Er aß eigentlich während der ganzen Fahrt. Es ist erstaunlich, was ein zehnjähriger Magen alles aufnehmen kann.

»Nein, Paps. Warum?«

»Wir sind also flexibel«, sagte Wolters zu Eva. »Was halten Sie von einer längeren Fahrt durch die herrliche Natur?«

»Ich finde das toll!« Eva breitete die Arme weit aus. Die Sonne funkelte in ihrem blonden Haar, die Bluse spannte sich. Oh, du schöne Natur ... »Durch diese Landschaft sollte man schleichen!«

»Also schleichen wir!« rief Wolters erstaunlich lebendig. Sonst war er nach mehreren Stunden hinter dem Steuer sehr mufflig. »Oh, scheine, goldene Sonne, uns Wandersleut' zur Freud' ...«

»Von wem ist denn das?« fragte Dorothea erstaunt. Wenn Wolters Verse deklamierte, waren es bisher immer Klassiker gewesen.

»Es fiel mir gerade so ein.« Wolters blickte interessiert auf den rauschenden Wasserfall.

Dorothea zupfte an ihrem weiten Faltenrock. »Eigenbau?« fragte sie.

Wolters überhörte es und umging damit eine Antwort. Er versuchte, Eva die Geologie der Alpen zu erklären etwas, das sie natürlich längst in der Schule gelernt hatte.

Er dichtet, dachte Dorothea, nun doch betroffen. Mukkel dichtet! Vielleicht ist es ihm selbst nicht bewußt ... aber diese Eva muß ihn sehr gepackt haben. Sein letztes Gedicht hat er mir im Krankenhaus nach Walters Geburt feierlich überreicht, auf einem Bogen Pergament, geschrieben in gotischer Schrift, mit reichen Verzierungen am Blattrand. Es hängt eingerahmt im Schlafzimmer.

Danach erlahmte seine Dichtkunst tragisch schnell. Er wurde immer trockener. Um so alarmierender ist es, daß er nun wieder in Versen denken kann . . .

Das Hotel, in dem man übernachten wollte, stand am Rande eines kleinen Ortes in einem weiten Tal. Es sah freundlich und sauber aus, war im alpenländischen Stil gebaut und hieß ›Alpenblick‹. Da — wir wissen es — die Logistik stimmte und sich beim ersten Blick auch diese Empfehlung des Kollegen Dr. Simpfert als gut erwies, wurden Wolters' schon erwartet — und zwar mit großer Neugier. Der Wirt klopfte Hermann auf die Schulter, was den verwunderte, was aber anscheinend landesüblich war, und meinte augenzwinkernd:

»I hab an große Flasch'n Enzian z'ruckgelegt . . . Im alten Versteck!«

Wolters war etwas verwirrt, grinste dümmlich und wartete, bis Walter und die Damen das Gepäck auf die Zimmer geschafft hatten. Manfred hatte einen struppigen Hofhund entdeckt und fütterte ihn mit Keksen.

»Ich trinke gar keinen Schnaps«, sagte Wolters. »Enzian schon gar nicht.«

»Aber Ihr Freund . . .«

»Mein Freund?«

»Dös war an Schlucker!«

»Kollege Dr. Simpfert?«

»Jo mei . . . jeden Abend b'soffen . . .«

»Jeden Abend! Wie lange war er denn hier?«

»Ja, so fünf Tag' . . .«

»Auf der Durchreise . . .?«

»Schneller hat er's nie gepackt. Mei Enzian — und dann dös Madl . . .«

»Was denn für ein Madel?«

»Na, die Berta, das Stubenmadl. A stramm's Weiberl.

Der Herr Doktor, jo mei... die Berta hat a Freid g'habt... Die Berta macht auch Ihr Zimmer.«

Wolters stieg nachdenklich die Treppe hinauf. Kollege Simpfert schien bei seinen Reisen an die Riviera eine nachhaltige Spur hinterlassen zu haben. Es warf sich jetzt nur die Frage auf, ob es eine Empfehlung war, von ihm empfohlen zu sein, und was einen noch weiterhin erwartete. Schließlich war diese Reise auf den Erfahrungen von Dr. Simpfert aufgebaut worden. Hermann Wolters kamen die ersten Bedenken.

Auf dem Flur begegnete ihm Berta, das Stubenmadl. Es knickste und grinste. Berta war klein und pummelig, trug ein Dirndlkleid, aus dem der Busen quoll, und hatte große, runde Knopfaugen.

Wolters grüßte knapp und distanziert zurück. Kollege Dr. Simpfert — Sie sind wieder einmal ein Beispiel für die stillen Wasser, die abgrundtief sind!

In dieser Nacht schlief Wolters schlecht. Das Zimmer war klein, man mußte wegen der Luft das Fenster offen lassen, was wiederum bewirkte, daß Wolters das Brummen aus dem angebauten Kuhstall hörte und alle sonstigen Geräusche ebenfalls, vom Stampfen der Kühe über das Kettenrasseln bis hin zum Geschrei der Katzen.

Gegen Mitternacht stand er auf, trat ans Fenster und atmete tief die würzige Nachtluft ein. Dorothea, die durch sein Aufstehen geweckt worden war, blieb stumm liegen und spielte die Schlafende.

Unten auf einer Bank im Hof saß Eva Aurich in der mondhellen Nacht. Sie trug einen kurzen, rosa Bademantel und sah wie eine Elfe aus. Warum sie allein mitten in der Nacht auf einer Bank saß, rührte Wolters an, aber Dorotheas Anwesenheit machte es ihm unmöglich, sich darum zu kümmern.

Er blieb am Fenster stehen, betrachtete unentwegt das schöne Bild und überlegte, ob er Eva morgen darauf ansprechen oder ob er die nächtliche Episode als ein gemeinsames Geheimnis in seinem Herzen verschließen sollte.

Sie muß irgendeinen Kummer haben, dachte er. Ein junges Mädchen setzt sich nicht ohne Grund um Mitternacht draußen auf eine Bank ...

Er schlich zum Bett zurück, schob sich unter die Decke und beugte sich über Dorothea. Sie schlief fest, so schien es jedenfalls, und blähte beim Atmen die Nasenflügel.

Auch süß, dachte Wolters, wie sie so daliegt. Ab und zu läuft ein Zucken über ihr Gesicht ... Ob sie träumt, daß es in unserem Ferienhaus doch eine Waschmaschine gibt?

Am Morgen verschliefen sie alle — aber sie hatten ja jetzt Zeit. Die Riviera war, wie man so sagt, greifbar nahe. Nur noch ein paar Stündchen, die diversen Pausen zur Bewunderung der Natur eingeschlossen.

Wer zum ersten Mal an die Riviera kommt, muß sich damit abfinden, daß er zunächst ganz Oberitalien durchqueren muß, falls er von München aus anreist. Nach Bozen und Mailand landet man in Genua und hat die ganze Küstenstraße vor sich, an der wie Perlen an einer Schnur die bekannten Ferienorte liegen — von Arenzano bis Ventimiglia. Diano Marina liegt so ziemlich in der Mitte.

Die errechnete Fahrzeit stimmte nicht. Wolters hatte den Fehler begangen, nur die Kilometer zu addieren, aber nicht den italienischen Straßenverkehr mit einzukalkulieren. Heillos eingeklemmt in Autokolonnen schob man sich mühsam vorwärts, zockelte hinter Tankwagen her, die man wegen des Gegenverkehrs nur mit gewagten Manövern überholen konnte, wobei das betagte Wolterssche Auto eine gewisse Asthmaanfälligkeit spüren ließ. Es war also unmöglich, hier und da noch einmal anzuhalten, um Naturschönheiten zu bestaunen und Eva davor zu fotografieren.

Wolters' Stimmung sank. Als sie von weitem zum ersten Mal das Mittelmeer gesehen hatten, war das fast ein historischer Augenblick gewesen. Wolters hatte kurz gestoppt und »Thalatta! Thalatta!« gerufen, um dann Gabi zu fragen: »Was bedeutet das?«

»Weiß nicht«, war die erwartete Antwort.

»Da sieht man es wieder: Die heutige Jugend geht ins Abitur und hat keine Ahnung von geschichtlichen Ereignissen. ›Thalatta‹ war der Ausruf von zehntausend griechischen Söldnern des persischen Thronbewerbers Kyros, der gegen seinen Bruder Artaxerxes Krieg führte, als sie nach mörderischen Märschen endlich das Meer erreichten. So beschrieben von dem großen Dichter Xenophon.«

»Muß man das wissen?« fragte Walter sauer.

»Ja! Mein Gott, ist die Allgemeinbildung im Eimer!«

Zu solchen Aufenthalten kam es nun nicht mehr. Man war froh, überhaupt weiterzukommen. Die Stunden schlichen dahin wie der Ferienverkehr. Statt nach Zitronen, wie überall beschrieben und besungen (Kennst du das Land, wo die Zitronen blüh'n ...), roch es nach Auspuffgasen, und der Zauber dieser paradiesischen Landschaft half nicht darüber hinweg, daß man sich um Stunden verkalkuliert hatte.

Diano Marina kam in Sicht, als man — laut Plan — längst vor dem Ferienhaus sitzen und den Nachmittagskaffee trinken wollte. Wolters betätigte den rechten Blinker, fuhr auf einen kleinen Parkplatz und stieg aus.

Walter sprang aus seinem Citroën. »Was ist los?«

»Wir sind da.«

»Wir wohnen auf einem Parkplatz?«

»So was Dämliches habe ich selten gehört!« Wolters lehnte sich gegen den Kühler seines Wagens. »Ich wollte sagen: Das Ziel ist erreicht. Jetzt fahren wir zu dem Immobilienmakler, der die Vermietung vermittelt hat, und der bringt uns dann in unser schönes Domizil.«

Er überblickte seine Familie und reckte sich. »Na, wie ist der erste Eindruck? Quirliges, südländisches Leben, nicht wahr? Welche Farbigkeit! Und das blaue Meer! Das ist die Atmosphäre des laissez faire ...«

»In Italien heißt das Dolce vita«, sagte Walter leichthin. »Fahren wir jetzt weiter?«

Wolters holte seine Brieftasche heraus und entnahm ihr einen Zettel. »Ermano Zaparelli, Via Antonio Marco Nummer 9. Dort bekommen wir die Hausschlüssel.«

Es war gar nicht so einfach, sich zur Via Antonio Marco durchzufragen, wenn man kein Italienisch verstand. Wenn Wolters versuchte, mit seinem Latein weiterzukommen, glotzten ihn die Leute verständnislos an und gingen dazu über, ihm mit ungeheuer plastischen Pantomimen den Weg zu erklären.

»Nur wenig ist von den Römern übriggeblieben!« sagte Wolters bitter, nachdem er mit seinem Latein gescheitert war. »Kulturniedergänge sind immer total ... Man denke nur an die Phönizier.«

Nach einer halben Stunde hatte man die Via Antonio Marco Nummer 9 gefunden. Es war ein zweistöckiges, fröhliches Haus mit vielen Blumenkästen, einer Palme in einem kleinen Garten und blühenden Büschen.

Signor Ermano Zaparelli begrüßte Hermann Wolters überschwenglich wie einen heimgekehrten, lange vermißten Verwandten, umarmte ihn, küßte der Reihe nach Dorothea, Eva und Gabi, boxte Walter vor die Brust und zog Manfred an sich, als solle er entführt werden. Zaparelli konnte sogar deutsch sprechen. Er war, wie er betonte, drei Jahre in Köln-Sülz gewesen, bei einem deutschen Immobilienmakler, um den westeuropäischen Markt kennenzulernen, die Mentalität der nördlichen Käufer und die Eigenarten deutscher Makler.

Es mußte eine gute Schule gewesen sein, denn Zaparelli hatte nach seiner Rückkehr nach Diano Marina mit seinem eigenen Immobilienbüro einen großen Erfolg gehabt. Die Riviera hinauf und hinunter verkaufte er verfallene Bauernhäuser, vor allem an romantische Deutsche, die sie dann für teures Geld ausbauen ließen. Er verkaufte Appartements oder Eigentumswohnungen (Slogan: Fenster auf — das Meer einatmen!), gründete einen Mietservice und dankte vielen Heiligen, daß er in Köln-Sülz so hervorragend deutsch gelernt hatte. Die Deutschen kauften nämlich einfach alles, wo eine Palme vorhanden war. Eine Palme war für sie der Inbegriff südlicher Schönheit.

»Ein Häuschen, sag isch Ihnen!« rief Zaparelli mit deutlich kölschem Zungenschlag. »Dat jeben Se nich mehr her! Da sagen Se in einer Woche: Nä, hier jonn isch nit widder heraus. Dä letzte Mieter, dä ham mer mit dä Polizei und dä Feuerwehr heraushole müsse...«

Es erwies sich, daß das Bauernehepaar, dem das hochgelobte Haus gehörte, bereits zu seiner Nordlandreise aufgebrochen war, weil man geglaubt hatte, die Wolters' kämen schon gestern.

»Äwwer dat schad't nix!« strahlte Zaparelli vergnügt. »Nur de Schafe und Ziejen ham Hunger. Se müsse sofort jefüttert werden...«

»Wie köstlich!« sagte Walter sarkastisch. »Die süßen Tiere!«

»Fahre mer los?« Zaparelli schaltete um. Seine Kenntnisse von Kundenpsychologie waren enorm. Die neuen Mieter waren keine Rheinländer, sondern Franken. Mit einem Rheinländer hätte man noch freundschaftlich darüber diskutieren können, daß die Wiese gemäht werden müßte und der Wasserdruck sehr schwach sei. Bei den Wolters' vermied Zaparelli diese Informationen in Anbetracht einer offen zur Schau getragenen Humorlosigkeit. Mietern dieser Sorte überließ er es, ihre Erfahrungen selbst zu sammeln.

Man fuhr also wieder aus Diano Marina hinaus, ein Stück ins Hinterland, und gelangte zu einem kleinen verträumten, rosa verputzten Bauernhaus. Zum Meer hin, das unter ihnen in all seiner Pracht lag, blau, mit gischtgekrönten Wellenkämmen, hatte man eine Terrasse gebaut, von der Sonne durch eine mit wildem Wein bewachsene Pergola geschützt. An den weißen Strand schloß sich Diano Marina an, mit Kirchen und Kuppeln, roten Dächern und engen Gassen, wehender Wäsche und Zypressen, die sich im Wind wiegten.

Es war ein märchenhafter Anblick. Die Hauptsache aber, die das deutsche Gemüt voll traf: Überall um das Haus standen Palmen, hohe und niedrige, schlanke und breite. Im ganzen neun verschiedene Sorten.

»Ein Paradies«, sagte Wolters ergriffen. »Was meinst du, Hasi?«

Dorothea schwieg. Sie dachte praktischer. Sie hatte schon auf der Herfahrt bemerkt, daß man zum Einkaufen immer den Wagen brauchte. Das erste Geschäft war zwei Kilometer entfernt, ein Supermarkt erst am Eingang der Stadt.

»Bis zum Meer sind es bestimmt zwanzig Minuten mit dem Auto!« antwortete Walter anstelle seiner Mutter. »Von wegen — vom Bett in die Fluten!«

»Eure faule Generation erwartet immer, daß alle Dinge direkt in eure Miefkoje kommen!« rief Wolters empört. »Das Meer liegt in seiner ganzen Weite vor uns. Ein Panorama, wie es schöner nicht sein kann!«

»Thalatta!« rief der kleine Manfred.

»So ist es. Und es wird ja wohl nicht zu beschwerlich für uns sein, wenn wir zum Baden an den Strand fahren müssen.«

Ermano Zaparelli hielt sich zurück. Er dachte an das Rasenmähen und die Stallarbeit, die die Mieter übernommen hatten, und bezweifelte, daß die an sich nette Familie viel Zeit haben würde, sich im Sand von Diano Marina zu aalen. Er schloß die Haustür auf, strahlte alle an und fragte lustig:

»Wen soll isch über de Schwelle tragen?«

Das Innere des Hauses roch etwas muffig (die aggressive Seeluft) und nach Stall, aber das verflog schnell, als man alle Fenster weit öffnete. Die Einrichtung war erstaunlich neu und modern, mit Sesseln und einer Couch, Marmortisch und Stehlampe, einer Schrankwand aus Pinienholz und handgewebten Bauernteppichen. Auch die Schlafzimmer gaben auf den ersten Blick zu keinem Mißfallen Anlaß — alles war zweckmäßig möbliert. Vor allem die Küche rief Erstaunen hervor, eine moderne Einbauküche in orangefarbenem Kunststoff. Allerdings war Dorotheas Frage unvermeidbar:

»Wo ist eine Waschmaschine?«

Zaparelli hob die Arme. »Ham mer nich...«

»Im Paradies gab es auch keine Waschmaschine«, sagte Wolters.

»Verständlich!« Das war wieder Dorothea. »Wenn du dir angewöhnst, ab sofort nur noch ein Feigenblatt zu tragen...«

Wolters war nicht mehr bereit, angesichts von neun verschiedenen Palmensorten vor dem Haus und einem wirklich einmaligen Rundblick solche Bemerkungen hinzunehmen. Er fand das gemietete Feiernhaus in höchstem Maße hervorragend. Hier hatte man für sein Geld einen reellen Gegenwert bekommen.

»Ich will keine destruktiven Bemerkungen mehr hören!« protestierte er laut. »Immer diese Jammergesänge! Wollen wir am Mittelmeer oder in einem Waschsalon Urlaub machen! Herr Zaparelli, das Haus ist wunderbar...«

Das war gut zu hören... Zaparelli erklärte noch schnell, wo die Elektrosicherungen waren, wo man das Wasser abdrehte, wo die Gartengeräte lagen — in einem kleinen, hölzernen Anbau nämlich — und machte sich dann nach vielen Umarmungen wieder davon, nach Diano Marina hinunter.

Während die Familie die Wagen entlud und das Gepäck auf die einzelnen Zimmer verteilte, machte Wolters seinen ersten umfassenden Rundgang und besichtigte das Haus und das dazu gehörende Land. Der Garten war verwildert. Hinter einem Zaun lag ein ehemaliger Weingarten, ebenfalls von Dornbüschen, Agaven, lianenähnlichen Gewächsen und wildwachsenden Zwergpinien total überwuchert. Es schien, als lebten die Besitzer des Hauses nur noch von ihren Ziegen und Schafen. Und natürlich von den Mietern, die das Haus von Juli bis September belegten und im Frühjahr noch einmal vier Wochen zur Osterzeit.

Es mußten vornehmlich Deutsche sein, denn Wolters fand, als er den Stall betrat, an der getünchten Wand gleich neben der Tür eine Inschrift mit dem schönen Satz: *»Alles Scheiße!«*

Das entsprach sogar den Tatsachen: Der Stall war total verdreckt, es roch abscheulich, und sechs Schafe und vier Ziegen standen bis zu den halben Beinen im Kot. So sah es jedenfalls auf den ersten Blick aus, in Wirklichkeit war es aber nur fauliges, nasses Stroh.

Immerhin genügte Wolters der Anblick, um zu begreifen, daß die ersten Tage der fünf Ferienwochen mit Säuberungsarbeiten ausgefüllt sein würden. Aber das seiner Familie klar zu machen, war auch für ihn ein Problem.

Er fuhr zusammen, als jemand hinter ihm sagte: »O Gott!«

Dorothea hatte ebenfalls den Stall betreten und betrachtete als Hausfrau die Gegebenheiten noch kritischer. Für sie war das ganze Anwesen maßlos ungepflegt und verwahrlost.

»Das habe ich in meinen kühnsten Träumen nicht erwartet«, sagte sie.

»Wenn wir alle anpacken...« Wolters lächelte schief. »Denken wir an den Stall des Augias...«

»Erstens bist du nicht Herakles, und zweitens haben wir keinen Bach in der Nähe, den du durch den Stall umleiten könntest. Aus den Wasserhähnen tropft das Wasser nur, von vier Kochplatten sind zwei kaputt, den Schalter vom Backofen kannst du wie einen Propeller drehen...«

»Ich werde Herrn Zaparelli flottmachen...«

»Duschen ist bei diesem Wasserdruck fast unmöglich,

und eine Badewanne vollaufen zu lassen, dauert eine Stunde. Und jetzt das noch...« Dorothea zeigte auf die Tiere. »Muckel, disponiere um.«

»Was heißt das?«

»Ich habe den Kindern gesagt: Packt noch nicht aus, ich spreche erst mit Paps. Muckel, laß uns in eine billige Pension ziehen. Da haben wir keine Sorgen...«

»Das geht nicht mehr«, sagte Wolters steif. Der Stallgeruch erzeugte Übelkeit bei ihm.

»Warum?«

»In der Hochsaison! Wo stehen da noch sechs Betten leer! Sechs Betten in einer Pension oder einem Hotel — völlig aussichtslos!«

»Wir sollten es wenigstens versuchen. Beim Verkehrsverein, bei Vermittlern...«

»Es geht nicht, Hasi...«

»Vielleicht hat Herr Zaparelli auch noch ein anderes Haus zu vermieten?«

»Wir haben kein Geld«, sagte Wolters dumpf.

»Mein Gott! Wieso das denn? Hat man dich an der letzten Tankstelle bestohlen?«

»Nein. Aber der Mietpreis für das Haus ist voll bezahlt.«

»Wann denn?«

»Vorkasse... vor vierzehn Tagen.«

»Das ist ja Betrug!« Dorothea ballte die Hände zu Fäusten. »Zaparelli muß das Geld wieder herausgeben!«

»Nicht eine Lira wirst du von ihm bekommen. Er ist nur der Vermittler. Er hat das Geld abzüglich seiner Provision an die Hauseigentümer weitergeleitet. Und die sind auf Skandinavienfahrt! Rechtlich ist da gar nichts zu machen. Wir müssen unser Geld abwohnen — so oder so!«

»Das werden schreckliche fünf Wochen, Muckel...« sagte Dorothea leise. »Mach das nie wieder.«

»Es lernt der Mensch, solange er lebt, auch ich! Ist das verwerflich?«

»Ich meine ja nur, Muckel ... Also, packen wir tatsächlich aus?«

»Es bleibt uns gar nichts anderes übrig.« Wolters starrte auf die Tiere. »Ich werde die Viecher erst mal ins Freie treiben.«

»Und wenn sie weglaufen?«

»Warum sollten sie? Sie haben doch hier den Garten Eden ...«

Man kann wirklich nicht sagen, daß die Familie Wolters ihrem Oberhaupt gegenüber undankbar war. Es zeigte sich wieder einmal, daß sich in Notfällen Individualdenken den Notwendigkeiten unterordnen kann.

Walter und Eva säuberten den Stall, Manfred schrubbte die Terrasse, Gabi putzte die Toiletten, Dorothea bezog alle Betten, und Hermann Wolters trieb die kleine Herde aus Ziegen und Schafen in das verwilderte Weingelände und überzeugte sich, daß Stacheldraht ein Ausbrechen verhinderte.

Erstaunlicherweise war das Telefon angeschlossen und funktionierte. Wolters suchte den Zettel hervor, auf dem Zaparellis Telefonnummer stand, und wählte.

»Prego, Signor Zaparelli«, sagte er, als sich eine Frauenstimme meldete.

Er wurde von einem italienischen Wortschwall überschüttet, bis er dazwischenschrie: »Ich möchte Signor Zaparelli sprechen — sofort!«

Ein neuer Wasserfall folgte, noch schneller ... Entnervt legte Wolters auf. Er stand auf, lief durch das Haus und suchte Dorothea. Er fand sie in Gabis Zimmer, wo sie ein Kopfkissen bezog.

»Zur Einführung spendiere ich heute ein Abendessen«, sagte er. »Wir fahren in den Ort und schlemmen mal richtig. Morgen können wir dann die Dosen mit Erbsensuppe aufmachen.«

»Morgen sieht auch alles anders aus.« Dorothea setzte sich auf das Bett und lächelte Wolters ermutigend zu.

Er tat ihr jetzt leid. Wieviel Mühe hatte er sich gegeben, welche Berechnungen angestellt, wie hatte er sich auf diese Ferien vorbereitet und wie stolz war er gewesen, sich ein Ferienhaus leisten zu können. Und jetzt diese Enttäuschung!

Er ließ sie sich nicht anmerken, dazu war er zu stolz. Außerdem war ja alles seine Idee gewesen, und Ideen verteidigte er immer — aber im Inneren mußte es ihn tief getroffen haben, daß ihm, gerade ihm so etwas passierte. Und ganz schlimm war es, daß Eva Aurich das miterlebte. »Mit Familienanschluß« — das hatte sie sich bestimmt anders vorgestellt, als nun einen Stall zu säubern.

Wolters setzte sich neben Dorothea und nahm ihre Hand. Seine Finger waren eiskalt, so tief saß die Enttäuschung in ihm.

»Alles Gute braucht eine bestimmte Anlaufzeit«, sagte er stockend. »Denk doch nur an die herrliche Aussicht von hier oben, an die Sonnenterrasse mit dem wilden Wein, an den Strand ... Da können wir jeden Tag runter, von morgens bis abends. Und dann die würzige Seeluft, die Ruhe, die wir hier haben ... inmitten von Palmen, Zypressen und Blumen. Wir werden uns prächtig erholen, Hasi.«

»Bestimmt, Muckel. Und du solltest großzügig sein ...«
»Worin?«
»Walter ist ein junger Mann von neunzehn ...«
»Von mir aus kann er der Playboy von Diano Marina werden, wenn er bloß nicht eine kommunistische Demonstration veranstaltet! Aber auf Gabi müssen wir aufpassen.«
»Auch sie ist schon achtzehn und weiß, was sie will ... Muckel, außer Manfred sind wir alle erwachsen ...«
»Und Manfred ist in den besten Händen.« Wolters streichelte die Finger seiner Frau. »Ich glaube, mit Eva haben wir einen guten Griff getan.«
»Das haben wir.« Sie lächelte ihn weise an. »Vielleicht

ist es möglich, daß wir jetzt einmal fünf Wochen für uns allein haben — zum ersten Mal seit neunzehn Jahren.«

Er nickte und kam sich verdammt elend vor, weil Dorothea so verdammt gnädig mit ihm war.

Am Abend machte sich die Familie nach Diano Marina zum festlichen Abendessen auf. Man parkte auf der Piazza unter hohen, sich im Abendwind wiegenden Palmen, umgeben von wimmelndem, buntem, lautem, südlichem Leben, und man war sich einig, daß Papa wirklich ein von der Natur gesegnetes Fleckchen Erde ausgesucht hatte.

Die Stimmung hob sich ungeheuer und glich sich der Umgebung an. Walter schob seinen Arm unter den von Eva, und Wolters verzichtete auf einen Zuruf, um die allgemeine Euphorie nicht zu stören.

Ein Eßlokal zu finden, bereitete keine Schwierigkeiten. Diano Marina schien nur aus Restaurants, Bars und Trattorias zu bestehen. Die Auswahl war so groß, daß Wolters sagte: »Jetzt überlassen wir mal Mami die Entscheidung. Sie bestimmt, wo wir essen.«

Dorothea entschied sich für das Restaurant ›Emilio‹, weil es die saubersten Gardinen hatte.

Man bereute es nicht. Das Essen war vorzüglich, der Preis nach Umrechnung in Mark annehmbar. Um immer für solche Währungsvergleiche gewappnet zu sein, hatte Walter einen kleinen Taschenrechner mitgenommen. Außerdem saß man draußen unter einer bunten Markise, hatte das farbige Leben vor sich und konnte sich — vor allem Dorothea — informieren, was man in Diano Marina an Modischem trug. Es stellte sich heraus, daß noch manches zu kaufen war... vom Frotteekleid mit Spaghettiträgern bis zu seidenen Kopftüchern mit Dali-Motiven.

Eine unangenehme Erscheinung aber machte sich schon an diesem ersten Abend bemerkbar: Die Damen der Wolters-Familie fielen auf.

Das ist nicht schwer an der Riviera, wo während der

Urlaubszeit so heiß geflirtet wird, daß sich dafür geradezu eine Berufssparte gebildet hat und wo solche Flirts zu den alljährlichen Saison-Schwerarbeiten gerechnet werden. Die tapferen Sex-Gladiatoren sind da nicht wählerisch — es gibt sittsame Großmütter, die mit glänzenden Augen aus dem Süden zurückkommen...

Mit Mißfallen und gerunzelter Stirn sah Wolters, daß sich schwarzgelockte Jünglinge mit bis zur Taille offenen Hemden, die eine behaarte Brust und dicke Goldkreuze an Goldkettchen preisgaben, auffällig nahe beim Tisch der Familie postierten und Gabi, Eva und Dorothea ungeniert angrinsten.

Gabi wurde leicht unruhig und stocherte in ihrem Eis herum. Eva gab sich verschlossen, und Dorothea schielte zu ihrem Mann hinüber. Als sie aufstand, um zur Toilette zu gehen, ertönte ein lauter, anerkennender Pfiff.

Wolters kniff die Lippen zusammen. Es war klug von ihm, nicht darauf zu reagieren. So etwas hört und sieht man nicht, dachte er. Aber man wird zur Wachsamkeit erzogen. Es stimmt also, was die Illustrierten immer schreiben: Die Kerle stürzen sich wie Raubtiere auf die Frauen!

Eigentlich hatte man geplant, nach dem Essen einen Spaziergang am Meer zu machen. Aber Wolters wußte nicht mehr, wie das stattfinden sollte angesichts der Meute von lächelnden Männern, die vor der Terrasse des Restaurants standen und nur darauf warteten, daß die Wolters-Damen auf die Straße traten.

Wolters erhob sich und nickte Walter zu. »Kommst du mal mit?«

»Wieso denn?« fragte Walter begriffsstutzig.

»Komm mit!« zischte sein Vater und ging in das Lokal. Walter folgte ihm und sah seinen Erzeuger entgeistert an.

»Was ist denn los? Kannst du nicht allein zum Klo? Klemmt der Reißverschluß?«

»Ich muß mit dir sprechen, Junge.« Wolters blieb im

Vorraum der Toilette stehen. »Hast du die Kerle vor dem Lokal gesehen?«

»Na klar. Typische Papagalli.«

»Sie starren uns an.«

»Uns nicht, Paps.«

»Bei Mami haben sie gepfiffen!«

»Mami sieht ja auch noch blendend aus. Überhaupt nicht wie Vierzig! Sie könnte deine älteste Tochter sein!«

»Wie ein Greis wirke ich nun doch wohl nicht! Ich finde das Benehmen dieser Kerle jedenfalls unverschämt! Es ist eine Belästigung! Wie eine Hundemeute!«

»Das Dolce vita, Paps . . .«

»Wir wollten doch gleich am Meer spazierengehen.« Wolters legte den Arm um seinen Sohn. »Da möchte ich dir etwas vorschlagen: Du gehst voraus, dann folgen die Damen mit Manfred, und den Schluß bilde ich.«

»So eine Art Geleitzug also . . .«

»Red nicht so dämlich! Ich möchte vor allem verhindern, daß Mami dumm angequatscht wird! Und Eva!« Wolters betrachtete seinen um einen Kopf größeren, schlaksigen Sohn. »Wie ist das eigentlich? Du hast doch mal an einem Judo-Kurs teilgenommen.«

»Ja.«

»Kannst du das noch?«

»Natürlich. Bei der letzten Demo habe ich vier Bullen aufs Kreuz gelegt. Die haben vielleicht blöd geguckt!«

»Du kannst jetzt diese Kenntnisse ausnahmsweise mal nicht in den Dienst von Moskau, sondern in den deiner Mutter stellen«, sagte Wolters. »Vielleicht hat sie sie nötig.«

Wenig später betrat die Familie Wolters die Straße. Walter voraus, die Damen in der Mitte, Wolters als Nachhut. Die jungen Männer auf der Straße pfiffen, klatschten in die Hände und riefen Bemerkungen, die natürlich keiner verstand.

Wolters lief rot an.

Hier müßte die Polizei eingreifen, dachte er wütend. Man kommt zur Erholung an die Riviera und wird sofort belästigt. Eine Unverschämtheit!

Der ›Geleitzug‹ überquerte die Piazza und bewegte sich zur Küste hinunter. Drei der jungen Männer folgten — man schien sich in der Gruppe geeinigt zu haben, wem die Neuen gehörten.

In Wolters rumorte heiliger Zorn, vor allem, als er zu sehen meinte, daß Gabi und Dorothea anders gingen als sonst... Ihre Hüften schwenkten mehr zur Seite. Evas Gang war ja von jeher aufregend gewesen, da hatte sich nichts geändert.

So mit sich selbst und den italienischen Männern beschäftigt, übersah die Familie Wolters, daß auf der Piazza, auf einer Bank unter den Palmen, etwas geschützt durch halbhohe Blütensträucher, die hübsche Ingeborg saß. Sie hatte die Wolters' ins Restaurant gehen sehen. Sie hatte beobachtet, wie sie aßen, und sie blickte ihnen jetzt nach, wie sie zum Meer marschierten.

Als der Geleitzug den Strand erreicht hatte, stand Ingeborg auf, schlenderte zu Walters Citroën und öffnete die Fahrertür. Sie war natürlich — wie immer — unverschlossen. Ingeborg klemmte einen zusammengefalteten Zettel in den Hupenknopf und warf die Tür wieder zu.

Die Familie war komplett.

6

Der Strand von Diano Marina erwies sich als wirklich sehr schön, sandig mit etwas feinkörnigem Kies, von langen Reihen Liegestühlen unter Sonnendächern aus Markisenstoff und breiten Sonnenschirmen belegt. Trampelboote lagen am Ufer, Segel- und Motorboote dümpelten außerhalb der Bade- und Schwimmzone, Händler mit Spitzendecken und Kleidern, Schals und Ledergürteln, Schnitzereien und Muschelplastiken erklärten wortreich und in allen Sprachen, welch einmalige Gelegenheit der Kauf solcher Dinge sei, und trotz der Abendzeit war der Strand noch belebt, und die Papagalli lagen auf der Lauer.

Geschult durch zehn Jahre Nordsee hielt Wolters seine Truppe an und blickte die langen Reihen der Liegestühle entlang.

»Das wichtigste ist, daß wir einen Platz bekommen. Sechs Liegestühle und Schirme. Zunächst für eine Woche ... Man kann ja immer verlängern.«

Der italienische Liegestuhlvermieter, der diesen Strandabschnitt gepachtet hatte, begrüßte Wolters in seiner Bretterbude ebenfalls wie einen Bekannten, begriff sofort, ohne vorherigen Wortwechsel, daß es sich um Deutsche handelte und zählte die Familienhäupter mit leichtem Entsetzen.

Sechs Stühle und Schirme? Unmöglich! Nein, an der ganzen Küste nicht! Von Genua bis Ventimiglia nicht! Wo sollten sechs freie, nebeneinanderstehende Stühle zu finden sein! Wenn die Deutschen gleich kompanieweise erscheinen ...

Wolters ahnte das Fundament solcher Klagen. Er griff in die Tasche, holte 5000 Lire heraus und legte sie auf den Holztisch. Da der Liegestuhlvermieter keinerlei Regung zeigte, erhöhte Wolters auf 10000 Lire, und jetzt auf einmal schien es, als seien sechs Urlauber plötzlich gestorben und deren Liegestühle freigeworden.

Der Vermieter führte die Familie stolz zu ihren Ruhesitzen. Sie standen in der neunten Reihe, eingekeilt zwischen hunderten von anderen Stühlen, und wenn man darauf lag, sah man entweder die roten Sonnenschirme über sich oder vor sich acht Reihen nackte Schultern, Arme und Schenkel und dazwischen ab und zu, postkartengroß einen Schimmer Blau: das Meer. Wenn man aufrecht saß, war der Blick freier, aber das Sitzen belästigte schon wieder den Nachbarn, der eng neben einem lag. Wohin mit den Beinen?

Wolters war zufrieden. Die Enge und die neunte Reihe verhinderten, daß es zu einem Aufmarsch der schwarzgelockten Burschen kam. Eine Angriffsmöglichkeit bot sich nur, wenn die Damen zum Meer wollten; hier aber waren Walter und er immer gegenwärtig.

Lassen wir erst mal alles an uns herankommen, dachte Wolters. Heute ist der erste Tag, was sage ich, der Rest des ersten Tages! Alles ist noch ungewohnt, aber vor allem sind wir nicht allein. Hunderte sind um uns herum, davon die Mehrzahl Deutsche.

So etwas tröstet und macht mutiger.

Wolters mietete die Liegestühle und die Schirme, bezahlte dafür ein Schweinegeld, wie er sich ausdrückte, erhielt eine Abonnementskarte und erstarrte, als der Vermieter zum Abschied sagte:

»Blonde Mädchen wie Feuer, rote Frauen wie Hölle so heiß ...«

»Du solltest dir morgen beim Friseur den Rotstich auswaschen lassen«, meinte Hermann Wolters später zu Dorothea. »Ein neutrales Braun steht dir auch gut.«

»Nur wegen der dummen Bemerkung?« muckte Dorothea auf. »Das war doch ein Scherz!«

»Ich hab' was gegen Rot, das weißt du!« sagte Wolters abweisend. »Mir genügt, daß mein ältester Sohn rot ist. Da braucht meine Frau diese Farbe nicht auch noch auf dem Kopf zu tragen.«

Die Heimfahrt gelang wider Erwarten gut. — Man fand das Bauernhaus wieder. Nur Walter zeigte Konzentrationsschwächen. Zweimal fuhr er seinem Vater fast in den Kofferraum, einmal rammte er fast einen Eselskarren. Wolters fluchte, nannte seinen Sohn eine Schlafmütze und zeigte ihm im Rückspiegel einen Vogel.

Wie hätte er auch Walters seelische Verfassung ahnen

können! Der hatte natürlich sofort den zusammengefalteten Zettel im Hupenknopf gefunden und gelesen. Die Nachricht lautete:
»Ich bin hier. Man schüttelt mich nicht ab. Du bist zwar einen Scheiß wert, aber ich liebe Dich trotzdem. Sehen wir uns morgen? Ich bin den ganzen Tag über auf der Piazza, sitze dort auf einer Bank. Ibo.«
»Was ist denn?« fragte Gabi, die hinten in Walters Citroën saß. »Springt die Karre nicht an? Haben sie dir schon den Motor geklaut?«
»Ingeborg ist hier«, erwiderte Walter dumpf. »So'n Luder! Was nun?«
»Nichts Paps sagen. Das zuerst.«
»Und dann? Sie will mich morgen sehen.«
»Geh hin.«
»Ich schmier' der eine!«
»Verhandeln halte ich für besser. Die kann dir die ganzen Ferien versauen, Walter. Wenn die bei uns im Ferienhaus aufkreuzt... Paps kriegt es fertig und quartiert sie auch noch bei uns ein.«
Grund genug also, um unkonzentriert zu fahren. Den Zettel warf Walter irgendwo aus dem Fenster. Ein ganz grober Fehler, wie man noch sehen wird...
Im Ferienhaus erwarteten sie zwei Überraschungen: Gabis Schlafzimmer stand unter Wasser. Sie hatte den Wasserhahn nicht richtig zugedreht gehabt, es war ja sowieso kein Druck in der Leitung gewesen. Aber gegen Abend änderte sich das erstaunlicherweise. Man muß das bloß wissen.
Die zweite Überraschung hatten die lieben Ziegen und Schafe hinterlassen. Sie waren über die Terrasse gelaufen und hatten sie gründlich vollgemacht. Schuld hatte Manfred, der das Gatter der Wiese nicht vorschriftsmäßig geschlossen hatte, nachdem er sich von den Tieren verabschiedet hatte.
Wolters brüllte herum, nannte seine Familie einen Hau-

fen von Chaoten und säuberte mit mehreren Eimern Wasser im Schein von vier als Lampions verkleideten Lampen die Steine der Terrasse.

Es war ein romantisches Bild.

»Welch ein Tag«, sagte er später zu Dorothea, als sie, wie jeden Abend, ihr Gesicht eincremte, jetzt um so mehr wegen des Feuchtigkeitsverlustes durch die Sonne. »Die Fahrt hierher, das Haus, das Essen, der Strand... Was haben wir schon alles erlebt! Davon hätten unsere Eltern ihr Leben lang gezehrt. Das große Erlebnis meines Vaters zum Beispiel war 1938 der Reichsparteitag in Nürnberg.«

»Und vor zweihundert Jahren hätten wir mit der Postkutsche bis hierher einen Monat gebraucht.«

Wolters seufzte, legte sich ins Kissen zurück und schlief sofort ein. Sein Kraftverbrauch an diesem Tage war enorm gewesen.

Der erste richtige Tag im Ferienhaus von Diano Marina begann damit, daß morgens um sechs drei Hähne vor den Fenstern krähten.

Es waren penetrante Stimmen, die keinen Schlaf mehr zuließen. Sie krähten wie bei einem Wettbewerb um den besten Hahnenschrei, aber es waren herrliche, buntgefiederte Hähne mit blutroten Kämmen und langen, funkelnden Schwänzen – eben richtige italienische Papagalli!

Woher sie kamen, wußte niemand. Die Wolters hatten schon stillschweigend zur Kenntnis genommen, daß statt der avisierten vier Schafe sechs vorhanden waren und sich die Ziegen von drei auf vier vermehrt hatten. Aber weder Kollege Dr. Simpfert noch Ermano Zaparelli hatten etwas von Hähnen als Hausgenossen oder Anwohnern erwähnt.

Wolters trat ans Fenster, musterte die drei prächtigen Vögel mit zusammengekniffenen, müden Augen und war ein wenig versöhnt von dem anderen Anblick, der sich ihm bot: weißgoldene Morgensonne über Gärten, Pinien, Zypressen, Palmen und Hausdächern, über Stadt, Strand und

Meer. Und über Eva Aurich, die in einem knappen Bikini im Garten zwischen den Rosenbüschen Gymnastik trieb.

Wolters war bisher nie ein großer Sportsmann gewesen, mit Ausnahme von Kegeln und Fußballspielen vor dem Fernseher. Aber als Humanist war er natürlich durchdrungen von der Weisheit, daß in einem gesunden Körper auch ein gesunder Geist wohnt, und diesmal nahm er sich ernsthaft vor, sich auch der Morgengymnastik zu widmen.

Rumpfbeugen und Rumpfdrehen, die Arme schwenken und auf der Stelle laufen, das waren Übungen, die er für sich tolerieren konnte. Außerdem würde ihn der Anblick von Eva erfreuen — und vielleicht sogar der von Dorothea, falls sie sich dem morgendlichen Fitnessprogramm anschließen sollte.

»Was siehst du denn da draußen?« fragte Dorothea verschlafen aus dem Bett.

Wolters hütete sich, seine Gedanken laut auszusprechen. »Das Panorama von gestern«, sagte er statt dessen ausweichend und reichlich phantasielos.

»Wo stecken bloß diese verdammten Hähne?«

»Auf dem Zaun zum Weingarten.«

»Kann man sie nicht wegjagen?«

»Wie denn? Auf husch-husch hören sie nicht.«

»Für morgen früh nimmst du dir Steine mit ins Schlafzimmer. Ein Hahn ist schon schlimm genug. Aber gleich drei...«

Eva hatte ihre Gymnastik beendet, blickte zufällig hoch, entdeckte Wolters am Fenster und winkte ihm zu. Ihr Gesicht glänzte in der Morgensonne, das blonde Haar leuchtete wie Gold. O herrliche, süße Jugend...

Wolters ärgerte sich, daß er nicht zurückwinken konnte. Dorothea hätte es bestimmt bemerkt und gefragt: »Wieso begrüßt du auch noch die Hähne?« Und seine Antwort hätte ziemlich dumm geklungen.

Da nichts im Leben von Hermann Wolters planlos verlief, entwarf die Familie am Kaffeetisch einen gleitenden

Arbeitsplan. Gleitend insofern, daß jeder, mit Ausnahme von Manfred, der reihum als Handlanger diente, abwechselnd Stalldienst oder Stubendienst hatte. Ein Haus muß gepflegt werden, und Lebenskultur ist in erster Linie Sauberkeit.

»Sie sind Frühaufsteher, Eva?« fragte Wolters, als er mit ihr den Stall säuberte und die Tiere tränkte und fütterte, während Gabi die Zimmer aufräumte, Dorothea das Frühstücksgeschirr spülte — das Wasser tröpfelte wieder nur — und Walter die Zündkerzen der beiden Autos vom Ruß befreite. Manfred war auf der Suche nach den Hähnen. Nach ihrem brutalen Morgenkonzert waren sie verschwunden, und der Junge trug sich mit der Absicht, den Krachmachern die Hälse herumzudrehen oder ihnen wenigstens die Schwänze auszureißen. In den Ferien um sechs Uhr morgens geweckt zu werden, und das vielleicht fünf Wochen lang, entspricht einer hundsgemeinen Folter.

Aber es zeigte sich schon an diesem ersten Tag, daß der Weckruf der Hähne berechtigt war. Wenn man erst um acht Uhr aufsteht, kann man nicht um zehn am Strand liegen — auf keinen Fall, wenn man ein Ferienhaus mit sechs Schafen und vier Ziegen besitzt.

»Ich habe es ja im voraus gesagt«, unkte Walter, als man um elf Uhr noch nicht abmarschbereit war, weil Wolters noch einmal baden mußte; er stank zu sehr nach Ziegenstall. Wer Ziegengestank kennt, wird voller Mitleid nikken. »Es gibt eine Katastrophe! Ich bin jedenfalls nicht bereit, wegen der Viecher einen halben Tag zu verlieren. Ich liege künftig schon am Morgen am Strand!«

Man schaffte es, kurz vor halb zwölf die sechs Liegestühle in der neunten Reihe zu beziehen, begrüßte die Nachbarn mit Kopfnicken und glaubte zu bemerken, daß man sie forschend und teilweise sogar abweisend betrachtete, vor allem den vorlauten Manfred, der sofort sagte:

»Nur Menschen! Kein Meer! Ist das doof!«

Walter erfand eine hervorragende Ausrede, indem er

verkündete, er müsse sich einen Film für seine Kamera kaufen, er hätte das vergessen. Damit setzte er sich ab und lief in den Ort zurück.

Ziel war die Piazza, wo schon jetzt die ersten Hungrigen zum Mittagessen die Restaurants stürmten, vorwiegend Deutsche. Der Deutsche ist der früheste Esser, vor allem in südlichen Ländern fällt das auf. Wer etwa in Spanien nach neun Uhr abends ein Eßlokal betritt, wird kaum noch einen Deutschen vorfinden; in Italien ist das nicht anders.

Ingeborg saß tatsächlich auf einer Bank, aber sie war nicht allein. Ein junger Mann mit wuscheligen braunen Haaren saß neben ihr und sprach auf sie ein. Er war salopp, aber elegant gekleidet — mit jener Lässigkeit, die viel Geld kostet.

Walter blieb in einiger Entfernung stehen, ärgerte sich maßlos, daß Ingeborg so fröhlich war und lachte und daß ihm vorerst die Möglichkeit genommen war, sie ein Luder zu nennen.

Er wartete zehn Minuten, beobachtete das Getändel auf der Bank und entschloß sich dann doch, in Erscheinung zu treten. Mit den Händen in den Taschen seiner verwaschenen Jeans — warum revoltiert man eigentlich gegen Uniformen, wenn alle Revolutionäre völlig Uniform verwaschene Jeans tragen? — trat er an die Bank und sagte muffig:

»Was ist denn los?«

Der junge Herr blickte hoch und lächelte freundlich. »Aha! Das ist wohl der, der einen Scheiß wert ist und doch geliebt wird«, sagte er.

Durch Walter lief ein leises Zittern. Er starrte Ingeborg an, als habe sie diese Auskunft über ihn gegeben, und sog die Luft durch die Nase ein.

»Komm mit!« befahl er rauh. »Ich möchte nicht, daß hier gelackte Typen durch die Luft fliegen.«

»Darf ich mich vorstellen?« Der junge Herr erhob sich.

Er war so groß wie Walter, etwas schmaler in den Schultern, aber ziemlich sportlich. »Paul Hedler ...«

»Den Namen dürfen Sie behalten!« Walter griff nach Ingeborgs Arm. »Komm mit!«

»Loslassen!« sagte Hedler ruhig.

»Was geht Sie das an?«

»Ich habe Ibo zum Essen eingeladen.«

»Ibo? Er sagt schon Ibo zu dir?« Walter zog den Kopf ein. Sein Herz wurde schwer. Es ist ja bekannt, daß Ingeborg nur nach Gewährung besonderer Rechte Ibo genannt werden durfte. »So also ist das! Mir soll hier der Nachfolger vorgeführt werden ...«

»Du hast 'ne Macke!« erwiderte Ingeborg wütend. »Mensch, du hast 'ne riesige Macke!«

»Die muß er haben.« Paul Hedler riß Walters Arm von Ingeborg weg, und es sah einen Augenblick lang aus, als würde sich eine kurze Schlägerei entwickeln. Walter nahm schon Maß... Diesen feinen Herrn konnte man mit einem Hüftschwung gegen die nächste Palme schmettern.

Aber Hedler ließ es nicht dazu kommen. »Ich kenne Ibo erst seit einer Stunde.«

»So schnell geht das jetzt?« Walter kämpfte mit einem Flimmern vor den Augen. »Aufs nächste Zimmer, und ab geht die Feuerwehr ...«

»Man sollte Ihnen eine runterhauen«, sagte Hedler sachlich. »Erst werfen Sie Briefe von jungen Damen aus dem Auto, und dann wundern Sie sich, wenn jemand die Aufforderung zum Rendezvous wahrnimmt, nachdem er den Zettel gefunden hat.«

»Du hast also wirklich meinen Brief aus dem Auto geworfen?« zischte Ingeborg.

»Brief ist gut ...«

»Hast du?«

»Ja, total zerknüllt sogar!« trumpfte Walter auf.

»Herr Hedler, wie heißen Sie mit Vornamen?« schrie Ingeborg. Sogar Hedler zuckte bei diesem Ton zusammen.

»Paul ...«

»Gut, Paul, ich nehme deine Einladung zum Essen an.« Hedler hob die Schultern und blickte Walter mit einem Grinsen an. »Da kann man nichts machen. Vielleicht können Sie morgen mit Ibo sprechen ...«

»Was willst du überhaupt hier?« rief Walter wütend.

»Mit Paul essen gehen.«

»Als du losgefahren bist, gab's noch keinen Paul!«

»Aber ich habe gehofft, einen kennenzulernen.«

Das war eine Logik, wie sie nur Frauen zu eigen ist. Solche Argumente entwaffnen völlig. Auch Walter war sprachlos und schaltete um.

»Macht es Ihnen etwas aus, wenn ich Ihre Wegwerfzettel-Bekanntschaft für fünf Minuten zur Seite nehme und ein paar Worte mit ihr rede?«

»Hast du das gehört, Paul!« keuchte Ingeborg. »Wie er mich nennt ...«

»Ich habe was dagegen«, antwortete Hedler ruhig.

»Und warum?«

»Ich habe mich entschlossen, Ibo gegen Männer Ihres Schlages zu schützen. Was sagen Sie nun?«

»Das werden Sie noch bereuen!«

»Soll das eine Drohung sein?«

»Von mir? Daß ich nicht lache! Zwei Tage mit Ibo zusammen, und Sie kommen heulend zu mir und weinen sich an meiner Brust aus! Das möchte ich Ihnen ersparen. Wir Männer sollten Frauen wie Ibo gegenüber solidarisch sein.«

»Du Scheusal!« schrie Ingeborg. »Du Neandertaler!«

»Das ist das höchste bei ihr.« Walter lächelte schief. »Wenn sie jemanden Neandertaler nennt, ist es aus! Der Neandertaler, dieser harmlose Urmensch, muß bei ihr ein Trauma sein. Ich weiß nicht, was er ihr getan hat. Also, nehmen Sie sich in acht. Werden Sie nie bei ihr ein Neandertaler!« Er winkte lässig. »So, und nun beschützen Sie sie mal schön. Es ist Ihr freier Wille. Der Wahn ist kurz, die Reu' ist lang ... Glaube, das ist von Schiller ...«

»Oder Goethe ...«

»Einer der alten Zitatenlieferanten wird's schon sein.« Walter grinste wieder. »Mein alter Herr wäre über uns entsetzt.«

»Ich dachte, wir wollten essen gehen?« fragte Ingeborg gereizt. »Statt dessen unterhalten sich die Herren über Schiller und Goethe!«

»Ha! Es geht schon los!« Walter hob beide Arme. »Paul, schnell ins Restaurant. Ich will Ihnen die Tour nicht vermasseln. Ein Tip: Am liebsten ißt Ibo Wiener Schnitzel mit Pommes frites. Und über die Pommes auch noch Ketchup. Mit der Nouvelle Cuisine kommen Sie da nicht an, 'ne zackige Curry-Wurst ...«

»Vollidiot!« zischte Ingeborg, hochrot im Gesicht.

»Ich schenke Ihnen die gewünschten fünf Minuten, Walter.« Hedler nickte seinem Rivalen zu. Eigentlich — ganz objektiv betrachtet — fand man sich gegenseitig geradezu sympathisch. Auf den ersten Blick schon; so was gibt es. Aufgeklärte nennen das eine gleiche Wellenlänge. »Aber mehr nicht«, fügte Paul Hedler hinzu. »Ich habe Hunger.«

»Mehr brauche ich auch nicht.«

»Ich brauche gar keine Minute! Nichts!« rief Ingeborg. »Paul, schützen Sie mich vor diesem Chaoten ...«

»O Gott, das sagt ausgerechnet sie!« Walter ergriff wieder ihren Arm und zerrte sie zu einer der hohen Palmen. Diesmal schritt Hedler nicht ein, er drehte sich sogar um, um nicht zu stören. Ein Gentleman ...

»Was willst du?« fragte Ingeborg und entzog sich Walters Griff.

»Ich? Du hast geschrieben.«

»Das ist überholt.«

»Durch Paul?«

»Auch.«

»Und wodurch noch?«

»Durch dich. Als ich dich gestern mit deiner Familie

kommen sah ... Du lieber Himmel, habe ich gedacht, so was hast du mal geliebt! Dreckige Jeans, lange Haare, ausgelatschte Schluffen. Ein perfekter Vogelscheuchen-Stil.«

Erst jetzt fiel Walter auf, daß Ingeborg einen hübschen, bunten Rock trug, eine saubere Bluse mit Spitzen am Kragen und lustige, geflochtene Sandaletten.

»Was ist denn mit dir los?« stotterte er. »Wie siehst du denn aus?«

»Man muß sich anpassen ...«

»Die Klamotten hattest du doch nicht in Bamberg.«

»Nee. Die hab' ich mir gestern hier gekauft.«

»Wovon denn? Hast du auf der Piazza Gitarre gespielt?«

»Ich habe schließlich einen Vater!«

»Der nimmt überhaupt noch Notiz von dir?«

»Die fünf Minuten sind um!« sagte Ingeborg spitz. »Hau ab! Paul wartet mit einem Menü à la Bocuse ...«

»In Ordnung!« Walter machte zu Ingeborgs Verblüffung keinerlei Anstalten, das Gespräch hinauszuzögern. »Aber vergiß nicht: Fleisch schneidet man mit dem Messer, man beißt es nicht einfach vom Stück ab.«

»Arschloch!«

»Akzeptiert. Guten Appetit! — Ich liebe dich ...«

Er ließ sie stehen, ging an Hedler vorbei, tippte grüßend an die Stirn und schlenderte zum Strand zurück.

Mit offenem Mund starrte Ingeborg ihm nach, zerwühlte mit beiden Händen ihre Haare und war völlig aus der Fassung geraten. Auch als Hedler zu ihr trat, reagierte sie nicht, sondern blickte immer noch Walter hinterher, bis er im Menschengewühl verschwunden war.

»Was ist passiert?« fragte Hedler. »Hat er Sie sehr beleidigt?«

»Ich weiß nicht. Er liebt mich ...«

»Das ist begreiflich.«

»Für mich gar nicht! Wie er sich mir gegenüber benimmt ...«

»Und wie sind Sie ihm gegenüber?«

»Das braucht er. Anders wäre er irritiert.«

Was kann man darauf noch erwidern? Die Gedankengänge einer Frau und ihre Gefühlsskala verbergen Labyrinthe, die nie ein Mann durchschreiten wird. Er würde sich heillos verirren.

»Essen wir nun miteinander?« fragte Hedler.

»Nein, Paul. Bitte, verzeihen Sie...« Sie schüttelte den Kopf. »Er liebt mich...«

»Nicht mal eine Curry-Wurst?«

»Fangen Sie nicht an wie Walter!«

Er liebt mich. Sie dachte es immer wieder. Und das sagt er in diesem Ton zum ersten Mal. O Himmel, ist das ein Gefühl!

Und laut setzte sie hinzu: »Es hat sich viel geändert.«

»In fünf Minuten?«

»Das geht wie der Blitz! Sind Sie nun sehr böse, Paul?«

»Ein wenig enttäuscht. Als ich den Zettel am Straßenrand fand, da dachte ich...«

»Vergessen Sie den blöden Zettel.«

»So schnell werden aus Neandertalern Supermänner?«

»Das liegt in unserer Natur.«

»Wankelmut — dein Name ist Weib!«

»Auch von Schiller?«

»Von mir aktuell abgewandelt.«

»Sie sind wirklich unheimlich nett, Paul.« Ingeborg lächelte. Es sah irgendwie traurig aus, dieses Lächeln, weil ihre Mundwinkel dabei zuckten, als würde sie am liebsten in Tränen ausbrechen. »Wenn... wenn ich jetzt mit Ihnen essen gehe...«

»Wunderbar!«

»... dann erhoffen Sie sich bitte nicht mehr. Es wird nichts mit uns. Ich bleibe bei Walter.«

»Das ist mir klar.«

»Wieso ist Ihnen das klar?«

»Ibo, ich habe ein voll intaktes Hirn im Kopf. Und deshalb bin ich der Ansicht, daß man den guten Walter einmal kräftig schmoren lassen sollte. Im eigenen Saft. Er ist zu sicher, daß Sie ihm gehören. Das sollte man mal ankratzen. Es könnte zu einem Heilungsprozeß führen.«

»Walter ist Judo-Meister. Das nur nebenbei.«

»Ich war Studentenmeister im Boxen. Mittelgewicht. Das wird lustig.«

»Ob wir das können, Paul?«

»Was?«

»Walter schmoren lassen...«

»Versuchen wir es.«

»Und wenn er genau umgekehrt reagiert? Wenn er wirklich Schluß macht?«

»Dann hat er Sie nicht verdient, Ibo...«

»Sie sind wirklich riesig nett.«

Paul Hedler lächelte. »Wieso war Walter eigentlich so sauer, als ich Sie Ibo nannte? Sie haben mir selbst gesagt, daß Sie so heißen.«

»Das hatte seinen Grund. Walter sollte sauer werden.« Ingeborg strich sich die Haare aus dem Gesicht, die der Meerwind immer wieder in die Augen wehte. »Ibo darf mich nämlich nur der nennen, den ich liebe.«

»Sie sind wirklich ein süßes, kleines Aas, Ibo!« Hedler lachte, hakte Ingeborg unter und legte dann sogar den Arm um ihre Schulter. »Was wünscht sich Ibo denn zum Mittagessen?«

»Fangfrischen Fisch, gebacken und mit Auberginen. Und mit Kartoffeln in der Schale, in Meerwasser gekocht.«

»Sofort, Madame.«

Umschlungen wie ein ungeduldiges Liebespaar, dem Wartezeiten zuwider sind, gingen sie in die Altstadt von Diano Marina und suchten ein Lokal, wo es fangfrischen Fisch gab.

Walter, der hinter der Fensterscheibe einer Trattoria saß und alles beobachtete, verbog den Löffel, mit dem er gerade ein Eis aß, und bekam Magenschmerzen vor Kummer.

Zum ersten Mal merkte er, daß ihm Ingeborg doch mehr bedeutete, als nur eine rote Kommunardin. Das tat weh, aber jede Geburt findet schließlich unter Schmerzen statt.

Italienische Männer, die auf ausländische Touristinnen spezialisiert sind, gehören zu den nicht ausrottbaren Insekten.

Während man Bienen oder Wespen, Hummeln oder Libellen, Stechmücken oder Bremsen mit Leimruten, Gas und Giftsprays bekämpfen kann, hilft das alles nichts gegen einen Papagallo, wenn er erst einmal eine Frau ins Auge gefaßt hat. So unnachgiebig wie eine Wespe um ein Marmeladenbrot kreist, so unerbittlich und unabwendbar ist auch der Angriff eines Strand-Casanovas.

Hermann Wolters war erschüttert, als er nach der Lektüre der deutschen Zeitung, die er sich um die Mittagszeit am Strandkiosk gekauft hatte, zum Meer hinunterschlenderte, wo seine Familie baden wollte.

Sie schwammen nicht in den leichten Wellen ... Sie lagen auf Badetüchern im Sand, und um sie herum wie ein lebender Wall lagerten schwarzgelockte Jünglinge, genauso, wie Gabi es sich immer vorgestellt hatte.

Lediglich Manfred war außerhalb des Kreises. Er allein stand im Wasser und ließ die Wellen auf sich zurollen. Schon das allein erregte Wolters, zunächst rein vom Geschäftlichen her: Eva war schließlich engagiert worden, um auf Manfred aufzupassen, und nicht, um sich im knappen Bikini von lüsternen Männern anglotzen zu lassen.

Wolters drückte das Kinn an, marschierte los und ärgerte sich noch mehr, als er merkte, daß Dorothea ihn kommen sah, aber keinerlei Anstalten machte, sich zu erheben, ihm entgegenzukommen oder doch wenigstens ihre aufreizende, halb liegende Haltung aufzugeben.

Die Bewunderer weiblicher Schönheit kümmerten sich

wenig darum, daß Wolters außerhalb des Kreises stehenblieb und höflich fragte: »Könnten Sie mal Platz machen?«

Es war verständlich, daß niemand reagierte; wer verstand schon soviel deutsch? Für »amore« reichte die italienische Sprache aus, die ja sowieso wie Gesang ist. Dazu glühende blicke, streichelnde Hände und der Basis-Satz, den man in allen Urlaubssprachen beherrschte: »Komm mit...«

Wolters überstieg also einen braunen, muskulösen Männerkörper in einer schamlos knappen Badehose und blieb vor Dorothea stehen, die zu ihm hochblickte. Gabi sagte mit einem, wie Wolters fand, ausgesprochen blöden Lächeln: »Hallo, Paps!« und Eva Aurich nickte nur.

»Schön hier, was?« meinte Wolters ausgesprochen giftig.

»Phantastisch, Paps!« rief Gabi.

»Man aalt sich in der Sonne, und unterdessen kann Manfred ertrinken.«

Das ging an Evas Adresse. Aber sie schüttelte den Kopf, und ihr blondes Haar flog wie eine Fahne.

»Ich habe ihn immer im Auge.«

»Das ist ungemein beruhigend.« Wolters blickte sich um. Die schwarzgelockten Jünglinge sahen ihn von unten herauf an und grinsten. Wolters trug sittsame Schwimmshorts und hatte die Zeitung unter den linken Arm geklemmt. Keck war der weiße Leinenhut, den er sich schon in Bamberg bei Sport-Schimbeck gekauft hatte und der die große Mode sein sollte.

In Diano Marina trug keiner so etwas. Dort bevorzugte man leichte Schirmmützen mit verschiedenen Aufdrucken. Wolters wollte sich morgen eine solche Kopfbedeckung kaufen.

»Ich kann mich erinnern, meine Liebe«, fuhr er, an Dorothea gewandt, fort, »daß du sonst schon in leichte Panik gerietest, wenn du zu Hause im Unterrock herumliefst und dich vielleicht jemand Fremdes durch das offene Fenster zufällig sehen konnte. Hier gehört Anstarren anscheinend zur Erholung.«

»Der Strand ist für jeden da«, erwiderte Dorothea gleichmütig. »Wenn die Herren sich sonnen wollen...«

»Mit Blickrichtung zu euch! Auf dem Bauch liegend!«

»Auch der Rücken soll braun werden«, sagte Gabi frech. Es ist furchtbar frustrierend, einen Vater zu haben, der Sittlichkeit ausschwitzt, aber bei Eva mit den Augen rollt.

»Dann wollen wir auch mal braun werden«, verkündete Wolters laut. »Rückt mal ein bißchen zusammen.«

Er legte sich neben Dorothea, streckte sich aus und fixierte die Jünglinge wie ein Scharfschütze, der sein Ziel sucht. Dorothea setzte sich auf, klopfte auf seinen Rücken, was er als ausgesprochen provozierend empfand, und sagte:

»Du kannst doch die pralle Sonne nicht vertragen, Mukkel.«

»Du siehst, es geht!« So knurrt ein Hund, dem man den Knochen wegnehmen will.

»An der Nordsee hast du immer gesagt...«

»Hier ist das Mittelmeer!!«

»Um so stärker brennt die Sonne.«

»Ich kann keine pralle Sonne auf meinem Kopf vertragen!« sagte Wolters wütend. »Wie du siehst, habe ich einen Hut auf.«

»Du wirst einen Sonnenbrand bekommen.«

»Ich habe eine normale Haut! Oder wollt ihr mich hier weghaben?«

Darauf eine Antwort zu geben, war schier unmöglich. Aber Wolters' kämpferische Aktionen zeitigten den ersten Erfolg. Die menschliche Mauer bröckelte ab. Die Muskelgestalten erhoben sich und pilgerten am Strand weiter. Außerdem kam Walter aus der Stadt zurück, finster blickend und ohne Film, den zu kaufen er ja angeblich weggegangen war. Der letzte Belagerer machte sich davon.

»Gut, daß du kommst, Walter!« Hermann Wolters ertrug tapfer die Hitze. Es war seit vierzehn Jahren das erstemal, daß er wieder in der prallen Sonne lag. Zuletzt war das auf Norderney gewesen, wo sie zehn Tage lang keinen Strandkorb bekommen hatten, weil alle besetzt oder vorbestellt gewesen waren. An den Sonnenbrand von damals dachte Wolters bei jedem Ferienbeginn. »Man hat Mami belästigt.«

»Das ist nicht wahr!« Dorothea schob die Arme unter ihren Nacken. Sie wirkte so jung in ihrem modernen, einfarbigen Einteiler, daß Wolters sich plötzlich uralt vorkam.

Ein Rundblick überzeugte ihn, daß Schwimmshorts nur beleibte, alte Männer trugen. Die anderen gingen in knappen, fast dreieckigen Höschen spazieren, die — nach Ansicht von Wolters — beinahe überflüssig waren, da sie ja doch nichts verbargen. Noch schreckte er davor zurück, sich auch solch eine Badehose zu kaufen. Er fand das exhibitionistisch und konnte sich nicht dazu durchringen, der Zunft der Entblößer beizutreten.

»Wieso nicht?« erwiderte er auf Dorotheas Bemerkung. »Hier lagerte eine Legion von Römern, als gälte es, den Teutoburger Wald zu erobern.«

»Und da kam Hermann der Cherusker und vertrieb sie!« sagte Gabi aufmüpfig.

Dorothea lachte, was Wolters sehr unpassend fand. Außerdem bemerkte er, daß er von seinem Sohn Walter keine Unterstützung erhielt. Der starrte über das Meer, als suche er Land wie weiland Kolumbus.

Bevor es zu einer Diskussion kam, unterbrachen zwei Ereignisse das drohende väterliche Donnerwetter. Eine Welle warf Manfred um, er schluckte Wasser und kam nicht mehr auf die Beine, worauf einer der Muskelmänner ihn auffischte, an Land trug und der Familie zurückbrachte.

Zum anderen prallte ein dicker Gummiball gegen Dorothea. Zwei fröhliche Männer stürmten heran, übersahen

Wolters, warfen den abgeprallten Ball Dorothea zu und begannen so, ganz zwanglos, ein Spiel.

Hermann Wolters kam in Not. Die Höflichkeit befahl, sich bei Manfreds Retter zu bedanken, zumal Eva schon bei ihm war und mit ihm sprach. Manfred stand längst wieder auf den Beinen und spuckte das heruntergeschluckte Meerwasser aus. Auf der anderen Seite tobte Dorothea wie ein junges Mädchen mit den beiden Männern herum, fing den Ball, warf ihn zurück und lachte hell, so hell, wie Wolters es seit Jahren nicht mehr gehört hatte.

Irgendwie erfüllte ihn das mit Bitterkeit.

So ist das also, dachte er. Sein ganzes Leben lang rackert man sich ab, hat drei Kinder in die Welt gesetzt, lebt nur für die Familie, kennt nichts als das traute Zusammensein, ist solide wie ein Schmiedehammer — und dann muß man sehen, wie diese Familie demonstriert, daß zwar alles gut und schön, aber nicht bestens ist und daß ein braungebrannter Jüngling mit weißen Raubtierzähnen mehr Eindruck hinterläßt als der hart schuftende Ehemann!

In diesem Augenblick beschloß Hermann Wolters, sich die knappste Badehose zu kaufen, die es in Diano Marina gab, und so lange in der Sonne zu braten, bis er so braun war wie die Männer auf den Werbeanzeigen für Sonnencremes.

Auch ich kann anders, Dorothea, dachte er. Auch ich! Euch werden noch die Augen übergehen.

7

Strandleben macht hungrig. Frische Meeresluft schlägt sich auf die Magenwände und auf die Geschmacksnerven der Zunge nieder. Man könnte vor Hunger die Sonnenschirme anknabbern.

Dagegen gibt es natürlich ein probates Mittel: essen. Nicht umsonst bestehen Seebäder zu siebzig Prozent aus Restaurants, Bars und Kiosken mit Erfrischungen. Ein Spaziergang durch eine mit einem Badestrand gesegnete Ortschaft ist ein Hürdenlauf über lockende Speisekarten. Das Wasser, das man sich gerade abgetrocknet hat, läuft einem im Mund wieder zusammen. Der einzige Nachteil besteht darin, daß das Essen in besonders stark frequentierten Seebädern mittlerweile einen Preisstand erreicht hat, als seien alle Gäste direkte Abkommen texanischer Ölmillionäre.

Ein Studienrat mit einem Anhang von vier Erwachsenen und einem halbwüchsigen Sohn, der naturgemäß für zwei ißt, ist da bitter dran.

Fünf Wochen lang Mittag- und Abendessen in einem Restaurant — und sei es auch nur ein rustikales Fischlokal, wo es in der Fritteuse gebackene Fischstäbchen oder Fischfilets gibt — ist für einen solchen Menschen unerschwinglich. Man verpflege einmal sieben Personen (Manfred zweimal gerechnet!) jeden Tag außer Haus! Da ein Studienrat als sogenannter Geistesschaffender kaum in der Lage ist, Schwarzarbeit zu leisten, fallen alle Diskussionen über dieses Thema aus. Man kann sieben Personen nicht permanent an einem Gasthaustisch sitzen lassen, ohne spätestens in zwei Wochen den Fünf-Wochen-Urlaub mangels Geldes abbrechen zu müssen.

Hermann Wolters hatte das längst errechnet, als Manfred zu ihm kam und sagte: »Paps, ich habe Hunger. Wann gehen wir essen?«

»Wieso hast du Hunger?« fragte Wolters. Wenn ein Mensch unsicher ist, beantwortet er eine Frage immer mit einer Gegenfrage, in der Hoffnung, sein Gegenüber könne darauf keine Antwort geben, womit die eigene Unsicherheit überspielt ist.

»Ich habe zehn Liter Wasser geschluckt und habe jetzt Hunger!« erklärte Manfred mit Nachdruck.

»Wer zehn Liter Wasser im Bauch hat, ist satt!«
»Fünf sind wieder rausgekommen...«
»Die restlichen fünf genügen auch.«

Manfred verzichtete auf weitere Erklärungen. Wenn sein Vater in dieser Art argumentierte, war jeder Widerspruch sinnlos. Also ging Manfred lieber zu Dorothea, die nun in einem großen Kreis Ball spielte. Drei Männer waren es inzwischen, dazu Eva, Gabi und Walter. Dorothea fing die Bälle oder hüpfte ihnen nach, als sei sie ein Fohlen, und hörte erst auf, als Manfred sie am Arm faßte und zur Seite zog, um mit ihr über seinen nicht mehr erträglichen Hunger zu verhandeln.

Mütter rechnen nicht... Sie hören nur, daß ihr Kind leidet. Dorothea ging zu Wolters zurück, der einsam auf den ausgebreiteten Badetüchern lag und tapfer in der Sonne briet. Er hatte den Hut über das Gesicht gezogen und ähnelte mit seinen auf der Brust gefalteten Händen einem Aufgebahrten.

»Manfred hat so'n Hunger«, sagte Dorothea und kniete sich neben Wolters hin.

»Er hat immer Hunger, auch wenn er ein ganzes Eisbein gegessen hat...«

»Ehrlich gesagt, ich habe auch Hunger. Es braucht ja kein Eisbein zu sein. Ein scaloppina di vitello reicht auch.«

»Ein was?« Wolters schob seinen Hut vom Gesicht. Dorotheas Anblick war so sonnenhell, daß er schneller atmen mußte.

»Ein Kalbschnitzel.«

»Ich sehe, daß deine Italienischkenntnisse große Fortschritte machen. Was lernt man noch bei den Schwarzgelockten?«

»Werd bitte nicht blöd, Muckel!« erwiderte Dorothea abweisend. »Gabi kichert schon über dein Benehmen.«

»Die kann eine hinter die Ohren haben!«

»Davon wird dein Benehmen nicht besser. Warum spielst du nicht mit?«

»Ich soll so saudumm hinter einem Ball herrennen?«

»Mein lieber Fachmann für Geschichte: Im Altertum waren die Sportler ebenso angesehen wie die Künstler. Was ist nach der Venus von Milo das berühmteste Kunstwerk der Antike? Die Statue des Diskuswerfers.«

»Ich werfe keinen Diskus. Damit begann übrigens der Untergang der Weltreiche: mit der Verherrlichung der Muskeln statt des Geistes. Dazu die Dekadenz der Gesellschaft... Erschreckende, sehr aktuelle, Parallelen sind das...«

»Du lieber Himmel, hat Walter dich reformiert?«

»Man kann mit euch nicht vernünftig reden!«

»Doch! Wir haben alle Hunger. Alle! Auch Eva...«

Wolters erkannte die Falle sofort und verhielt sich neutral. Er richtete sich nur auf und blickte hinüber zu dem Kreis junger Leute am Meer, die sich den Ball zuwarfen und ein Bild der Lebenslust boten.

»Ich habe ausgerechnet...« begann Wolters, aber Dorothea unterbrach ihn sofort.

»O Gott, wenn du so anfängst, werden das fünf Wochen Null-Diät!«

»Du hast einen Studienrat geheiratet und keinen Rockefeller-Erben!«

»Das höre ich nun schon zwanzig Jahre lang.«

»Und dabei wird es bleiben. Als Beamter habe ich meinen fest umrissenen Lebensstandard, der sich durch das kaum steigende Gehalt auch nur wenig ändern wird. Wenn wir essen gehen, fünf Wochen lang, werden wir uns abseits von allen Menschen an ein steiniges Uferstück quetschen müssen, weil wir die Liegestühle nicht mehr bezahlen können! Der Mietpreis ist ja inflationär! Also was wollt ihr? Liegestühle oder hopplabina...«

»Scaloppina...«

»Entscheidet euch!«

»Ist wenigstens ein Eis mit Waffeln drin?«

»Das ja! Was kostet es?«

»Achthundert Lire...« Dorothea machte eine bedeutungsvolle Pause. »Pro Eis.«

»Das sind ja 4800 Lire!«

»Eismänner wollen auch leben. Eine Cola oder eine Orangeade sind im Verhältnis noch teurer.«

»Wir werden umdenken müssen«, meinte Wolters nachdenklich. »Ich werde einen genauen Plan aufstellen und das Geld für jeden Tag zuteilen. Pro Tag soundsoviel — und keinen Pfennig darüber. Wer Sondergelüste hat, darf am Daumen lutschen. Wir haben ein Ferienhaus mit Küche — das ist der Mittelpunkt, vor allem bei der Verpflegung.«

Manfred schien damit gerechnet zu haben, daß seine Mutter mit ihren Interventionen Erfolg hatte. Das Ballspiel wurde gerade eingestellt, und die Familie kehrte zu Hermann Wolters zurück.

»Was höre ich?« rief Walter schon von weitem. »Es gibt endlich einen Teller voll mit ossobucco?«

»Was ist denn das schon wieder?« Wolters erhob sich und schob seinen Hut gerade.

»Kalbshaxe«, sagte Eva Aurich.

»Unterhält man sich beim Ballspiel eigentlich nur über das Essen? Um es vorweg zu nehmen: Wir essen heute abend zu Hause. Wozu haben wir zwanzig Konservendosen mitgenommen? Mami kauft nachher Nudeln und Kartoffeln ein, frischen Salat und Obst, und dann werden wir oben auf der Terrasse sitzen, mit Blick über Stadt und Meer, der Himmel wird von der untergehenden Sonne brennen, wir werden eine Flasche Chianti trinken...«

»Die Ziegen werden stinken...« warf Gabi frech ein.

»Ich stelle fest, daß meine Kinder verblöden!« sagte Wolters böse. »Jetzt gibt es für jeden ein Eis und damit basta!«

Es gibt zwei Möglichkeiten, am Strand ein Eis zu schlecken. Einmal kommt ein Eismann mit einem Eiswagen herangefahren und bedient die Liegestuhlreihen, zum anderen geht man zu einem Kiosk, der alles das hat, was man am Meer braucht. Vor allem junge Männer, die darauf warten, daß hübsche Mädchen Durst haben.

Der Anmarsch der Familie Wolters wurde schon von weitem mit Wohlgefallen wahrgenommen. Es war wie jedesmal und würde sich auch täglich wiederholen: Wo die Wolters-Damen erschienen, reckten sich die Männerhälse aller Altersstufen. Das war verständlich, denn die drei boten angesichts der Massierung von Wohlstandsfiguren einen Anblick von wohltuender Ästhetik.

»Wie herrlich wäre die Riviera ohne diese Kerle!« sagte Wolters bitter. »Muß das eigentlich sein? An der Nordsee gibt es doch so was auch nicht.«

»Da haben wir's«, flüsterte Gabi ihrer Mutter von hinten ins Ohr. Sie standen an der Eistheke an und bemühten sich, die Papagalli nicht anzublicken. »In den nächsten Ferien geht es wieder an die Nordsee. Wetten?«

»Du weißt doch, wie Paps ist.« Dorothea blickte starr geradeaus. Ein sportlicher, großer Herr mit grauen Schläfen, Typ italienischer Großindustrieller, blinzelte ihr zu, völlig ungehemmt und mit blitzenden Augen. Wolters stand nicht in der Reihe. Er hatte keinen Appetit auf Eis, er sehnte sich nach einem kühlen Bier, und das stand im Kühlschrank des Ferienhauses. Bier am Kiosk war ihm zu teuer. Konsequent zahlte er keine Wucherpreise. Außerdem bildete er in seiner jetzigen Position seitlich von der übrigen Familie eine Art Abwehr und stand da wie David vor Goliath.

Dorothea lächelte ihrer Tochter zu. »Laß uns erst eine Woche lang hier sein, Gabi, dann ist alles anders.«

Um fünf Uhr nachmittags brach man auf zum Ferienhaus. In einem Geschäft an der Piazza kaufte man noch ein — Salat, Nudeln, Öl, Wein, Butter, Eier, eine Salami, Orangen und Äpfel. Dann fuhr man hinauf ins Ferienhaus. Man mußte mit einem Wagen fahren, weil Walters Auto streikte. Es sprang nicht an, und Walter mußte zurückbleiben, um die Karre in Gang zu bringen.

Als die Familie abgefahren war, drehte Walter den Benzinhahn wieder auf und schloß den Wagen ab. Die simplen Tricks sind immer die wirksamsten! Walters große Hoffnung war, irgendwo Ingeborg zu finden und notfalls diesen Paul Hedler mit einem Judogriff das Fliegen zu lehren.

Tatsächlich, er fand sie. Sie saß auf einem Mäuerchen oberhalb des Strandes und hatte einen entzückenden Badeanzug mit tiefem Ausschnitt und einem Loch in der Nabelgegend an. Sie sah sehr sexy aus und glich kaum noch der Alternativen, die Parolen schreiend unter Transparenten durch die Straßen marschiert war und sich mit der Polizei Schlachten geliefert hatte. Erstaunlicherweise war Ingeborg allein.

Walter setzte sich wortlos neben sie auf das Mäuerchen und hüstelte, als sie gar keine Notiz von ihm nahm.

»Hier bin ich«, sagte er endlich

»Was willst du? Zisch ab . . .«

Das konnte sie ruhig sagen; sie wußte genau, daß er es nicht tat. Wenn wir Männer wüßten, für wie dumm uns die Frauen halten — und wie dumm wir ja auch sind!

»Wo ist Paul?« fragte Walter düster.

»Er kommt gleich. Er hat nur seinen Wagen zu einer Werkstatt gebracht. Das Verdeck klemmte. Er fährt ein Kabriolett. Einen Mercedes. Ein Traum von Wagen. Liegesitze . . .«

»Schon ausprobiert?«

»Natürlich.«

»Soll er bei der nächsten Demo der Kolonne vorausfahren?«

»Er ist kein Kapitalist.«

»Jeijei! Und hat'n Schlitten, der soviel wie ein kleines Einfamilienhaus kostet . . .«

»Dafür arbeitet er auch schwer.«

»Auf'm Liegesitz?«

»Du bist und bleibst ein Idiot!«

Nach solchen Feststellungen ersterben naturgemäß konservative Gespräche. Entweder man geht weg und läßt sein Gegenüber mit seiner Meinung allein, oder man schlägt massiv zurück, um den Idioten auszuräumen.

Walter tat beides nicht. Er schwieg verbissen, aber er schnalzte laut mit der Zunge, als ein langbeiniges Mädchen an ihm vorbeiging. Es lachte ihn an und warf die langen, schwarzen Haare über die Schulter zurück.

Ingeborg zuckte zusammen.

»Süß«, sagte Walter mit wohlig tiefer Stimme.

»Lauf ihr nach und schleck sie ab!« zischte Ingeborg. »Ich denke, du stehst jetzt auf Blond?«

»Ich bin flexibel.« Er stand von dem Mäuerchen auf und reckte sich. Ingeborg schielte zu ihm hoch. »Mach's gut, Genossin.«

»Wo willst du hin?«

»Dem Traumwesen da nach. Was dagegen?«

»Bind sie dir um den Hals!«

»Das werde ich. Grüß mir den schicken Paul und sein Kabriolett . . .«

Walter ging wirklich. Er schlenderte der langbeinigen Schönen nach, und Ingeborg hieb mit der Faust auf das Mäuerchen und platzte vor Wut. Natürlich stimmte nichts von der Geschichte mit Paul und der Werkstatt. Man hatte sich nach dem Mittagessen getrennt und wollte es dem Zufall überlassen, ob man sich wiedertraf.

»Es ist alles total durcheinander«, hatte Ingeborg zu Paul Hedler gesagt. »Ich liebe Walter, und er liebt mich, aber wenn wir uns sehen, könnten wir uns zerfleischen. Ich hab' noch nicht den Dreh raus, wie man das anders machen könnte.«

»Da ist schwer zu raten«, hatte Hedler geantwortet. »Auf jeden Fall seid ihr beide nicht ganz normal.«

»Das stimmt. Es ist ja auch verdammt schwer, normal zu sein . . .«

Nach dieser tiefenpsychologischen Feststellung hatten

sie sich verabschiedet, und Ingeborg hatte sich auf die Mauer gesetzt, genau wie Walter in der Hoffnung, irgendwann mit dem Gegenstand ihrer Liebe zusammenzutreffen. Nun war er gekommen, und was war daraus geworden? Ein neuer Krach und eine Jagd auf ein langbeiniges Scheusal!

Walter hatte unterdessen die Schwarzmähnige eingeholt und blieb an ihrer Seite. Schon beim ersten Wort merkte er, daß die Schöne anscheinend keine Italienerin war. Sie lächelte ihn sonnig an, nickte ihm zu, aber ihre Antwort auf seine Frage, ob man nicht gemeinsam am Strand spazierengehen könne, verstand er nicht.

Das Schicksal hat manchmal sehr vertrackte Launen.

Mag ein Italiener noch tolerieren, daß eine Frau, mit der er befreundet ist, von anderen Männern bestaunt wird, weil es ihn stolz macht, alleiniger Besitzer der Bewunderten zu sein, so ist das bei einem Spanier ganz anders. Ein Spanier, mit Stolz bis zum Kragenknopf gefüllt, wird niemals dulden, daß ein Fremder sein Revier betritt. Wer sich begeistert, wenn Stiere öffentlich abgestochen werden, kennt auch keine Gnade bei seinem Nebenbuhler.

Das Mädchen, das Walter begleitete, war Spanierin. Und der Mann, der plötzlich angeschossen kam, war auch Spanier. Er tauchte auf, als Walter und das Mädchen zur Palmenallee hinaufmarschierten, weil Walter gestenreich zu verstehen gegeben hatte, daß man gemeinsam etwas trinken sollte.

Das Mädchen blieb abrupt stehen, schrie dem Mann, der heranstürmte, etwas zu, was Walter nicht verstand. Aber immerhin merkte er, daß hier Gefahr auf sie beide zukam, und legte – man ist schließlich ein Gentleman den Arm beschützend um seine Begleiterin.

So etwas sieht kein Spanier gern. Das sind Vertraulichkeiten, die spanisches Blut in ungeheure Wallung bringen. Es ging dann auch alles blitzschnell. Walter nützten seine ganzen Judokünste nichts, er bekam einen Schlag auf das rechte Auge, ohne daß er überhaupt die Faust wahrgenommen hätte, die da auf ihn zuschoß.

Das Mädchen wurde von seiner Seite gerissen und weggezerrt, und als Walter halbwegs klar denken konnte und sein Auge bereits zuzuschwellen begann, war das spanische Paar weit weg in Richtung Strand. Walter sah nur noch, wie das Mädchen mit wilden Gesten auf den Mann einsprach, aber was ein stolzer Spanier ist, der nimmt keine Erklärungen an, sondern verläßt sich nur auf das, was er gesehen hat.

Eine Stunde später kam Walter im Ferienhaus an. Sein rechtes Auge war verschwollen, obwohl er es sofort mit Eis gekühlt hatte. Die Familie war voll im Einsatz. Hermann Wolters trieb die Ziegen und Schafe aus dem Weingarten in den Stall — und das schon seit einer halben Stunde. Er fluchte völlig enthemmt, denn es war unmöglich, die Tiere zu einer Herde zu vereinigen und geordnet zum Stall zu führen. Eines brach immer aus und hüpfte in den verwilderten Garten zurück.

Aus der Küche roch es nach Gulasch. Dorothea kochte das Abendessen, Gulasch mit Nudeln und Salat. Maulend saß Gabi auf der Terrasse, putzte und verlas die Salatköpfe und schälte und schnitt die Gurken.

Eva Aurich und Manfred säuberten die Waschküche. Die gab es tatsächlich; Manfred hatte sie neben dem Stall entdeckt, eine Kammer, die voller Gerümpel steckte, aber als man sich näher umsah, gewahrte man unter Holzlatten und Kisten einen runden Betonbottich und darüber einen Wasserhahn.

Eva war daraufhin sofort zu Dorothea gelaufen. »Wir haben eine Waschküche!« hatte sie gerufen.

Kein Fußballänderspiel mit 10:0 hätte eine solche Begeisterung ausgelöst wie diese Meldung. Dorothea war in die Kammer gerannt, aber dann doch sehr enttäuscht gewesen.

»Ja«, hatte sie gesagt, »das ist eine Waschküche. Das ist

ein uralter Waschkessel mit Unterfeuerung. Wenn ihr weitersucht, werdet ihr auch das Waschbrett finden. So hat meine Großmutter noch gewaschen.«

Als Walter eintraf, schwenkte Wolters beide Arme und schrie: »Komm her! Hilf mir, Walter. Sie wollen nicht in den Stall.«

»Dann laß sie draußen.«

»Komm her!«

Walter kam widerwillig näher, betrat den Weingarten und gab einem Schaf, das an ihm vorbeitrottete, einen Tritt in das Hinterteil. Das Schaf blökte und trabte geradeaus zum Stall.

»So muß man das machen. Paps«, sagte Walter.

Entgeistert starrte Wolters seinen Sohn an. »Was ist denn mit dir los? Wie siehst du denn aus?«

»Wie soll ich denn aussehen?«

»Dein rechtes Auge! Dick, rot, zugeschwollen ...«

»Das Scheiß-Auto!« brummte Walter. Es ist gut, wenn man einen Wagen hat. Er kann immer als Alibi dienen. Bei einem Auto ist alles möglich.

»Wie ist denn das passiert?«

»Ich liege drunter und fummele an einem abgerissenen Kabel, da fällt mir eine dicke Schraube genau aufs Auge. Ich hab' sofort gekühlt.«

»Es ist furchtbar mit diesen Autowerkstätten!« Wolters tat es seinem Sohn nach, gab einer Ziege einen Tritt und siehe da, sie trottete freiwillig in den Stall. Vielleicht war das die richtige Umgangsart für italienische Schafe und Ziegen. Wie soll man sich da auskennen? »Auch mein Wagen klappert wieder. Aber diesem Meister Müller werde ich was erzählen! Was nützt mir eine Werkstatt, die vor klappernden Autos kapituliert!«

Sie trieben die kleine Herde in den Stall und gingen dann ins Wohnzimmer, wo Wolters seine Reiseapotheke auspackte und Walter eine kühlende Salbe auf das Auge strich. Eine Augenklappe war auch vorhanden. Mit ihr sah Walter geradezu verwegen aus, piratenhaft und interessant.

Noch dreimal mußte Walter seine Geschichte von der heruntergefallenen Schraube erzählen, ehe man auf der Terrasse zu Abend aß.

Die Sonne versank wirklich glutrot im Meer, der wolkige Himmel brannte, als gehe die Welt unter, Strand und Stadt waren wie rot angestrichen. Es war ein Abend, wie Hermann Wolters ihn sich immer erträumt hatte.

Vor dem Essen zitierte er aus Goethes »Römischen Elegien« und erwähnte dann, daß man dankbar sein müsse, so etwas zu erleben. Millionen Menschen hätten nie das Glück, in die Ferne schweifen zu dürfen. Er redete sich so in Begeisterung, daß er die Zeit vergaß, bis Dorothea ihn prosaisch unterbrach:

»Muckel, die Nudeln werden kalt.«

Wolters verstummte abrupt. Es war vergebliche Liebesmühe, dieser Familie einen Hauch von wirklicher Kultur verleihen zu wollen. Nur Eva schien ihm interessiert zugehört zu haben. Eva in einem dünnen Kleidchen mit einem tiefen, spitzen Ausschnitt, der ihren Brustansatz freigab.

O Eva...

Das Zusammensein nach dem Essen war nur noch kurz. Zwar gab es Chiantiwein, aber Seeluft macht nicht nur hungrig, sondern auch müde, vor allem, wenn man wie Hermann Wolters den ganzen Tag auf den Beinen gewesen war, um seine Familie vor Gefahren zu bewahren. Manfred schlief schon am Tisch fast ein, Dorothea gähnte auch, und selbst Gabi war nicht mehr ganz frisch.

»Morgen um sieben Uhr wecken!« sagte Wolters, als man beschloß, in die Betten zu steigen.

»Das ist doch wohl nicht dein Ernst?« fragte Dorothea betroffen.

»Aber ja! Wir sind nicht an die Riviera gefahren, um zu pennen, sondern um die Schönheiten zu genießen. Schlafen kann ich zu Hause billiger und bequemer. Also, es bleibt bei sieben Uhr. Walter und Gabi haben Stalldienst.«

»Saublöde Scheiße!«

»Scheiße kann nie saublöd sein, weil sie kein Hirn hat«, sagte Wolters und kam sich recht witzig vor. »Blödheit setzt gestörte Hirnzellen voraus ... Blick nach innen, Walter!«

Man räumte noch den Tisch ab, Dorothea verzichtete auf den Abwasch, den konnte man morgen früh erledigen, und dann verschwanden alle Familienmitglieder in ihren Zimmern.

Mit einem fröhlichen Pfeifen schob sich Hermann Wolters unter die Bettdecke, wartete, bis Dorothea ihre abendliche Hautreinigung beendet hatte, und griff zu ihr hinüber, als sie neben ihm lag. Nach zwanzig Jahren Ehe brauchte seine Hand nicht mehr zu suchen.

»Muckel, die Wände sind dünn«, flüsterte Dorothea, als er sich zu ihr drehte.

»Wir brauchen ja nicht zu toben ...«

»Was ist denn plötzlich mit dir los?«

»Die Seeluft! Es ist bekannt, daß der Jodgehalt von Meer und Luft ungemein anregend wirkt. Hasi, ich könnte Bäume umhacken! Waldweise, sozusagen.«

»Muckel! Nebenan schläft Walter ...«

»Preß die Lippen zusammen.«

»Das ... kann ich nicht. Muckel ... oh ... du bist verrückt ... Du bist ja total verrückt! Ich kenn' dich ja nicht wieder ... MUCKEL!!!«

Walter im Nebenzimmer hörte nichts. Das konnte er auch nicht, denn er war gar nicht da. Er hatte eine halbe Stunde verstreichen lassen und war dann hinausgeschlichen. Leise klopfte er an Evas Tür.

Sie war noch nicht eingeschlafen und setzte sich sofort im Bett auf. »Manfred?« fragte sie.

»Nein, Walter ...«

»Geh zurück ins Bett.«

»Mach auf, Eva ...«

»Ich denke nicht daran! Du bist wohl nicht ganz gescheit...«

»Kommst du mit?«

»Wohin?«

»In die Stadt. Ich fahre sowieso runter. Es gibt da einen tollen Nachtclub. ›Sirena‹ heißt er. Kommst du mit? Los, zieh dich doch an!«

»Und wenn dein Vater was merkt?«

»Der alte Herr pennt jetzt, bis der Wecker schellt. Das kennen wir.«

»Und Manfred?«

»Der kriegt morgen zwei Cola spendiert, dann sagt er nichts, falls er wirklich was merkt. Mach schnell, zieh dich an. Ich warte im Auto auf dich.«

Zehn Minuten später schoben sie den Citroën aus dem Hof, ließen ihn ohne Motor den Weg hinabrollen und zündeten ihn erst, als sie weit genug vom Haus entfernt waren und man kein Geräusch mehr hören konnte. Nur ein Hund, der herumstreunte, bellte wie toll, ein heiseres, aber durchdringendes Kläffen.

»Verdammtes Mistvieh!« sagte Walter und gab Gas.

Das Hundegebell weckte Dorothea; wie bekannt, hatte sie einen leichten Schlaf. Sie richtete sich auf und lauschte. Der Hund heulte, als sei er verletzt worden. Dorothea beugte sich über ihren Mann, der zufrieden wie ein satter Säugling schlief.

»Muckel, da heult ein Hund...«

»Hmhm...« machte Wolters.

»Er heult ganz schrecklich.«

Wolters blinzelte, hörte das Heulen und schloß die Augen. »Hat sich verlaufen.«

»Wieso? Woher weißt du, daß er sich verlaufen hat?«

»Wer so heult, gehört nach Baskerville...« murmelte Wolters schlaftrunken.

»Wohin?«

»Baskerville. Der Hund von Baskerville...«

»So was Blödes!« sagte Dorothea beleidigt, aber das hörte Wolters schon nicht mehr. Er war wieder eingeschlafen. »Ich werde in dieser Familie behandelt wie ein nasser Lappen!«

Welch ein Glück, daß Hermann Wolters satt vom Essen, von ehelicher Liebe und müde vom Strand und der jodhaltigen Seeluft war ...

Man hätte darauf eine Wette abschließen können, ohne ein Risiko einzugehen: Im Tanzschuppen »Sirena« traf sich nicht nur alles, was in Diano Marina jung oder junggeblieben war – auch Ingeborg saß an der langen Bar, trank einen Gin Fizz und versuchte, Paul Hedler zu erklären, warum die gegenwärtige Welt so ungeheuer beschissen war. Alles wäre viel zu kompliziert, alles müsse einfacher werden.

»Da ist er!« sagte Hedler plötzlich.

»Wer?«

»Der in Grund und Boden verfluchte Walter. Donnerwetter, hat der sich eine Biene aufgerissen.«

Ingeborg fuhr herum, als hätte sie etwas gestochen, und sah Walter mit Eva auf einen Tisch in einer Ecke zusteuern.

»Das ist keine Biene, sondern Eva, der Familienanschluß. Sie soll auf Manfred, den jüngsten Sohn, aufpassen.«

»Und kümmert sich um den ältesten! Das nennt man einen full Job. Immerhin hat der Junge Phantasie. Er tritt als Pirat auf oder als einäugiger Nahkämpfer.«

»Er muß sich verletzt haben ...«

»Vielleicht ist ihm von vielen Hinblicken auf Eva eine Pupille explodiert ...«

»Gehen wir an ihren Tisch?« fragte Ingeborg. »Da ist noch Platz frei.«

»Wir stören doch bloß.«

»Das will ich ja. Walter ist nämlich total auf'm Holzweg.«

»Das mußt du mir erklären.«

»Er bildet sich ein, er könnte an Eva rankommen. Aber das ist völlig aussichtslos. Eva steht auf meiner Seite. Daß ich hier bin, war ihre Idee.«

»Und Walter ahnt nichts von eurem Komplott?«

»Nichts.«

»Ein armer Hund. Ich empfinde fast Mitleid mit ihm.«

»Also gehen wir hin und trösten wir ihn.«

Walter zuckte ebenso zusammen wie vorhin Ingeborg, als sie plötzlich an seinem Tisch stand und fragte: »Bist du in der Lage, mit mir zu tanzen?«

»Wie du siehst, habe ich Begleitung!« antwortete Walter kühl. Aber sein Herz wurde zum Schmiedehammer, als er Paul Hedler an Ingeborgs Seite entdeckte.

»Hei, Eva!« rief Ingeborg. »Darf ich dir Paul vorstellen? Paul Hedler ...«

»Mercedes-Sportkabriolett«, fügte Walter gehässig hinzu. »So'n Aufreißer-Wagen.«

Hedler überhörte das. Er verbeugte sich formvollendet, gab Eva die Hand, und Walter wartete nur darauf, daß er ihr einen Handkuß verpaßte.

»Ich bin sozusagen ein Findelkind«, sagte Hedler und nahm neben Eva Platz. »Am Straßenrand aufgelesen, zerknüllt und weggeworfen.«

»Dafür sehen Sie aber noch ganz passabel aus!« Eva lachte und stieß Walter mit dem Ellenbogen an. »Wenn du mit Ingeborg tanzen willst — du bist beurlaubt.«

»Nein.« Walter blieb stur sitzen. »Ibo tanzt wie ein Schilluk.«

»Wie wer? — Paul, ist das eine Beleidigung?«

»Die Schilluks sind ein Hirtenvolk der Luo-Gruppe am Oberen Weißen Nil.«

»Ihr dämlichen Intellektuellen mit euren Geistesfurzen ...«

Walter lachte. »Da haben Sie sie in Reinkultur, Paul! Das ist Ibo! Dem Himmel sei Dank — ich gönne sie Ihnen!«

»Kommst du nun tanzen?« fragte Ingeborg beharrlich. »Sonst greif' ich mir den nächsten Typ . . .«

Nur um einen Skandal zu vermeiden — nur deshalb! — erhob sich Walter und stieß einen langen Seufzer aus. Dann drängelte er sich mit Ingeborg zur Tanzfläche, faßte sie um die Hüften und schob sich in das Gewühl.

Man konnte eigentlich nur auf der Stelle stehen, mit den Hüften und den Schultern wackeln und sich aneinander reiben. Auch das kann man Tanzen nennen, und es ist nicht einmal so übel. Jedenfalls spürte Walter mit einem wohligen Gefühl, wie Ingeborgs Unterkörper an dem seinen zu kreisen begann.

»Was hast du am Auge?« fragte sie.

»'ne Schraube.«

»Was? Du hast 'ne Schraube am Auge?«

»Blödsinn! Mir ist eine draufgefallen beim Autoreparieren.«

»Und was hast du da gemacht?«

»Gekühlt, was sonst!«

»Und es ist nichts verletzt? Nicht die Linse, der Glaskörper, die Hornhaut, die vordere Augenkammer, die Zonulafaser . . .«

»Was ist denn mit dir los?« Walter unterbrach den angenehmen Reibetanz. »Was redest du da für Opern? Woher weißt du das denn alles?«

»Mein Vater ist schließlich Arzt.« Sie machte ein verbissenes Gesicht. »Wenn ich das Abitur gemacht hätte und in der verfaulenden Gesellschaft geblieben wäre, hätte ich Medizin studiert.«

»Du als Ärztin? O Gott, rettet die Medizin!«

»Blödmann!« Sie tanzten weiter und schoben sich mühsam über die Tanzfläche. Ingeborgs Hüften rotierten . . . Walter hatte das gern. Er bekam einen roten Kopf und drückte sie enger an sich.

»Laß das sein!« sagte er heiser.

»Was denn?«

»Stell dich nicht so doof! Ein Glück, daß wir nicht umfallen können ...«

»Hast du immer noch die Absicht, Eva rumzukriegen?«

»Natürlich. Sie ist klasse.«

»Und warum sagst du dann, daß du mich liebst?«

»Das war ein Irrtum! Außerdem sollte Paul es hören.«

»Der war ja gar nicht dabei. Wir waren allein.«

»Vergiß es«, sagte Walter verbissen. »Kümmere dich lieber um die Liegesitze bei Paul.«

»Die hat er bei mir nicht runtergeklappt.«

»Logisch. Du bist ja 'ne gute Turnerin ...«

Da trat sie ihn. Sie hob beim Tanzen nur kurz das Knie und stieß zu. Walter biß die Lippen zusammen und knirschte mit den Zähnen, aber er behielt Haltung und blieb aufrecht stehen. Er hätte auch gar nicht umfallen können bei dem Gedränge auf der Tanzfläche.

»Das ... das zahle ich dir heim!« knirschte er. »Du verfluchtes Luder! Komm raus hier!«

»Wohin denn?«

»Vor die Tür. Oder soll ich dir hier eine donnern?«

»Das will ich sehen!« Sie hörte mit dem Hüftwackeln auf, ließ Walter stehen und drängte sich durch die anderen Tanzenden. Walter folgte ihr ziemlich steifbeinig, jeder Schritt brannte und stach. Sie verließen den Club durch einen Hinterausgang und landeten in einer engen Gasse, die direkt zum Meer hinunterführte.

Ingeborg blieb stehen und hielt Walter ihren Kopf hin. »Bitte, hau rein!«

»Hier ist es nicht einsam genug!« knurrte Walter. »Wenn, dann richtig ...«

»Ich habe keine Angst!« sagte sie, nun doch unsicher. »Gar keine Angst ...«

Er ergriff ihre Hand mit festem Druck und zog sie zum Meer hinunter. Ingeborg wehrte sich nicht, sie folgte ihm ohne Sträuben und dachte immer nur: Das kann er doch nicht tun! Das ist doch gar nicht seine Art, mich durchzuprügeln. Er schreit das wohl immer in der Wut, aber er würde nie die Hand gegen ein Mädchen erheben! Das weiß ich doch. Was will er denn nun von mir?

Die Frage beantwortete sich von selbst, als sie den Strand erreicht hatten und hinter dem verlassenen, um diese Zeit geschlossenen Kiosk standen. Weit und breit waren sie die einzigen Menschen am Strand. Um diese späte Stunde — es mochte nach Mitternacht sein herrschte nur noch in den Bars Betrieb.

Ingeborg hielt den Atem an. Hier war es jetzt wirklich einsam. Hier sah und hörte sie niemand. Ein Stapel Badetücher, die dem Liegestuhlvermieter gehörten, lehnte an der Bretterwand.

Walter ließ Ingeborgs Hand los, holte zwei Tücher, breitete sie auf dem Boden aus und kam zurück.

»Jetzt kannst du was erleben, du Aas!« sagte er gepreßt. »Bitte, schlag zu!«

Ganz nahe trat er an sie heran. »Zieh das Kleid aus.«

Sie starrte ihn aus plötzlich ganz weiten Augen an. »Du bist wohl bekloppt?« stammelte sie.

»Zieh es aus!« zischte er. »Oder ich reiß' dir den Fummel vom Leib!«

»Walter...«

»Halt den Mund!«

Später, viel später lagen sie nebeneinander auf den Badetüchern und blickten in den hellen Sternenhimmel. Sie lagen ganz nahe beieinander und waren glücklich, daß sie sich spürten.

»Du bist ein verrückter Hund«, sagte Ingeborg leise. »Total verrückt! Ich hab' doch ein Zimmer.«

»Wenn schon.« Er legte den Arm um ihre Schulter. »Der Weg dahin war mir viel zu weit...«

8

Die Wirkung von Rotwein auf die Darmtätigkeit ist eine völlig individuelle Angelegenheit.

Während die einen behaupten, Rotwein stopfe und sei für Leute mit Problemen in dieser Richtung mit Maßen zu genießen, gibt es eine Menge anderer, die darauf schwören, ein Gläschen Roter zur rechten Zeit reinige das Innere mit wohltuender Milde.

Hermann Wolters gehörte zur Kategorie derer, bei denen Rotwein wie ein Laxativ wirkt. Als fränkischer Biertrinker nahm er nur in besonderen Fällen Wein zu sich und dann nur einen guten Weißwein von den Hängen des Mains. Bei dem Genuß von Rotwein, vor allem jetzt bei dem süffigen Chianti, begann bei ihm eine interne Nachgärung. Die wiederum hatte zur Folge, daß er in der Nacht erwachte, von einem ununterdrückbaren Drang hochgejagt.

Er kletterte aus dem Bett, blickte auf seine Armbanduhr, die neben ihm auf dem Nachttisch lag, und stellte fest, daß es drei Uhr neunundzwanzig war. Eine helle Nacht, in der man schon am Horizont den Morgen ahnen konnte. Aus der unendlichen Ferne des Himmels glitt bereits Licht über das Firmament.

Wolters tappte zur Toilette, erschrak über einige zu laute Töne, die in der völligen Stille wie Böllerschüsse klangen, auch die Wasserspülung rauschte lärmend durch das schlafende Haus, denn nachts war der Druck besonders stark, dann schlich er auf nackten Sohlen zurück, warf einen Blick auf die schlafende Dorothea und marschierte zum Fenster, um noch einmal die herrliche Fernsicht zu genießen.

Diano Marina unter dem Sternenhimmel. Das sanft spiegelnde Meer. Die Morgenahnung am Horizont. Zauber des Südens . . .

Plötzlich erstarrte Wolters, trat einen Schritt vom Fenster zurück und griff nach dem Fensterflügel, als brauche er Halt, weil ihm die Beine versagten.

Dem Haus näherte sich ein Wagen. Erst waren es die Scheinwerfer, die sich wie lange, helle Finger durch die Dunkelheit tasteten, dann sah Wolters den Wagen selbst, hörte das Motorengeräusch und erkannte sogar den Typ, als das Auto vor dem Haus stoppte.

Das ist doch nicht möglich, dachte Wolters und atmete kaum. Mein Sohn Walter hat sich davongeschlichen und kehrt jetzt heim. Dieser Lümmel! Warum sagt er das denn nicht? Hat er es nötig mit seinen neunzehn Jahren, so heimlich zu tun? Er ist doch ein erwachsener junger Mann! Du lieber Himmel, mit neunzehn, da habe ich ... wenn ich daran denke ... Junge, du brauchst doch nicht vor deinem Vater davonzuschleichen! Und überhaupt in Bamberg hast du nie danach gefragt, was wir denken, wenn du abends in Jeans und Lederjacke losgezogen bist ...

Walter stieg aus und schloß leise die Autotür. Aber dann öffnete sich die andere Tür, und von diesem Augenblick an sah für Hermann Wolters die Sache ganz anders aus.

Eva Aurich stieg aus dem Citroën, strich sich mit der für sie typischen Geste die blonden Haare aus dem Gesicht und lief leichtfüßig um das Haus herum zum Hintereingang. Walter folgte ihr in seinem wiegenden Gang, den Hermann Wolters jetzt als ausgesprochen ekelhaft empfand.

Man sagt immer so dramatisch: Es zerschneidet ihm das Herz ... Bei Wolters war es der Magen. Er spürte eine heftige Übelkeit, blieb am Fenster stehen, starrte auf das kleine Auto und hielt sich immer noch am Fensterflügel fest.

So ist das also, dachte er. So! Eva und Walter! Ein so kluges Mädchen gibt sich mit einem Jüngling ab, der vier

Jahre jünger als sie ist. Mit einem Kerl, der die bestehende Gesellschaft zerschlagen will, der mit einer Kommunardin geschlafen hat, der gerade sein Abitur gemacht hat, ohne zu wissen, wer die Satrapen waren. Mit einem Burschen, der sich weigert, sich einen Anzug zu kaufen, sondern nur in Jeans herumläuft. Der als einziger — als Sohn eines Studienrats! — bei der Abiturfeier ohne Krawatte erschien, sondern nur mit einem zu einer Schleife gebundenen Bindfaden um den Kragen.

Himmel, habe ich mich geschämt. Und was die Kollegen dann sagten! Und der Chef, Herr Oberstudiendirektor Dr. Michael Reichbach, den die Schüler immer Armfluß nennen, plädierte später im Lehrerzimmer für das Recht, auch Abiturienten gegenüber Ohrfeigen verteilen zu können.

Und dieser renitente Bengel ist es in Evas Augen wert, mit ihr zu heimlichen, nächtlichen Exzessen ausrücken zu dürfen!

Daß Walter sein Sohn war, vergrößerte die Ungeheuerlichkeit noch. Wolters stellte sich vor, was in dieser Nacht geschehen sein könnte, und da die Phantasien Unbeteiligter immer übertriebener Natur sind, blieb ihm der Atem weg bei seinen plastischen Gedanken.

Eva in Walters Armen ... irgendwo am Strand, unter Palmen oder Pinien, hinter Blütenbüschen, in einem schnell gemieteten Zimmer über einer Kaschemme — oder am Meer, von Wellen umspült wie in dem Film »Verdammt in alle Ewigkeit« — wo man das allerdings grandios fand und sich wünschte, es nachmachen zu können ...

Wolters holte tief Atem. Tierhaft war das, wie streunende Katzen, Karnickelliebe ... Eva und Walter!

Ihm wurde richtig übel. Er sah die Szene vor sich und spürte, wie ein Zittern durch seinen Körper rann.

Im Haus tappten leise Schritte. Eine Tür quietschte und klappte dann zu. Im Badezimmer rauschte Wasser.

Mit schweren Beinen kehrte Hermann Wolters zum Bett zurück, setzte sich auf die Kante und stierte ins Leere.

Hinter ihm atmete Dorothea in seligem Schlaf. Ab und zu pfiff sie leise beim Atmen — das Geräusch war wie ein Messer, das Wolters' Nerven zerschnitt.

Ruhe! wollte er schreien. Pfeif nicht beim Schlafen! Ich habe Eva verloren — an meinen eigenen Sohn ... Und du liegst da und pfeifst! Hör auf damit! Alles in mir tut weh ...

Er legte sein Gesicht in beide Hände und wurde nach einigen Minuten ruhiger. Über sich selbst verwundert, stellte er fest, daß er sich jetzt zum ersten Mal selbst eingestanden hatte, was er in Eva Aurich sah. Er hatte es nie wahrhaben wollen. Heimliche Sehnsüchte vergräbt man ganz tief und labt sich an ihnen in stillen Stunden. Sie sind wie wertvolle Spielzeuge, die niemand berühren darf, die nur einem allein gehören, mit denen man hinter verschlossenen Türen spielt. Die Traumwelt der Männer, in der sie herumwandeln als die strahlenden Helden, unbesiegbar und immer siegreich bei den Frauen ...

Wehe, wehe, wehe, wenn man ihnen dieses heimliche Spielzeug nimmt. Wenn man einbricht in diesen harmlosen, aber leuchtenden Himmel.

Wolters legte sich wieder ins Bett und betrachtete Dorothea. Sie war ihm immer treu geblieben, auch in Gedanken, darauf hätte er schwören können. Dabei war sie, das mußte er ihr zugestehen, eine Frau, die andere Männer interessierte, der man nachblickte, die sich modisch kleidete (soweit sein Studienratsgehalt das zuließ) und der man Komplimente machte. Und den Kollegenfrauen sprang der Neid förmlich aus den Augen, wenn Dorothea bei irgendwelchen Feierlichkeiten oder Einladungen erschien. Eine Frau aus Gold, das konnte man wohl sagen.

Und doch, und doch ...

Eva und Walter ... das ist unmöglich! Aber es gab keine andere Deutung für diese nächtliche Heimkehr. Es war ja alles ganz klar. Und ebenso klar schien es, daß es unmöglich war, fünf Wochen lang diesem Treiben zuzusehen und zu schweigen. Schon am zweiten Ferientag zerfledderten Moral und Anstand — wie würde dann die Familie erst nach fünf Wochen aussehen?

Das war eine Aussicht, die Wolters zu energischer Gegenwehr aufrief.

Aber wie?

Sollte er Eva entlassen und nach Hause schicken?

Schon der bloße Gedanke war schwer zu ertragen. Sollte man mit biblischer Strenge vor Eva hintreten und ausrufen: »Du liegst mit meinem Sohn nachts um drei unter Pinien — hebe dich hinweg! Hier ist die Fahrkarte zurück nach Bamberg!«

War das eine Lösung?

Man konnte natürlich auch Walter wegschicken — zu seinem Demonstrationsmädchen Ingeborg zurück. Aber nach den Ereignissen dieser Nacht würde Walter vermutlich nie mehr bereit sein, sich auf eine Matratze auf dem Boden zu legen und sich mit einer roten Fahne zuzudecken. Evas Welt war eine andere, eine kultiviertere, bürgerlichere, arbeitssamere — genau das, was Ingeborg ankotzte, wie sie sich ausgedrückt hatte. So betrachtet war Evas Einfluß auf Walter geradezu heilsam ... Aber es war unmöglich, das Vorgefallene deswegen zu tolerieren.

Hermann nagte an seiner Unterlippe. Seine Traumwelt war zerrissen worden, seine Traumfrau entführt und geschändet. Darüber muß ein Mann erst einmal hinwegkommen. Was wissen Frauen, wie Männer leiden können ...

Ich spreche morgen mit Walter, nahm Hermann Wolters sich vor. Ganz behutsam, so hintenherum, aber deutlich genug. Wir müssen einen Ausweg finden, sonst ist alles zum Teufel. Sonst haben wir hier fünf Wochen die Hölle. Hätte ich Walter doch mit seiner Ingeborg nach Ibiza fahren lassen! Wie unkompliziert wäre alles geworden ... Dorothea, Manfred, Gabi — und ich und Eva ...

Die Gedanken der Männer, vor allem in einem reiferen

Alter, sind manchmal von kaum noch zu begreifender Einfältigkeit!

Irgendwann schlief Hermann Wolters ein und wurde vom Schrillen des Weckers aufgescheucht. Sieben Uhr. Wie gemartert setzte er sich hoch, strich sich durch das zerwühlte Haar, spürte noch immer den üblen Druck im Magen und zuckte zusammen, als Dorothea neben ihm sagte:

»Das ist das erste und letzte Mal, daß du uns so früh weckst! Ich bin im Urlaub!«

»Über die Hälfte seines Lebens verschläft der Mensch!«

»Das braucht er auch, um Kraft zu haben für Männer wie dich...«

Wolters verzichtete auf eine Diskussion über Undankbarkeit, ging ins Bad und klopfte dabei an die verschiedenen Zimmertüren. Bei Walter drückte er die Klinke hinunter. Abgeschlossen.

Sie wird doch wohl nicht die Geschmacklosigkeit besitzen und bei ihm schlafen, durchfuhr es Hermann Wolters heiß. Aber weshalb schließt der Junge dann die Tür ab? Was hat er zu verbergen, wenn er im Bett liegt?

Er rüttelte an der Tür und rief in scharfem Ton: »Aufmachen! Mach auf, Walter! Aufmachen!«

Im Zimmer rumorte es. Wolters hielt den Atem an. Er spürte, wie das Blut seinen ganzen Körper ausfüllte. Was werde ich gleich zu sehen bekommen? Wird er mich ins Zimmer lassen oder die Tür nur einen Spalt öffnen? Und drücke ich sie danach mit Gewalt auf? Soll ich mir die Blöße geben — vor meinem Sohn?

Der Schlüssel wurde im Schloß gedreht. Es knackte. Dann hörte er hinter der Tür Walters Gähnen. Es klang wie das gutturale Brüllen eines Raubtiers in Hermann Wolters' Ohren. Ein Benehmen hat der Bursche, dachte er angewidert. Und so etwas schafft es, Eva, diesen Engel...

»Aufmachen!«

»Bin schon da. Was ist'n los?«

Walter öffnete die Tür, keinen Spalt, sondern er stieß sie weit auf. Wolters drängte sich an ihm vorbei ins Zimmer und blickte sich schnell um.

Nichts. Auch keine Anzeichen dafür, daß hier eine Frau übernachtet hatte. Es bleibt immer ein zarter Duft von Parfüm zurück, ein Hauch von Weiblichkeit — natürlich nicht bei Ingeborg, aber bei Eva. Man soll nicht glauben, Wolters sei kein erfahrener Mann. Man kann auch durch Lesen und Erzählungen lernen.

»Was ist denn los?« fragte Walter noch einmal und gähnte wieder. Wie ein Nilpferd, fand Wolters diesmal. »Mitten in der Nacht...«

»Es ist sieben Uhr!« bellte Hermann Wolters. »Hast du schlecht geschlafen?«

»Ab jetzt ja...«

»Gib nicht so saublöde Antworten! Das mögen deine Genossen gewöhnt sein — ich nicht!« Wolters ging zum Fenster, blickte hinaus und entdeckte auch hier keine Spur, daß Eva nach seinem Anklopfen etwa geflohen sein könnte. Außerdem lag das Fenster zum Hinunterspringen zu hoch.

»Suchst du was?« fragte Walter, zog seine Pyjamajacke aus und reckte sich. Neidvoll mußte Wolters sich eingestehen, daß ein Neunzehnjähriger für junge Mädchen wohl eine interessantere Figur hat als ein Mann, der auf die Fünfzig zumarschiert. Da kann man sich drehen und winden, wie man will, den Bauch einziehen und das Kreuz hohl machen, man kann beim Gehen über die Zehenspitzen abrollen oder andere Tricks versuchen — die Jugend ist durch nichts zu ersetzen.

»Ich wollte nur sehen, welche Aussicht du von deinem Zimmer aus hast.«

»Auf scheißende Schafe.«

»Benimm dich!« Hermann Wolters lehnte sich gegen die Wand, warf einen Blick auf das Bett und stellte sich wieder die wildesten Szenen vor. Walter kratzte sich die Brust wie ein Gorilla und lief ziellos im Zimmer herum.

»Ist das Bad frei?« wollte er wissen.

»Mami wird drin sein.«

»Dann hab' ich ja noch 'ne halbe Stunde Zeit und penn' weiter.«

»Diese Respektlosigkeit deiner Mutter gegenüber stinkt zum Himmel!«

»Du hast heute morgen aber auch gar keinen Humor...«

»Du um so mehr was?«

»Und wie! Ich bin in Bombenstimmung! Laß mich nur erst mal richtig wach sein...«

Hermann Wolters fand Walters Benehmen ekelhaft, ja geradezu provozierend. Natürlich hat er eine Bombenstimmung, dachte Wolters verbittert. Wer Eva im Arm gehabt hat, muß sich paradiesisch vorkommen.

»Deinen Stalldienst übernehme heute ich«, sagte er. »Du bist doch eingeteilt?«

»Ja, mit Eva.«

»Du kannst statt dessen die Wagen waschen. Sie sehen furchtbar aus! Man muß sich schämen, mit ihnen in die Stadt zu fahren. Man kann sie ja nicht nur nachts benutzen...«

Walter reagierte auf diese Anspielung nicht. Vielleicht verstand er sie auch nicht.

Mein Sohn hat eben kein Gespür für feinsinnige Bemerkungen, dachte Wolters. Er ist mehr fürs Zupacken. Das hat er bewiesen.

Er stieß sich von der Wand ab, ging zur Tür und betrachtete seinen Sohn, der halbnackt auf der Bettkante saß und auf das Freiwerden des Badezimmers wartete. Dabei dachte er an Ingeborg und machte ein verflucht glückliches Gesicht, das Hermann Wolters allerdings anders deutete.

»Du scheinst wirklich sehr fröhlich zu sein...« sagte er voller Ingrimm.

»Bin ich auch. Wenn du wüßtest, Paps...«

»Was?«

»Später.«

»Warum nicht jetzt?«

»Das braucht seine Zeit.«

»Eine Überraschung?«

»So ähnlich . . .«

»Überraschungen von deiner Seite sind immer mit der Zange anzufassen!« sagte Hermann Wolters. »Nun red schon.«

»Später, Paps. Ich spreche nicht gern über Halbheiten.«

»Seit wann das? Bisher hast du doch nur Halbheiten geliefert.«

»Ich habe von dir gelernt, nur dann zu reden, wenn man auch etwas zu sagen hat.«

»O Gott, mein Sohn nimmt Lehren an! Wohin bist du gekommen, Genosse Demonstrant?«

»Ich glaube, damit wird es bald zu Ende sein . . .«

»Das wirft aber die Revolution gewaltig zurück.«

Völlig klar, dachte Wolters dabei und spürte wieder Stiche in der Brust, daß er sich aus seinem bisherigen Kreis löst. Eva wird ihm gesagt haben, was sie von seinem Umgang hält, und ein Mann, der liebt, kann alles über Bord werfen, was ihm bisher noch als wertvoll erschien. Er räusperte sich.

»Das müssen ja einschneidende Ereignisse sein!«

»Sind es auch, Paps . . .«

»Bitte, nähere Erklärungen!« sagte Wolters atemlos.

»Jetzt nicht. Guck doch mal, ob das Badezimmer frei ist.«

»Hör doch mit dem verdammten Badezimmer auf!« schrie Wolters plötzlich. Auch der stärkste Wille kann eine innere Qual nur bis zu einer gewissen Grenze beherrschen. »Deine dunklen Andeutungen machen mir Sorgen!«

»Kein Anlaß dazu, Paps.« Walter grinste ihn vergnügt an. Die Strandnacht mit Ingeborg lag noch in ihm, als habe sie sich eingebrannt. »Zu gegebener Zeit lasse ich die Luft raus.«

Wolters erkannte, daß jede weitere Minute ihn nur noch dazu veranlassen würde, unsachlich zu werden. Die Gefahr bestand, daß seine innersten Gefühle nach oben explodierten. Er warf noch einen Blick auf den braungebrannten, muskulösen Oberkörper seines Sohnes und verließ dann das Zimmer.

Im Bad hörte er Dorothea rumoren, unten in der Küche klapperte schon Gabi mit dem Geschirr, und aus dem Zimmer von Manfred ertönte laute Musik aus einem Kassettenrecorder. Trotzdem schrak Wolters zusammen, als sich gerade jetzt Evas Tür öffnete und sie auf den Flur trat. Sie trug einen hellroten Bademantel, hatte die blonden Haare hochgesteckt und mit einem Band aus der Stirn gekämmt.

Wolters bekam plötzlich einen trockenen Hals.

Unter dem Bademantel ist sie nackt, durchfuhr es ihn. Natürlich ist sie nackt. Trotz des Bindegürtels hält sie ihn zu ... Das kenne ich von Dorothea. Eva läuft hier nackt herum, weil sie nicht erwartet hat, mich auf dem Flur zu treffen.

»Guten Morgen, Herr Wolters«, sagte Eva. Auch sie sah so hundsgemein fröhlich und zufrieden aus! Wie doch »so etwas« den Menschen verändert! »Ist das Bad frei?«

»Meine Frau ist drin. Außerdem steht schon Walter auf dem Sprung.«

»Dann bade ich später. Ist auch besser so. Ich habe ja Stalldienst.«

»Mit mir!«

»Ich denke, mit Walter?«

»Wir haben gewechselt. Walter wäscht die Autos. So wie sie jetzt aussehen, sind es ja Nachtfahrzeuge.«

Auch hier keine Reaktion. Wie abgebrüht sie doch sind, dachte Wolters bitter. Wie abgrundtief schamlos! Wer hätte das hinter Eva vermutet? Ein so offener Blick, so treue, blaue Augen, ein so sonniges Wesen — und dann diese herbe Enttäuschung! Wenn man sie so ansieht, scheint es geradezu undenkbar, daß sie mit einem Jungen wie Walter ... Geschmacklos ist das! Unter ihrer Würde! Ein unbegreifliches Verschenken der Tugend ...

»Ich ziehe mich schnell an!« sagte Eva und lächelte Wolters an. Ein Lächeln, das ihm körperlich weh tat. »Dann komm ich in den Stall ...«

Aus dem Bad hüpfte jetzt Dorothea. Sie hüpfte tatsächlich, weil sie im Schlafzimmer eines ihrer Pantöffelchen nicht gefunden hatte. »Das Bad ist frei!« rief sie. »Wer kommt als Nächster?«

»Walter.«

»Achtung vor Überschwemmung! — Morgen, Eva ...«

Das ist hier ein Irrenhaus, dachte Wolters und folgte seiner Frau ins Schlafzimmer. Fünf Wochen lang werden wir wie die Verrückten sein. Am Ende der Ferien bin ich reif für einen Genesungsurlaub, befreit von dieser Familie, allein irgendwo in den Bergen, wo sich die Nerven im Duft sonnenwarmer Almwiesen beruhigen können.

Er wusch sich, zog sich an und ging hinunter in den Stall.

Eva war schon da und hatte die Tür geöffnet. Auch die drei Hähne, heute sehr spät dran, saßen auf dem Zaun und krähten aus voller Kehle.

Wolters klassifizierte ihre Töne als Sehnsuchtsschreie. Drei Hähne und nirgendwo eine Henne, das frustriert. Wieso sind überhaupt drei Hähne hier, wenn es keine Hühner gibt?

Sie ließen die Schafe und Ziegen aus dem Stall, trieben sie auf die Wiese und in den verwahrlosten Weingarten, schlossen das Zauntor und lehnten sich dagegen.

»Lassen wir erst den Ziegengestank aus dem Stall, bevor wir ihn säubern«, sagte Wolters. »Dieser Geruch geht ja unter die Haut!« Er holte tief Atem, als ein Windzug Evas Haar über sein Gesicht wehte. Er strich es weg und meinte, es unter seiner Hand knistern zu hören. Aber es war wohl nur sein Blut, das in seinen Schläfen rauschte.

»Ich habe Sie noch gar nicht gefragt, was Sie geträumt haben, Eva . . .«

»Geträumt? Wieso?« Sie sah ihn offen und unbefangen an.

Welche Kunst der Verstellung, dachte er voller Bitterkeit und Enttäuschung. Welche Begabung, die Unschuld zu spielen.

»Was man am ersten Tag, beziehungsweise in der ersten Nacht unter einem fremden Dach träumt, soll in Erfüllung gehen, sagt ein alter Volksglaube . . .«

»Und Sie glauben daran?«

»Warum nicht? Der eine glaubt, wenn man eine Sternschnuppe sieht, ginge ein Wunsch in Erfüllung. Der andere öffnet sein Portemonnaie, wenn der Kuckuck schreit — das soll Geld geben. Der Traum der ersten Nacht in einem fremden Bett gehört zu diesen Spielchen.« Wolters blickte in den Morgenhimmel. Vereinzelte weiße Wölkchen zogen vom Meer herüber, sonst war der Himmel unendlich blau. »Haben Sie keine Wünsche oder Sehnsüchte, Eva?«

»Viele!« Sie lachte. Wolters dachte, daß es wie Glockenläuten klang. »Aber ich träume kaum.«

»Vielleicht, weil Ihnen alle Wünsche erfüllt werden . . .«

»Oh, alle nicht.« Sie lachte wieder. Und sie sah aus dabei wie ein gefallener Engel. Jedenfalls empfand Wolters es so. »Es wäre doch grausam, wenn man alle Wünsche erfüllt bekäme. Wenn nichts mehr offen bliebe. Ein Leben ohne Wünsche kann eine Qual sein. Ich weiß nicht mehr, wer es war — aber es war ein sehr bekannter Mann, der hat sich das Leben genommen mit der Begründung, das Dasein könne ihm nichts mehr bieten. Er hätte alles bekommen, was er sich je gewünscht hätte.« Wieder lachte sie, und der Wind spielte mit ihren blonden Haaren. »In diese Situation käme ich vermutlich nie. Ich strotze von Wünschen . . .«

»Ist es möglich, einige davon zu erfüllen?« fragte Wolters, und sein Atem ging schneller.

»Vielleicht . . .«

»Ganz sicher.« Hermann Wolters schob seinen Arm über das Zauntor. Wie unbeabsichtigt lag er damit um Evas Taille. »Nehmen Sie an, ich wäre eine gute Fee und sage wie im Märchen: Du hast drei Wünsche frei. Was würden Sie sich wünschen!«

»In zehn Minuten gibt es Frühstück!« unterbrach Dorotheas Stimme vom Haus her den romantischen Zauber, in den Wolters unversehens geglitten war. Dorothea hatte die ganze Zeit über am Fenster gestanden und ihren Mann beobachtet.

Nach zwanzig Jahren Ehe kennt man sich genau, aber man ist immer wieder verblüfft, zu welchen Eseleien gerade alternde Männer fähig sind. Als Wolters den Arm um Eva legte, sah Dorothea die Zeit gekommen, mit ihrem Zwischenruf die Idylle zu stören.

»Später«, sagte Wolters und stieß sich vom Zaun ab. Die Tür zum Märchenreich war vorerst zugeschlagen. »Wir sprechen noch darüber, Eva. Gehen wir jetzt den Stall säubern. Aber vergessen Sie nicht: Drei Wünsche haben Sie frei, wie bei der guten Fee.«

Am Kaffeetisch war Wolters etwas freundlicher als gleich nach dem Aufstehen. Unauffällig beobachtete er Eva und Walter, aber sie benahmen sich völlig neutral, tauschten keine heimlichen Blicke, verrieten sich nicht durch unscheinbare Kleinigkeiten. Ein durch und durch raffiniertes Paar!

Außerdem schmeckte der zu schwarz gebrannte italienische Kaffee bitter.

Der Vormittag gehörte Hermann Wolters.

Kaum unten am Strand, machte er sich wieder auf den Weg in die Stadt, um Zeitungen und Illustrierte zu kaufen, wie er behauptete.

Die Familie nahm wenig Notiz davon. Man kannte das von früheren Ferien her. Ohne Zeitungen war Hermann

Wolters im Urlaub nur zur Hälfte glücklich. Er brauchte diese Lektüre.

»Ohne Information lebt man an der Zeit vorbei«, war auch ein Leitsatz von ihm. Vor allem aber brauchte er ein wöchentlich erscheinendes Magazin, um sich beim Lesen Seite für Seite heftig zu ärgern und in laute Entrüstung zu verfallen. Es war wie eine Sucht; ohne dieses Magazin fehlte das Salz in der Informationssuppe.

An diesem Tag jedoch strebte Wolters nicht zum Zeitungsladen, sondern zu einer Herrenboutique, die sich »Men's Club« nannte. Sie war die eleganteste von Diano Marina und warb mit Fotos von bekannten Größen aus der Playboy-Szene, die im Schaufenster ihr Jacketkronen-Lächeln verströmten. Ob sie jemals etwas im »Men's Club« gekauft hatten — diese Frage zu beantworten, blieb offen. Es gehört zu den verteufelten Raffinessen von Herrenboutiquen in Seebädern, daß die Verkäuferinnen wirken, als versprächen ihre Blicke das himmlischste Himmelbett. Auch die superengen Hosen und fast durchsichtigen Blusen der Damen gehören zur Verkaufspsychologie. Welcher Mann widerspricht schon, wenn solch ein Wesen behauptet: »Er steht Ihnen aber prächtig!« Gemeint ist ein Sakko, den der Kunde gerade anprobiert.

Hermann Wolters geriet in die Hände eines solchen Verkaufsengels, fixierte die prall gefüllte Bluse, blickte in strahlende, graugrüne Augen und auf einen knallroten, herzförmig geschminkten Mund, der fragte: »Wie kann ich Ihnen helfen, mein Herr?«

Auf deutsch. Wolters wunderte sich kurz. Sehe ich so deutsch aus, daß man erst gar nicht mehr testet, welche Sprache bei mir angebracht ist?

Er blickte sich um, entdeckte vieles, was ihm gefiel, was aber auch für ihn etwas gewagt war, und sagte:

»Oh, ich hätte viele Wünsche.«

»Bestimmt kann ich sie Ihnen erfüllen.«

»Fangen wir oben an.«
»Oben?« Das zauberhafte Wesen blinzelte etwas. O lala, diese älteren Herren! »Wie soll ich das verstehen?«
»Beim Kopf. Ich brauche eine Mütze. So eine aus Leinen, bunt bedruckt, mit einem Schirm davor. Kopfgröße 58. Kann auch 59 sein, sie muß bequem sitzen. Dann brauche ich ein Hemd, leicht, weit, über der Hose zu tragen — wie man es in Waikiki trägt. Ja, und eine Hose. Weiße Jeans, wenn möglich, nur nicht ganz so eng. Man muß sich darin noch wohl fühlen.«
»Sich wohl fühlen ist immer von Nutzen«, sagte das himmlische Wesen und lächelte süß.
»Dann Jogging-Schuhe. Überhaupt möchte ich etwas Sportliches haben, einen Pullover dazu — so wie der eine da im Schaufenster ... Sie verstehen?«
»Ich verstehe vollkommen.«
»Und zwei Badehosen. Ja, die auch. Mit wenig Bein ...«
»Slips?«
»Nennt man die so? Ich muß sie sehen.« Wolters wurde von dem Blick der Boutique-Elfe irritiert. »Kann ich sie anprobieren?«
»Aber selbstverständlich probieren wir alles!« Der Herzmund lächelte einladend. »Womit fangen wir an? Beim Höschen?«
Etwas verwirrt von der Atmosphäre betrat Wolters eine der Kabinen und betrachtete sich in den mannshohen Spiegeln. Er sah nicht übel aus, fand er, wenngleich die Zeit der Schlankheit längst vorbei war. Überall zeigten sich kleine Fettpölsterchen und Rundungen, vor allem an den Hüften und unterhalb des Magens. Aber Wolters tröstete sich mit den Worten eines klugen Textilverkäufers aus Bamberg, der einmal zu ihm gesagt hatte:
»Herr Studienrat, Sie haben keinen Bauchansatz — Sie haben nur einen hohen Magen.«
Die Kußmund-Fee erschien in der Umkleidekabine mit

drei winzigen Badehöschen und hielt sie Wolters wie eroberte Trophäen hin. »Das Modernste vom Modernen!«

»Ich hatte nicht vor, meinen Daumen zu bekleiden!« erwiderte Wolters. Er war sich nicht ganz klar darüber, ob er damit einen tollen Witz gemacht hatte, aber die Süße brach in ein girrendes Lachen aus und wiegte sich in den Hüften. »Ich meine«, setzte er verlegen hinzu, »sie sind viel zu klein.«

»Aber sie dehnen sich ganz ungemein am Körper! Sie liegen vollkommen wie eine zweite Haut an.«

Wolters bezweifelte trotzdem, daß dieses Nichts von einer Badehose für ihn das richtige war. Immerhin zog er sich aus, streifte eines der Minihöschen über, war baß erstaunt, wie dehnfähig sie wirklich waren, und betrachtete sich dann im Spiegel.

Das mit der zweiten Haut stimmte. Fast wäre Wolters rot geworden bei der Vorstellung, so frei herumlaufen zu müssen.

Es sieht irgendwie gemein aus, fand er. Provozierend. Exhibitionistisch! Als wenn man gar nichts trüge, sondern sich nur angemalt hätte.

Er erschrak heftig, als das Elfchen den Kopf durch den Vorhang steckte. »Fabelhaft!« zwitscherte die Süße.

»Meinen Sie?«

»Sie können so etwas tragen...«

»Ist es nicht zu auffallend?«

»Was soll da groß auffallen?«

Es gibt ganz harmlose Sätze, die tief in die Seele dringen und dort explodieren. Wolters reckte das Kinn vor, überwand alle bürgerlichen Moralbegriffe und sagte: »Ich nehme zwei dieser Hosen.«

Das nennt man den Erfolg der Verkaufspsychologie!

Verhältnismäßig einfach vollzog sich der Kauf von Schuhen, Pullover, Waikiki-Hemd, Schirmmütze und bunten Söckchen.

Bei den Jeans wurde es schwieriger — der »hohe Magen« war immer mit zwei bis drei Zentimetern im Wege.

Endlich fand man einen Kompromiß, eine Hose, die am Bund etwas zu weit, aber mit einem Gürtel zusammenzuziehen war. Die Länge stimmte.

»Ich habe eben eine absolute Konfektionsgröße«, behauptete Wolters. Nur fehlte den Jeans der »Biß«, die das Bein modellierende Enge, bei der man rätseln muß: Platzt die Hose beim Sitzen oder nicht ...

Nach zwei Stunden verließ Wolters die Boutique »Men's Club« wie ein anderer Mensch. Die Jogging-Schuhe verleiteten zu einem anderen Gang, zu einer Art Fußgymnastik. Das winzige Badehöschen unter den Jeans kniff zwar etwas im Schritt, aber das würde sich »einweiten«, wie die zauberhafte Elfe in der Boutique erklärt hatte. Das Material schmiege sich an. Dabei hatte sie die Lippen gespitzt, was Wolters bei diesem Thema nun doch etwas unpassend fand.

Beim Rückweg machte er einen Abstecher zum Auto, packte seine alten Sachen in den Kofferraum, rückte seinen Mützenschirm zurecht und ging dann beschwingt zum Strand. Er hatte das prickelnde Gefühl, daß viele ihm nachblickten, vor allem die Frauen.

So ist das nun einmal, dachte er mit ein wenig Bitterkeit. Ein paar moderne Fetzen am Leib, und schon ist man »in«, wie es so blöd heißt. Die Industrie setzt Wertmaßstäbe, nicht der Geist ...

Trotzdem befand er sich in einer gewissen Hochstimmung, und um ihr noch mehr Ausdruck zu verleihen, blieb er an der Eisbude stehen, kaufte sechs Eis, lieh sich ein Tablett und balancierte die Becher zum Strand.

Der Aufmarsch der Berufsliebhaber war wieder komplett. Walter und Manfred tobten im Wasser herum, Eva, Gabi und Dorothea spielten wieder Ball — natürlich mit einer Gruppe junger Männer. Es war erstaunlich, wie jugendlich selbst Dorothea durch den Sand hüpfte. Dabei hatte sie in Bamberg immer wieder über ihre Bandscheibe und über Ermüdungsschmerzen in den Beinen geklagt.

Wie paßte das zu der sportlichen Elastizität, die sie hier an den Tag legte?

Wolters knöpfte sein Hemd auf, ließ es um die entblößte Brust flattern und zeigte auf diese Weise ein goldenes Medaillon, das er ebenfalls erstanden hatte. Ein Anker à la Dali an einem Goldkettchen war es. Bis heute hatte er so etwas affig gefunden, aber als das Herzchen in der Boutique ihm das Kettchen mit dem Goldanker um den Hals gelegt hatte und er sich und sie im Spiegel betrachtete, fand er diese Mode auf einmal zumindest diskutabel.

»Sie haben eben die richtig Brust, um dort Anker zu werfen!« hatte das Zwitschermündchen gesagt. Wolters erkannte das nun auch.

Anker und Kettchen kosteten rund 250 Mark. Na also!

Ein ganzes Jahr lang gönnte man sich nichts. Alles nur für die Familie! Aber einmal durfte man ja wohl auch an sich selbst denken.

»Hali-halo-hala, der Eisman ist da!« rief Wolters und trat in den Kreis der Ballspieler. Erst jetzt erkannte Dorothea ihren Mann und ließ die Arme sinken. Gabi lief herzu, und auch Eva verzichtete auf des Weiterspielen und kam angerannt.

Wolters hielt sein Tablett mit den Eisbechern wie ein Kellner vor sich. »Bitte zugreifen, meine Herrschaften!«

Der Wind blähte sein offenes Waikiki-Hemd, der Goldanker blitzte auf seiner Brust, die Schirmmütze zwickte etwas, die Badehose kniff noch immer.

Dorothea starrte ihren Mann entgeistert an. »Wie siehst du denn aus, Muckel?« fragte sie betroffen.

»Ich habe mir erlaubt, mit der Mode zu gehen ...«

»Wer hat dir denn das angedreht?« rief Gaby völlig respektlos. »Ausgerechnet dir ...«

»Was heißt angedreht? Und was heißt ausgerechnet mir?«

»Du — und Jogging-Schuhe!«

»Und das Goldding auf der Brust!« sagte Dorothea mühsam beherrscht.

»Ein goldener Anker!« bestätigte Hermann Wolters.

»Die Mütze! Zum Kugeln!« lachte Gabi.

»Mit dummen Gänsen soll man nicht diskutieren!« erwiderte Wolters steif. »Wer möchte ein Eis?«

Nun war auch Eva herangekommen und griff nach einem Becher. Sie sagte gar nichts, und gerade auf ein Wort von ihr hatte Wolters sehnsüchtig gewartet.

»Was halten denn Sie von meinen Neuerwerbungen?« fragte er, als sie schweigend den Deckel vom Eistöpfchen hob.

»Schick! Sie sehen ganz anders aus. Man muß sich erst daran gewöhnen.«

»Das ist es!« sagte Dorothea. »Ungewohnt . . .«

»Ihr werdet euch in Zukunft noch an vieles gewöhnen müssen!« rief Wolters erregt. »An viel Neues! Das ist erst der Anfang.«

Manfred und Walter kamen aus dem Wasser, triefend und johlend. Sie schüttelten sich wie Hunde und starrten ihren Vater an.

»Das ist gut!« sagte Walter, ohne auf Dorotheas warnenden Blick zu achten. »Phantastisch, Paps, daß du die Urlaubskasse auffrischst.«

»Was tue ich?« fragte Wolters entgeistert.

»Ich denke, du läufst jetzt Reklame! Oder hast du dich nicht als männliches Mannequin anwerben lassen?«

»Jetzt reicht es mir aber!« schrie Wolters. Mit einem Schwung warf er Tablett samt Eisbechern weit weg in den Sand. »Mein Gott, was ist meine Familie doof!«

»Auf einmal sagst du selbst doof!« rief Manfred. »Ausgerechnet du! Und ich darf das nie . . .«

Wütend stapfte Wolters davon, ging zu den im Sand ausgebreiteten Badetüchern, streifte sein Waikiki-Hemd ab, schleuderte die Jogging-Schuhe von den Füßen und zog die neuen weißen Jeans aus. Das Minibadehöschen kam zum Vorschein.

»O Himmel, nein!« stotterte Dorothea ergriffen und legte haltsuchend den Arm um Walters Hüfte. »Paps hat wahrscheinlich so was wie einen Sonnenstich bekommen. Junge, geh hin und versuche zu retten, was noch zu retten ist!«

9

Aber mit Hermann Wolters war nicht zu reden. Die Dinge mußten ihren Lauf nehmen, und keiner wußte, wo sie hintrieben.

Wer sich im Seelenleben der Männer auskennt, ist darüber nicht verwundert. Das Bewußtsein, von der Umwelt beachtet zu werden, wiegt schwerer als die Opposition der Familie. Das Gefühl einer gewissen Befreiung spielt da auch mit, ein Ausbrechen aus jahrzehntelanger Norm, aus festgefahrenen Konventionen, aus dem Trauma, alt zu werden und zu einer nicht mehr diskutablen Generation zu gehören. Einer Generation, der man nicht mehr zutraut, daß sie noch Mädchenblicke auf sich ziehen kann.

Außerdem erinnerte sich Wolters an einen Satz vom Kollegen Dr. Simpfert, den er bislang immer für obszön gehalten hatte, nun aber in seiner ganzen psychologischen Tragweite verstehen lernte: »Ein Mann ist nie verloren, solange er noch Gefühl in den Fingerspitzen hat...«

Natürlich versuchte Walter, seinen Vater auf dessen unzeitgemäßen jugendlichen Drang aufmerksam zu machen.

»Paps«, sagte er, »zieh bitte diese Badehose aus.«

»Das wäre das letzte!«

»Ich meine: Wechsele sie...«

»Kümmere dich um deine Angelegenheiten!« bellte

Wolters zurück. »Da ist genug Dreck vor der Tür fortzukehren!«

»Du bist kein Typ für so eine Badehose, Paps.«

»Das bestimmst du, was?«

»Guck doch mal in den Spiegel...«

»Das habe ich, mein Sohn! Ich gefalle mir — und anderen auch...«

»Wem denn?«

»Das geht dich gar nichts an. Jedenfalls kleidet mich dieser Schwimm-Slip!«

»Ich würde das Gegenteil behaupten. Mami ist entsetzt.«

»Bin ich entsetzt über ihren tief ausgeschnittenen Badeanzug?«

»Das ist etwas ganz anderes.«

»Wieso ist das etwas anderes?«

»Bei Mamis Figur sieht das toll aus. Bei dir — lächerlich...«

»Ich möchte dir eine kleben, du Flegel!«

»Bitte nicht, Paps. Das könnte zu Komplikationen führen.«

»Und wenn du fünfzig bist und ich siebenundsiebzig du bleibst mein Sohn, und ich haue dir eine runter, wenn du deinen Vater beleidigst! Ihr könnt mir alle über den Kopf wachsen, aber nicht über die Hand. Ist das klar?«

»Völlig klar, Paps. Bitte, zieh dich um...«

Aber alles war vergeblich. Wolters verschanzte sich hinter seinem heroischen Widerstand, behielt das Minimum von Badehose an und stolzierte damit am Meer auf und ab. Es wirkte etwas steif, weil er seinen »hohen Magen« beim Gehen einzog, um eine schlankere Linie vorzuweisen. Ganz gefährlich allerdings wurde es, als er in die Wellen hüpfte und dadurch regelrecht nackt wirkte.

Dorothea schämte sich und spürte, wie sie unaufhaltsam rot wurde.

»Unternimm doch etwas, Walter!« sagte sie klagend zu

ihrem Ältesten. »Du kannst doch deinen Vater nicht so herumlaufen lassen!«

»Er ist stur wie ein Panzer. Er droht mir Schläge an.«

»Mein Gott! Versuch es trotzdem noch einmal, bitte!«

»Sag du ihm doch was!«

»In dieser Situation hört er bestimmt nicht auf mich.«

»Wenn Paps aus dem Wasser kommt, verdrücke ich mich«, sagte Gabi. »Ich will nicht, daß alle Leute sehen, daß er mein Vater ist.«

»Ich finde Paps dufte.« Manfred hatte ein Eis aus dem Sand gerettet und löffelte den Becher aus.

»Du hältst den Mund!« Dorothea blickte ihren großen Sohn flehend an. »Walter, geh noch einmal zu ihm. Wer weiß, was er noch vorhat! Er hat angedroht, daß wir uns noch wundern würden.«

»Vielleicht geht er in den nächsten Rockschuppen und legt eine heiße Sohle hin ...«

Mit Entsetzen beobachtete Walter, wie Hermann Wolters im Wasser die Bekanntschaft von zwei jungen Damen machte und mit ihnen den Wellen entgegenlief. Er juchzte sogar, was wie ein Jodler klang, ließ sich von einer großen Welle hochtragen und verschwand dahinter im Wellental. Prustend tauchte er wieder auf und stieß abermals eine Art Urlaut aus. Die beiden jungen Damen faßten ihn links und rechts an der Hand, und gemeinsam rannten sie den nächsten Wellen entgegen.

»Na also, da haben wir's schon!« sagte Walter. »Paps in voller Aktion. Was hat er gestern abend gesagt: Eine Luft wie Champagner wäre hier. Mami, wir müssen verhindern, daß er sie zu tief einatmet.«

»Mit dummen Witzen ist hier nichts getan«, meinte Dorothea sorgenvoll. »Es muß etwas geschehen.«

»Nicht von meiner Seite. Du bist seine Frau, geh du hin! Du kannst ihn noch schlagen, indem du, oben ohne, gehst.«

»Eva ...« Dorothea wandte sich um. Die ganze Sache

war ihr unglaublich peinlich, aber wer mit Familienanschluß dabei ist, muß auch an den Familienproblemen teilhaben. »Was sagen Sie denn dazu? Ich kenne meinen Mann nicht wieder.«

»Ich würde nichts unternehmen, Frau Wolters«, erwiderte Eva und sah dem Spiel von Hermann Wolters in den Wellen zu.

»Nichts?«

»Nein, gar nichts. Einfach ignorieren. Die Tatsache hinnehmen, keine Trotzreaktionen herausfordern. Das wirkt immer.«

»Gefällt Ihnen denn der neue Hermann Wolters?«

»Besser als der alte . . .«

Da haben wir es, dachte Dorothea erbittert. Da liegt der Antrieb dieser spontanen Verjüngung. Studienrat Hermann Wolters gockelt vor einer Studentin, die seine Tochter sein könnte. Bis an die Grenze der Lächerlichkeit geht er, um konservierte Jugend zu demonstrieren. Und Eva findet das auch noch gut. Soll ich das einfach so hinnehmen? Soll ich das still dulden? Ein Spuk von fünf Wochen, und danach wird Hermann wieder der Studienrat für Erdkunde und Geschichte sein, der die Menschen nach ihrem Wissen über die ägyptischen Dynastien beurteilt . . .

Wolters kehrte aus dem Wasser zurück. Es lag am Material des Bade-Slips, daß er in nassem Zustand noch enger wirkte als vorher. Wenn man dazu dann noch mit eingezogenem »hohem Magen« herumstolziert, kann man sicher sein, einen Blickfang zu bieten.

Dorothea schämte sich in Grund und Boden.

Gabi machte ihre Drohung wahr. Sie setzte sich von der Familie ab, damit niemand sah, daß sie zu diesem Vater gehörte.

Lediglich Eva ging Hermann Wolters entgegen, was Dorothea in diesem Augenblick als ausgesprochen geschmacklos empfand, und Manfred sagte wieder:

»Ich weiß gar nicht, warum ihr euch alle so aufregt ... Die andere Badehose war doch doof.«

Walter legte den Arm um die Schulter seiner Mutter und starrte entsetzt auf seinen Vater, der auf Eva einredete, mit ihr anscheinend einig wurde und dann mit ihr am Ufer zu einem Dauerlauf ansetzte, in bester schulischer Manier mit angewinkelten Armen. Von hinten sah Hermann Wolters noch bemerkenswerter aus. Da bildete der Slip nur einen dünnen Stoffstreifen und gab die Wölbungen ungehindert frei.

»Ich schäme mich so ...« stammelte Dorothea. »Was ist nur in Paps gefahren!«

»Man sollte zurückschlagen, Mami«, sagte Walter. »Und zwar gewaltig ...«

»Wie denn, Walter?«

»Dreh doch auch mal auf, Mami. Du mit deiner Figur hast doch haufenweise Chancen. Dir laufen doch die Männer nach.«

»Red nicht solch einen Blödsinn!«

»Du hast es nur noch nie versucht. Du hast nie einen anderen Mann angesehen!«

»Natürlich nicht. Das wäre mir nie in den Sinn gekommen.«

»Das ist es ja! Paps ist deiner zu sicher. Immer nur er der Mittelpunkt der Welt. Kein Anlaß zur Sorge ... Mami, zeig ihm endlich mal, was du kannst, wenn du willst! Laß ihn heißlaufen! Flirte auf Teufel komm raus!«

»Das gäbe ein Drama, Walter.« Dorothea blickte ihrem Mann nach, der an ihnen vorbeitrabte. Der goldene Anker auf der Brust blitzte und hüpfte, aber ebenso hüpften seine freien Hinterbacken. Es war zum Verzweifeln. Außerdem pustete er und hatte einen tiefroten Kopf. »Ich kann doch nicht einfach ...«

»Du kannst, Mami!« widersprach Walter. »Reiß dir einen Typ auf, und Paps wird wie eine Turbine rotieren. Du kaufst dir einen Bikini, so einen Tanga ...«

»Nie! In so einem Ding ist man ja fast nackt!«
»Du kannst dir das leisten. Du siehst besser aus als neunzig Prozent aller Frauen hier am Strand. Und dann suchst du dir einen Typ aus und legst eine gewaltige Schau hin. Ich helfe dir dabei. Ich sage dir, wie du's machen mußt...«

»Und wenn Paps nun genau gegensätzlich reagiert?«

»Ausgeschlossen! Der kommt auf dem Zahnfleisch angekrochen.« Walter drückte seine Mutter an sich. »Nur Mut, Mami, und keine Angst! Ich werde immer in der Nähe sein und aufpassen, daß es nicht ausufert. Wenn's zu heiß wird, komm' ich löschen.«

»Und so was ist mein Sohn! So was habe ich großgezogen!« Dorothea sah ihren Mann zurückkommen. Er pumpte heftig beim Laufen. Das Höschen war geradezu ein Witz. Wolters in dieser Aufmachung zu begleiten, dazu gehörte schon Mut – oder Schamlosigkeit. Eva Aurich schien beides zu besitzen.

»Also gut, wenn du meinst...« sagte Dorothea gedehnt zu Walter.

»Geh ran an das Abenteuer, Mami! Zeig ihm, was du kannst! Und sag jetzt kein Wort mehr zu Paps. Mit Worten ist er nicht zu schlagen, das weißt du doch.«

Es wurde ein stiller Tag.

Gabi blieb abgesondert von der Familie, sah gelegentlich mit finsteren Blicken zu ihrem Vater hinüber und wunderte sich, daß Mami so ruhig blieb. Walter verschwand nach dem Mittagessen, das aus einer Cola und einem Paket Keksen bestand. Er bewerkstelligte das auf raffinierte Weise. Er schwamm ins Meer hinaus, schlug einen Bogen, kam in einiger Entfernung an Land und verdrückte sich. Dann lief er am Strand entlang, bis er etwas außerhalb der Liegestuhlreihen Ingeborg im Schatten eines alten, kieloben liegenden Bootes entdeckte.

Sie lag auf dem Rücken, hatte einen neuen Tanga an,

sah verführerisch wie eine Meerjungfrau aus, wobei der Begriff Jungfrau natürlich nur rein poetisch zu verstehen ist, und hatte die Augen geschlossen.

Walter näherte sich ganz leise, legte sich neben sie, blickte sich um und küßte dann ihre Brust. Seine Hände streichelten Ingeborgs warmen, glatten Körper. Ingeborg zitterte unter seinen zärtlichen Fingern und dehnte sich wohlig.

»Du kommst spät«, sagte sie und hielt seine Hände fest, als er das Oberteil ihres Tangas abstreifen wollte.

»Ich konnte nicht eher. Mein Vater dreht durch...«

»Hat er was von uns gemerkt?«

»Das nicht! Aber er fängt an, wieder zwanzig zu werden. Na, sagen wir: dreißig. Das genügt auch. Läuft mit einer Art stilisiertem Feigenblatt herum.«

»Du lieber Himmel, dein Vater?«

»Bei uns ist vielleicht ein Aufruhr! Mutter rennt herum wie eine Henne, die ihr Ei sucht. Gabi tut, als ob sie Papa nicht kennt. Und Eva ist dabei, den neu blühenden Alten behutsam zu beschneiden.«

»Das macht die Seeluft«, sagte Ingeborg weise.

»Blödsinn! Das macht Evas stramme Oberweite. Ich sehe doch, was da läuft. Der alte Spinner! Spaziert mit eingezogenem Bauch herum und trägt zum Tangahöschen eine Schirmmütze mit dem Aufdruck ›Panther‹.«

»Deine Unpünktlichkeit ist entschuldigt.« Ingeborg räkelte sich unter Walters streichelnden Händen. »Fang nicht wieder an! Um uns herum liegen Leute! Walter, laß das!« Sie schob ihn mit beiden Armen von sich weg und richtete sich auf. »Wie soll das überhaupt weitergehen? Willst du dich jeden Tag und jede Nacht heimlich wegschleichen?«

»Mal sehen, ob ich das jede Nacht aushalte...«

»Idiot!« Gespielt böse blickte sie aufs Meer. »Es wäre doch einfacher, ich kreuzte bei euch auf und sagte: ›Hier bin ich. Ich hab's ohne Walter einfach nicht ausgehalten. Macht, was ihr wollt, ich bin eben da!‹« Sie lehnte sich gegen Walter und schlug ihm auf die Finger, weil er ihr den BH aufbinden wollte. »Wie würden deine Eltern reagieren?«

»Der Alte vermutlich gar nicht. Der jongliert jetzt mit seinen eigenen Problemen herum. Und Mutter? Ich weiß nicht . . . Sie kann mir gegenüber sehr großzügig sein.«

»Na also! Wagen wir es?«

»Nein!«

»Feigling!«

»So etwas geht doch nicht ohne Erklärungen.«

»Dann erkläre es doch.«

»Wie denn?«

»Ich liebe sie, sie liebt mich . . . Ist das nicht genug?«

»Über einen solchen Satz sollte man sich erst ohne jeden Zweifel im klaren sein . . .«

»Du Ekel!« Ingeborg schob Walter von sich und lehnte sich gegen das alte verrottete Boot. »So kann es jedenfalls nicht weitergehen, Walter.«

»Warum nicht?«

»Wie kann man nur so dusselig fragen! Es gibt außer dir noch andere Männer in Diano Marina. Und ich sehe nicht gerade aus wie ein räudiges Schaf. Hast du eine Ahnung, welche Mühe ich habe, die Männer abzuwehren! Ich brauche nur einmal über die Piazza zu gehen, da pfeift es aus allen Ecken. Ob ich ein Eis esse, ob ich 'ne Limonade trinke, ob ich mir Spaghetti bestelle — immer pirschen sich die Kerle ran. Als alleinstehendes Mädchen hast du hier keine Ruhe, nie und nirgends. Sogar der Sohn von meinem Pensionsinhaber wollte vor drei Tagen in mein Zimmer.«

»Den haue ich zusammen« schrie Walter. »Aus dem mache ich Sardellenpaste!«

»Was nützt das? Statt seiner kommen zwanzig andere. Ein Mädchen allein an der Riviera — das ist, als wenn du ein Schild vor dem Bauch trägst: ›Wer will mal . . .‹ Die Kerle hier glauben wirklich, daß du nur deswegen herkommst.« Ingeborg zog ihren BH höher und strich sich die flatternden Haare aus dem Gesicht. »Es fällt mir immer schwerer, mich dagegen zu wehren.«

Das war eine Bombe. Bei Walter schlug sie auch prompt ein und ließ ihn hochfahren. »Was redest du da?«

»Ich bin nicht aus Gußeisen — und selbst das kann mal zerbrechen.«

»Du könntest wirklich ...«

»In der größten Not frißt der Elefant seinen Rüssel.«

»Laß die dummen Sprüche!« Walter war sichtlich unruhig geworden. Das leuchtende Beispiel seines Vaters zeigte ihm, daß die Mittelmeerluft anscheinend eine exzessive Wirkung ausüben konnte. Man müßte sich tatsächlich mehr um Ingeborg kümmern ... Aber andererseits war da Eva, die Walter immer noch im Hirn herumspukte. Er war ihr endlich ein bißchen nähergekommen eine Tatsache, die ihn auf angenehme Tage hoffen ließ.

Oft ist es rätselhaft, woher Männer ihren Optimismus in bezug auf Frauen nehmen. Aber bei Walter hatte sich der Wahn festgesetzt, daß Ingeborgs Anwesenheit ihn in Evas Augen nur interessanter machen mußte. Vermutlich, so meinte er, hatte sie deshalb gestern nacht bei der Rückfahrt aus dem »Sirena« ihren Kopf an seine Schultern gelehnt. Daß sie vielleicht bloß müde gewesen sein könnte, fällt einem eitlen Mann nicht ein. Und alle Männer sind eitel — am meisten die, die lauthals dagegen protestieren!

Unter diesen Aspekten jedoch erschien es Walter wenig ratsam, Ingeborg als Nachgereiste in die Familie zu integrieren. Das große Erlebnis Eva würde dann ausfallen, und dieser Gedanke schmeckte Walter noch nicht. Wie alle Männer besaß auch er einen ausgeprägten Jagdinstinkt, und man muß zugeben, daß Eva sehr wohl ein Wild war, das zu erlegen sich lohnte.

Beredsamkeit, komm mir zu Hilfe ...

»Bei der augenblicklichen Familiensituation wäre es unklug, dich auch noch auftauchen zu lassen«, sagte Walter in überzeugendem Tonfall. »Warte noch eine Woche.«

»Eine ganze Woche?«

»Es bleibt dann immer noch vier gemeinsame übrig. Übrigens — wer in unsere Familie kommt, muß Ställe ausmisten . . .«

»Was muß er?«

»Wir haben ein Ferienhaus gemietet, das alles enthält, um einen Urlaub unvergeßlich zu machen.«

»Ihr habt da oben Viecher?«

»Schafen und Ziegen.«

»Süße, kleine Zicklein?«

»Stinkböcke!«

»O Walter, ich liebe Tiere. Ich bin ganz verrückt nach Tieren! Ich könnte bei Tieren schlafen!«

»Das kannst du haben! Für dich ist nämlich kein Bett mehr im Haus frei.«

»Ich habe meinen Schlafsack bei mir — für alle fälle. Ich bin also autark. Ich kann überall schlafen — im Flur, vor der Haustür, im Garten, im Schuppen, unter einem Busch . . . Du, zeig mir doch mal das Haus.«

Walter zögerte, aber Ingeborg fuhr, um ihn zu überzeugen, eine Waffe auf, gegen die jeder halbwegs gesunde Mann hilflos ist. Sie flüsterte ihm nämlich zu, daß man im Haus ja allein sein würde, ohne beobachtende Augen, ohne Risiko, und daß alles in ihr flimmere und Sehnsucht habe — und überhaupt . . .

Es ist teuflisch, was eine Frau so alles von sich geben kann, um ans Ziel zu kommen. Eine herrliche Hölle!

Walter kapitulierte. Er zog Ingeborg hoch, rollte ihr Badetuch zusammen und fuhr mit ihr zum Ferienhaus.

Mit kleinen Begeisterungsschreien stürmte Ingeborg in den Weingarten und tätschelte die Schafe und Ziegen, fand die Aussicht von der Terrasse einfach himmlisch, das Haus irre und die Idee, solch ein Domizil zu mieten, genial.

Ins Haus selbst konnten sie nicht, die Schlüssel hatte Hermann Wolters in der Tasche, aber der kleine Anbau, der früher eine Waschküche gewesen war, war ganz dazu geschaffen, ein Stück Paradies zu werden.

Zwischen Kartons, Kisten, alten, zerbrochenen Möbeln und einem zerrissenen Teppich zog Walter eine zerschlissene Matratze hervor und schob sie vor den Betonwaschkessel. Ein Garten Eden hat viele Gesichter ...

»Wie schön ist es hier«, sagte Ingeborg, als sie auf der Matratze lagen. »Ach, Walter, und da behaupten die Leute, das Leben sei so kompliziert. Die haben ja keine Ahnung! Es ist doch ganz einfach, wenn man nur will ...«

Das stimmt. Nur jung muß man sein.

Herrlich jung. Und von den Haarspitzen bis zu den Zehenspitzen verliebt.

Am Strand hatte sich die Lage nicht verändert.

Wolters lag auf dem Rücken, glänzte wie eine Speckschwarte vom Sonnenöl und las die Zeitung. Eingerieben hatte ihn Eva, was er als ausgesprochen tiefenwirksam empfand.

Ihre kreisenden Hände waren für ihn wie ein Streicheln, das nie aufhören sollte. Dorothea konnte ihn mit solcher Zartheit nicht einreiben. Der Druck ihrer Hand war gröber, ungebremster, bäuerlicher. Bei Eva spürte man die Liebe zur Haut.

Außerdem hatte Dorothea sich geweigert, ihn einzuölen. Und Gabi war einfach weggelaufen, als Wolters mit der Ölflasche zu ihr gekommen war. Manfred hatte immer sandige Finger, und das kratzte auf der Haut. Nur Eva war sofort bereit gewesen, ihn zu salben – und so kam sich Hermann Wolters hinterher auch vor: wie ein Gesalbter, ein Auserwählter, von ihrer Hand Auserkorener.

Der Schwachsinn von Männern mit Johannistrieben ist erschütternd.

Dorothea und Manfred hatten sich ein Tretboot gemietet und schwammen nun auf der ruhigen, wie ein Brett daliegenden See. Manfred hatte so lange gequengelt, bis Dorothea nachgegeben hatte.

Im übrigen benahm sich der Kleine erstaunlich brav, gesittet und unauffällig, ganz im Gegensatz zu früheren Ferien, wo er zum Schrecken der Familie, der anderen Feriengäste und aller sonstigen Personen wurde, die mit ihm in Berührung gekommen waren.

An der Nordsee hatte er einmal einen herumzischenden Feuerwerksknaller zwischen den Strandburgen losgelassen und hinterher eingestanden, diesen Silvester geklaut und extra für die Ferien aufgehoben zu haben. Auch die uralten Zeitungswitze von versteckten Bikini-Oberteilen hatte er in die Tat umgesetzt. Geradezu berühmt geworden aber war sein Marsch durch die für den FKK-Club reservierten Dünen, wo er von Dünental zu Dünental gezogen war, sich die erschrockenen Pärchen betrachtet und gesagt hatte: »Mein Papa hat aber mehr ... und meine Mama auch!«

Allerdings, so wie Manfred sich jetzt benahm, hätte man Eva Aurich einsparen können. Sie war nicht nötig, um ihn an die Leine zu nehmen.

»Er wird ja auch langsam ein richtiger Mann!« hatte Eva in seiner Gegenwart einmal gesagt, als Dorothea ihr Erstaunen über sein verändertes Verhalten geäußert hatte. Manfred hatte das gut gefunden, gar nicht doof, und sich für diese Einschätzung bei Eva bedankt, indem er zum Beispiel die neue Badehose seines Vaters als ganz dufte bezeichnete. Hermann Wolters hatte ihm dafür eine ganze Mark — umgerechnet in Lire — spendiert, damit er sich ein Rieseneis kaufen konnte.

Mit kleinen Stichen in der Herzgegend beobachtete Dorothea jetzt vom Boot aus, wie sich Eva neben Wolters auf das Badetuch setzte, gewissermaßen Haut an Haut.

Was finden so hübsche, junge, weltoffene Mädchen eigentlich an alternden Männern? dachte Dorothea. Lassen wir die mal aus, die nur das Geld reizt — das sind allerdings die meisten. Ein dickes Bankkonto, ein bekannter Name, die Aussicht, das Leben einer Drohne in Skiorten, Seebädern, Luxussuiten oder auf weißen Jachten führen zu können, in St. Tropez oder auf den Bahamas, in St. Moritz oder Florida — das sind die Leimruten, an denen die willigen Geschöpfe kleben bleiben.

Aber ein Studienrat Hermann Wolters aus Bamberg?

Nun gut, sie, Dorothea, hatte ihn auch geliebt und geheiratet. Sie hatten drei Kinder bekommen, und die werden nicht durch das Betrachten von Bildern gezeugt. Sie liebte ihn auch noch immer, vielleicht sogar tiefer und inniger als damals, als junges Mädchen, das gerade Abitur gemacht hatte und im ersten Semester für Kunstgeschichte stand.

Aber die Jahre machten auch kritischer. Der Strahlemann Wolters ihrer Jugend hatte viele Macken — doch die merkt man erst später. Aber das ist gut so. Ein Mann ohne Ecken ist langweilig. Ein glatter Mensch ist wie aus Wachstuch gemacht. Und dennoch bleibt die Frage: Was fasziniert ein junges Mädchen an einem älteren Mann? Die Lebenserfahrung? Der Lehreffekt? Die Bewunderung für ein gemeistertes Leben? Oder ist es ganz einfach ein Vaterkomplex, eine Freudsche Flucht in die Geborgenheit und Sicherheit der verlorenen Kinderjahre?

»Mami, wir treiben ab!« sagte Manfred und unterbrach Dorotheas Gedanken. »Du trampelst ja gar nicht.«

»Und wie ich trampele, mein Liebling!« Sie riß sich von dem Bild am Strand los. »Und wir lassen uns auch nicht abtreiben. Wir halten die Stellung!«

Auf dem Badetuch hatte man ganz andere Probleme. Wolters legte die Zeitung weg, blickte Eva an, die sich neben ihn gesetzt hatte, und beglückwünschte sich selbst zu der Perspektive, in der er ihre Figur nun sah.

Er blähte die Nasenflügel... Ein leichter Duft von Limonen flog zu ihm. Evas Schutzcreme — sie hatte eine sonnenempfindliche Haut – roch danach. Für Wolters war es der Duft aus den Hängenden Gärten der Semiramis.

Eva zog die Beine an und legte ihr Kinn auf die Knie.
»Darf ich Ihnen eine Frage stellen, Herr Wolters?«
»Jede . . .«
Er betrachtete ihre schlanken Oberschenkel und atmete durch die Nase wie durch eine enge Röhre.
»Gelten die drei Wünsche noch, die ich frei habe?«
»Welche Frage! Die Fee ist immer bereit.«
»Den ersten Wunsch hätte ich schon . . .«
»Heraus damit – er ist bereits erfüllt!«
»Ziehen Sie wieder Ihre alte Badehose an.«
Wolters war zumute, als bekäme er vom Erdinneren her einen Schlag ins Kreuz. Er richtete sich ruckartig auf.
»Die neue gefällt Ihnen nicht, Eva?«
»Nein.«
»Irritiert sie Sie?«
»Ja . . .«
Das war, wenn man es mit den Augen eines Johannistrieblers betrachtet, ein Kompliment, nur wußte Wolters nicht, ob er jetzt »danke« sagen oder es stillschweigend hinnehmen sollte. Er entschloß sich für schweigende Zustimmung.
»Wenn das Ihr erster Wunsch ist, Eva – ich habe es versprochen: Er ist erfüllt. Nun bin ich wahnsinnig gespannt auf den zweiten Wunsch!«
»Ich fühle mich in Ihrer Familie so zu Hause, so heimatlich, daß es mein Wunsch wäre – sagen Sie du zu mir. Dieses Sie paßt irgendwie nicht zu uns . . .«
»Mit Freuden erfüllt! Du hast recht, Eva – das Sie ist immer wie eine Glaswand. Was hat eine Glaswand zwischen Familienmitgliedern zu suchen!« Sein Herz hüpfte so verrückt, daß er die Lippen zusammenkniff aus Angst, sie könnten zittern. »Jetzt muß die gute Fee dir aber einen Kuß geben, um das Du zu besiegeln . . .«
(So dusselig können Männer reden!)

»Bitte, Hermann ...«

Wolters hatte das Empfinden, seinen Namen noch nie so glockenrein gehört zu haben. Es war Melodie in Evas Stimme, eingebettet in Sehnsucht: Hermann ... Du lieber Gott, wieviel verborgene Schönheit konnte das Leben doch noch schenken!

Behutsam nahm er Evas Kopf zwischen seine Hände, zog ihn zu sich heran und küßte ihre leicht geöffneten Lippen. Sie schmeckten nach Himbeeren, fand er, was ihn fast betäubte vor Wonne. Nur der Schirm seiner Mütze war im Weg — er schabte über Evas Stirn, was sie veranlaßte, den Kuß schnell abzubrechen.

Ein Mistding von Mütze, dachte Wolters wütend. Sie fliegt mit der Badehose weg! Man kann doch nicht immer, wenn man küssen will, den Schirm wie ein Visier hochklappen. Nicht alles Modische ist praktisch.

Im Tretboot biß Dorothea die Zähne zusammen. Natürlich sah sie den Kuß und war völlig außer Fassung über die Unbekümmertheit, mit der so etwas öffentlich geschah. Wie weit mußte es mit Hermann gekommen sein, wenn er Eva so ungeniert küßte, wo er doch wußte, daß seine Frau mit Manfred ganz in der Nähe mit einem Tretboot auf dem Wasser herumfuhr.

»Wir kehren um, Liebling«, sagte Dorothea. Ihre Stimme klang belegt und gepreßt

»Die Stunde ist aber noch nicht rum, Mami ...« Der Kleine zog einen Flunsch.

»Ich kann nicht mehr, Manfred. Mir tun die Beine weh.«

»Von so'n bißchen Trampeln?«

»Mami ist nicht mehr so jung wie Eva ...« Das klang bitter, und es tat auch weh, es auszusprechen. »Das nächste Mal fährt sie mit dir. Eva hat viel mehr Schwung ...«

»Sie hatte aber vorhin keine Lust dazu.«

»Ich weiß. Sie wird ihre Gründe haben ...«

Sie trampelten an den Strand zurück, der Bootverleiher

zog das Boot aufs Trockene und sagte in gebrochenem Deutsch: »Zeit nix um. Noch halbe Stunde. Bott nix gutt? Anderes Bott?«

»Nein, danke.« Dorothea schüttelte den Kopf. Ein Weinen saß ihr in der Kehle. »Das Boot ist in Ordnung.«

»Mami tun bloß die Beine weh«, rief Manfred enttäuscht. »Ich hol' schnell Eva. Können wir dann weiterfahren?«

»Si, ragazzo.«

»Was sagt er, Mami?«

»Du darfst . . .«

Dorothea blieb am Boot stehen, während Manfred zu Eva lief, mit wilden Armbewegungen auf sie einredete und sie dann mitbrachte. Lachend und völlig unbefangen trat Eva auf Dorothea zu.

»Na, dann wollen wir mal!« sagte sie fröhlich. »Wo willst du hin, Manni? Nach Afrika rüber?«

»Es tut mir leid, daß ich Sie holen ließ«, erwiderte Dorothea steif. »Aber Manfred war so schnell bei Ihnen, daß ich ihn nicht zurückhalten konnte. Außerdem merke ich, daß ich einen tollen Muskelkater von dem Strampeln bekomme. Man ist ja nicht mehr die Jüngste, als Mutter von drei Kindern . . . Ihnen war es nicht langweilig?«

»Aber nein! Wir haben uns sehr gut unterhalten.«

In Dorothea gärte es. Du Schlange, nimm dir nicht zuviel heraus! Ich zertrete dir den Kopf! Noch bin ich da und heiße Frau Wolters! Noch bist du nicht an meiner Stelle und wirst es auch nie sein!

»Ich habe Ihren Mann um etwas gebeten«, fuhr Eva fort, »was ich auch Ihnen sagen möchte: Bitte, nennen Sie mich du . . .«

»Mein Mann hat zugestimmt?«

Was für eine blöde Frage — man hatte es ja sehen können! Hunderte am Strand haben es gesehen. Während die Ehefrau auf dem Wasser ist, küßt der Ehemann junge Mädchen . . .

»Ja, sofort.« Eva lächelte. »Ich fühle mich so wohl in Ihrer Familie, ich bin wie zu Hause, ich könnte, wenn es nicht zu dumm wäre, Mutti zu Ihnen sagen ... zu ... dir. Bitte ...«

»Also, Eva, gute Fahrt — und paß auf, daß Manni nicht ins Wasser fällt. Er hampelt immer so wild herum.«

Eva gab Dorothea einen Kuß auf die Wange, sagte: »Danke!« und lief mit Manfred zum Meer, wo das Tretboot wieder auf den Wellen schaukelte.

Dorothea war bei ihrem Kuß wie versteinert geblieben. Ein Judaskuß, dachte sie. Die Freundschaft mit der Ehefrau verwässert den Verdacht! Welch ein Abgrund an Raffinesse. Dieses Mädchen hat das Aussehen eines Engels, aber die Moral eines Satans!

Sie riß sich von dem Anblick der lachenden Eva los, die gerade mit Schwung das Tretboot über die leichte Brandung brachte, und wandte sich ab.

Das Badetuch war leer. Hermann Wolters war gegangen. Ein heißer Stich durchfuhr Dorothea.

Er ignoriert mich. Eva ist weg, also geht er auch. Er hat kein Interesse mehr daran, sich mit seiner Frau zu beschäftigen. Oder — und das ist sogar wahrscheinlicher — er weicht mir aus. Er scheut Fragen und Diskussionen. Mit nonchalanter Feigheit schiebt er die Zeit zwischen sich und mich. Er wird erst wieder auftauchen, wenn wir nicht mehr allein sind.

Dorothea setzte sich auf das Badetuch, zerknüllte Wolters' Zeitung und hätte wieder weinen mögen. Plötzlich haßte sie dieses Meer und diesen wolkenlos blauen Himmel, diese heiße Sonne und das Rauschen der Wellen. Sie haßte dieses ganze bunte Leben, die Stadt Diano Marina, das Ferienhaus ohne Waschmaschine, den verwilderten Weingarten, den Panoramablick von der Terrasse ... alles, alles haßte sie und sehnte sich nach Bamberg in die Wohnung zurück, wo sie so viele Jahre lang glücklich gewesen war.

Im nächsten Jahr war der Bausparvertrag zuteilungsreif. Da hatte Hermann bauen wollen, außerhalb von Bamberg, in der Nähe des Seeschlosses, in ozonreicher Luft, inmitten von Feldern und Gemüsegärten.

Es war fraglich, ob Eva als Nachfolgerin so ein Landleben gefiel. Ihre Welt war bestimmt nicht von einem Zaun und einer Hecke umgeben.

Nachfolgerin... Mein Gott, man sollte Muckel aufs Hirn schlagen, damit er wieder vernünftig wird!

Ein Schatten fiel über Dorothea. Sie blickte erschrocken hoch und sah Hermann vor sich in der Sonne stehen. Er hatte wieder seine alten Schwimmshorts an und seinen weißen Leinenhut auf. In der Hand hielt er zwei Dosen Bier.

»Hast du Durst, Hasi?« fragte er heiser. »Ich hab' mir gedacht, daß du Durst hast. So auf dem Meer im Tretboot zu strampeln...«

Sie schwieg, nickte nur, nahm die Bierdose an und dachte: Nur Ruhe, Ruhe, sonst heule ich gleich los. Er hat sich umgezogen, er sieht wieder wie Hermann Wolters aus. Was ist da bloß passiert? Wie kommt er dazu, seinen Herren-Tanga auszuziehen? Ach, Muckel, in dieser Badehose mit den Beinen siehst du wirklich altmodisch aus. Das muß nicht sein, du bist ja noch kein alter Mann, du bist noch gut in Form. Nur die andere Hose, die war zu klein, zu eng, von mir aus auch zu sexy... Es gibt doch andere Badehosen, Kompromisse... Noch heute kaufen wir dir vernünftige Badehosen, ja, Muckel?

Aber das sprach sie nicht aus.

»Prost!« sagte Wolters und setzte sich neben Dorothea. »Ich habe vorhin mit Eva Brüderschaft geschlossen.«

»Ich auch.«

»Das war ja auch längst fällig. Ein liebes, kluges Mädchen...«

»Das ist sie.« Dorothea nickte und dachte: Und ich bin eine dumme Pute. Glorifiziere meinen Muckel zu einem Casanova hoch.

Sie lachte ein bißchen und meinte: »Das Bier ist köstlich.«

Sie tranken ihre Büchsen leer, lehnten sich aneinander und sahen Eva und Manfred zu, wie sie im Tretboot das Meer eroberten.

»Gefällt es dir hier, Hasi?« fragte Wolters und klapperte mit der Bierdose.

»Es ist wundervoll, Muckel ...«
»Also habe ich mal wieder rechtgehabt?«
»Du hast immer recht.«
»Verlaßt euch nur auf Vater!«
»Wer hätte das je vergessen!«

Das sagt sich so leicht. Aber wie schwer ist es, solche Erkenntnisse dauernd zu verwerten. Und am allerschwersten ist, ein zwanzigjähriges Vertrauen aufrechtzuerhalten, wenn das passiert, was in der nächsten Nacht geschah.

Wir kennen das schon: Chiantiwein wirkt bei Hermann Wolters treibend. Er wachte gegen zwei Uhr auf, schlich aus dem Bett und blickte auf dem Rückweg wieder aus dem Fenster, um Himmel, Meer, Sterne, Mondschein und die zu Stein gewordene Romantik von Diano Marina zu bewundern.

Was er sah, ließ ihn erstarren.

An der Hauswand lehnte eine lange Leiter. Nur ein Stückchen ragte sie über Evas Zimmerfenster hinaus.

10

Es ist bekannt, daß das »Fensterln« in Bayern zu den Sportarten gehört, die besonders in ländlichen Gegenden zu wahren Meisterschaften führen können. Eine Leiter, nächtens an ein Kammerfenster gelehnt, signalisiert immer, daß innerhalb der Kammer ein kräfteverzehrender Zweikampf stattfindet. Nur Unsportliche oder Ignoranten sehen in diesen Übungen etwas Verwerfliches und fühlen sich verpflichtet, dem Ringen ein Ende zu bereiten.

Wolters gehörte zu jener Kategorie von Mißgönnern, in denen eine Leiter an einem Kammerfenster tiefes unbehagen erzeugt. In diesem Fall waren es sogar wieder die typischen Magenschmerzen, die ihn überfielen, sowie eine Blutleere im Gehirn, die ein klares, logisches Denken verhinderte.

Walter — das war sein erster Gedanke. Walter ist bei Eva eingestiegen!

Hermann Wolters kam gar nicht in den Sinn, wie absurd das war. Denn wozu sollte Walter eine Leiter benutzen, wenn er nur sechs Schritte über den Flur zu schleichen brauchte, um in Evas Zimmer zu kommen?

Auch tat Hermann Wolters nicht das Naheliegendste und ging hinaus, um an Walters Tür zu klopfen und sich zu überzeugen, ob er in seinem eigenen Bett lag oder nicht, sondern warf nur einen Blick auf Dorothea, war beruhigt, daß sie fest schlief, und schlich dann wieder hinaus.

Er lief auf Zehenspitzen die Treppe hinunter, zur Haustür hinaus, halb um das Haus herum und stand dann vor der Leiter, die man unten sogar mit zwei Steinen abgestützt hatte, damit sie nicht wegrutschen konnte.

Wolters holte ein paarmal tief Atem.

Erst jetzt merkte er, daß er barfuß war und die Nachtkühle empfindlich spürte. Er trug einen neuen Schlafanzug mit kurzen Hosen, den Dorothea ihm in Bamberg gekauft hatte mit dem Hinweis, italienische Nächte dürften vermutlich warm sein, da sei ein nacktes Bein eine angenehme Kühlung. Aber es war unmöglich, jetzt zurückzukehren und sich einen Bademantel zu holen.

Mit heiligem Groll und voll heißer Eifersucht stieg Wolters langsam die Sprossen der Leiter hoch. Je höher er kam, je näher Evas Zimmerfenster rückte, um so zögernder wurde sein Schritt und um so feuriger seine Qual.

Evas Fenster war geschlossen, die Gardine vorgezogen. Kein Licht schimmerte nach draußen, kein Laut war zu hören.

Natürlich, dachte Wolters voller Ingrimm. Jetzt ist es gleich halb drei. Jetzt schlafen sie Arm in Arm in seliger Erschöpfung!

Er schluckte mehrmals, legte dann sein Ohr gegen den Fensterrahmen und hielt den Atem an.

Waren da nicht Geräusche zu hören? Stimmen? Kichern? Knarren? Laute der Verworfenheit?

Wolters bohrte den kleinen Finger in sein Ohr, schüttelte heftig den Kopf und preßte sich dann wieder an den Fensterrahmen. Das Blut rauschte so ekelhaft in seinen Schläfen, daß er ein Dutzend verschiedene Geräusche hätte wahrnehmen können und doch keines zu deuten gewußt hätte.

Nur eines hörte er plötzlich ganz klar, etwa drei Meter neben sich, und in der Stille klang es wie ein Posaunenstoß. Dorotheas Stimme:

»Hermann! Was machst du denn da?«

Er wandte den Kopf zur Seite, sah sie in ihrem fliederfarbenen, dünnen Nachthemd mit dem Spitzeneinsatz vor der Brust am Fenster stehen, und als er ihr ins Gesicht blickte, wußte er, daß es schwer sein würde, ihr die Situation als ganz harmlos zu erklären.

»Psst«, machte er und legte den Finger auf die Lippen. »Sei doch leise!«

»Was machst du da auf einer Leiter vor Evas Fenster?«

»Gib doch Ruhe...«

»Ich denke nicht daran! Ich fange erst an! Sollen doch alle wach werden, alle — und ihren supermoralischen Vater nachts auf einer Leiter vor einem Weiberzimmer sehen! Hermann Wolters beim Fensterln! Der Nachtkater von Diano Marina...«

»Hasi!«

»Ich verbitte mir diese dumme Anrede! Erkläre mir sofort...«

»Nicht hier. Nicht auf der Leiter ...«

»Kommst du oder gehst du wieder? Bist du noch kräftig genug in den Knien, um herunterzusteigen?«

»Dorothea, bitte, sei doch leise ...«

»Du bietest einen ekelhaften Anblick.«

»Es ist zum Kotzen!« sagte Wolters zermürbt. »Es ist wirklich zum Kotzen!«

»Mehr bist du auch nicht wert!«

Wolters stieg die Leiter hinunter, den Stachel im Herzen, daß hinter dem verhängten Fenster Eva und Walter jetzt im Bett saßen, alles mit anhörten und viel zu feige waren, das Fenster zu öffnen und ihn, den Unschuldigen, zu entlasten.

Das fand er besonders widerlich: Der Sohn läßt seinen Vater hängen! Unter erwachsenen Männern muß es doch eine gewisse Solidarität geben!

Auf nackten Füßen lief Hermann Wolters ums Haus herum, stieß sich noch an einem Stein, schrie — oh, wie das befreite — laut: »Scheiße!« und humpelte die Treppe hinauf.

Dorothea stand im Schlafzimmer wie eine Rachegöttin. Wolters fielen blitzschnell Vergleiche ein: Medea, bevor sie Jason tötete, Penthesilea, bevor sie Achill zerfleischte, Kriemhild bei der Vernichtung der Nibelungen ...

»Ich habe einen Stein gerammt«, sagte Wolters kläglich und setzte sich aufs Bett.

»Mir scheint, du hast heute schon einiges gerammt ...«

»Werde bitte nicht ordinär, Hasi ...«

»Aha! Du weißt also genau, was ich meine!«

»Deine Gedankengänge sind völlig verworren. Ein Labyrinth.«

»Hauptsache, du bist ans Ziel gekommen.«

»Kann ich jetzt endlich etwas erklären?« fragte Wolters voller Qual.

»Darauf warte ich ja! Ist sie wenigstens eine echte Blondine?«

»In diesem Stil rede ich nicht mit dir ...«

»Weil du ein Feigling bist! Weil du nichts, gar nichts erklären kannst! Ich treffe dich an, wie du nachts zu Eva schleichst — auf einer Leiter...«

»Da fängt der Irrtum schon an!«

»Hast du auf einer Leiter vor Evas Fenster gestanden? Ja oder nein?«

»Ja...«

»Was gibt es da noch zu erklären?«

»Warum ich auf der Leiter stand...«

»Das ist ja wohl klar. So was Knackiges an jungem Fleisch...«

»Ich wußte gar nicht, daß du so vulgär sein kannst, Dorothea.«

»Du weißt so vieles nicht! Von mir jedenfalls weißt du besonders wenig! Aber das wird sich ändern. Mir sind jetzt die Augen aufgegangen. Ich dumme Gans habe leider zwanzig Jahre dazu gebraucht. Mein Mann auf einer Leiter vor einem Fenster! Ein Vater von zwei erwachsenen Kindern — und jault herum wie ein liebeskranker Kater...«

»Ich habe nicht gejault! Verdammt, hör doch mal zu...«

»Ich höre die ganze Zeit...«

Wolters wischte sich über das Gesicht. Das Benehmen von Dorothea erschütterte ihn echt. Er entdeckte eine ganz neue Seite an ihr: Sarkasmus, gepaart mit einem heroischen Vernichtungswillen. Er hätte nie für möglich gehalten, daß aus ihrem Mund solche Reden kommen könnten.

»Ich mußte zur Toilette, blickte beim Rückweg zum Fenster hinaus und sah die Leiter am Haus lehnen.«

»Du kamst von der Toilette! Etwas Geschmackloseres fällt dir wohl nicht ein.«

»Hasi...«

»Laß endlich das kindische Hasi! Weiter...«

Wolters schielte zu seiner Frau hoch. Dorotheas sonst so gütige Augen waren wie mit Blitzen geladen. Sie zitterte — er sah es deutlich durch das dünne Nachthemd. Sie zitterte und war ein Bündel gequälter Nerven.

»Ich bin um das Haus herumgegangen, um nachzusehen, wer bei Eva eingestiegen war.«

»Ach! Ich entdecke ja ganz neue kriminalistische Züge an dir!«

»Mit Hohn ist überhaupt nichts gewonnen! Ich bin die Leiter hinaufgestiegen, um mich zu überzeugen... Da hast du mich unterbrochen.«

»Du hast den Fensterrahmen geküßt! Geradezu pervers...«

»Dorothea!« Wolters sprang auf. »Jetzt gehst du entschieden zu weit!«

»Ich habe es doch gesehen!«

»Mein Ohr habe ich an das Fenster gelegt! Aus deinem Blickwinkel mag es vielleicht anders ausgesehen haben!« Wolters ging im Zimmer auf und ab; er hinkte etwas. Der große Zeh tat ihm weh, mit dem er gegen den Stein gerannt war. »Es ist jemand bei Eva! Das steht fest. Die Leiter an der Mauer, das Fenster zu, die Gardine vorgezogen...«

»Das trifft dich hart, was?«

»Wir sind für Eva verantwortlich...«

»Ich wüßte nicht, in welchem Maße.«

»Sie ist mit Familienanschluß bei uns. Wenn etwas passiert...«

»Was soll ihr schon passieren? Das erste Mal wird's nicht sein, und mehr als ein Kind kann sie nicht bekommen.«

»Es ist erschütternd, wie du dich verändert hast! Eine Sprache aus der Gosse...«

»Eva ist für sich selbst verantwortlich!«

»Das stimmt nur in bestimmtem Umfang!«

»Willst du ihr väterlich — oder sonstwie — unter die Arme greifen?«

Wolters schluckte mit Mühe auch das. Er blieb stehen und schlug die Fäuste gegeneinander. »Ich habe den Verdacht, daß Walter bei ihr ist.«

»Walter?« Dorothea riß die Augen auf. »Nein...«

»Dein Sohn! Dein Apoll! Erst treibt er sich mit einer Berufsdemonstrantin herum, und jetzt ist er so schamlos, Manfreds Betreuerin durch das Fenster zu besuchen. Nie im Leben hätte ich geglaubt, daß mein Sohn solch ein Bock werden könnte...«

Dorothea holte tief Atem. »Du willst mir also weismachen, daß nicht du...«

»Ich will dir gar nichts weismachen«, schrie Wolters nun aufgebracht. Seine Geduld war am Ende, die Enttäuschung über Eva preßte ihm das Herz zusammen. »Ich stelle nur klar! Wenn mir das nicht abgenommen wird bitte! Im übrigen schlafe ich ab jetzt unten auf der Couch, bis meine Frau sich dazu durchgerungen hat, wieder vernünftig mit mir zu reden. Mir hängen diese Verdächtigungen zum Halse heraus!«

Er riß seine Decke vom Bett, knautschte sich das Kopfkissen unter den Arm und verließ mit hocherhobenem Kopf das Schlafzimmer.

Dorothea versuchte nicht, ihn zurückzuhalten. Seine Erklärungen klangen zwar einigermaßen glaubhaft, wenn auch nach Lage der Dinge und der vorausgegangenen Eskapaden etwas lahm. Entweder war ein Fremder oder tatsächlich Walter in Evas Zimmer. Oder sie, Dorothea, hatte Hermann bei dem lächerlichen Versuch, durch ihr Fenster einzusteigen, überrascht. Eine vierte Möglichkeit gab es nicht. Leitern haben nicht die Angewohnheit, sich von selbst an Hauswände zu lehnen.

Die Nacht war verdorben, der Schlaf verscheucht, die aufgeregten Nerven hätten gar keine Ruhe mehr zugelassen. Also war es Dorothea unmöglich, sich jetzt wieder ins Bett zu legen. Statt dessen schob sie sich einen Stuhl ans Fenster, legte eine Decke auf das Fensterbrett und setzte sich nieder, um Wache zu halten.

Warten wir ab, was noch passiert, dachte sie. Wenn jemand hineingestiegen ist, muß er auch wieder herauskommen. Sonst hat Hermann schamlos gelogen.

Einen Augenblick durchzuckte sie auch der Gedanke, hinunterzugehen und die Leiter wegzuschieben. Dann war der Rückweg für den Eindringling versperrt und man konnte sich denjenigen genau ansehen, den Eva für würdig befunden hatte, bei ihr einzusteigen. Vor allem für Hermann würde das ein heilsamer Schock sein, falls er nicht doch selbst ...

Der Verdacht blieb, und das war schlimm.

Gegen vier Uhr morgens, der Tag dämmerte bereits herauf, ging Evas Fenster auf. Ein Jeansbein erschien und hangelte nach der Leitersprosse.

Dorothea atmete auf. Hermann, verzeih mir, dachte sie glücklich. Ich habe mich völlig unkontrolliert benommen. Aber gib zu — du hast viel dazu beigetragen, daß ich so von dir denken mußte.

Das zweite Bein folgte, danach ein schlanker Unterkörper, der gar nicht männlich aussah — und dann starrte Dorothea auf eine Mädchengestalt, auf einen Kopf, der sich noch einmal nach vorn reckte und Walter küßte, der jetzt im Fensterrahmen erschien.

Ein paar geflüsterte Worte, ein letztes Winken, und das Mädchen kletterte die Leiter hinab, ließ sie leise umkippen und schleifte sie zu dem Schuppen zurück, wo sie bisher gelegen hatte.

Wenig später knatterte ein Moped durch den allmählich heller werdenden Morgen und entfernte sich schnell in Richtung zur Stadt.

Dorothea stand von ihrem Beobachtungsplatz auf, kehrte zum Bett zurück und war total verunsichert. Daß ein Mädchen bei Eva eingestiegen war, begriff sie überhaupt nicht. Außerdem war ja auch noch Walter dagewesen, zwei Mädchen und ein Mann also ...

Dorothea erstarrte. Sie erinnerte sich an einige erotische Erzählungen, die sie einmal zufällig in die Hand bekommen hatte und in denen allerhand Unanständiges geschildert worden war, darunter auch das, was man eine Triole nannte und was sie schon beim Lesen angeekelt hatte. Und nun hatte sie mit eigenen Augen gesehen, daß ihr heiß geliebter Sohn ...

Das war ungeheuerlich! So etwas konnte man Hermann gar nicht erzählen, er wäre wochenlang nicht zu beruhigen gewesen. Sodom und Gomorrha unter seinem Dach und ausgerechnet bei der heimlich geliebten Eva! Wie Dorothea ihren Mann kannte, wäre er fähig, die Ferien sofort abzubrechen.

Aber auch Dorothea war nicht in der Lage, sich zu beruhigen. Die Verworfenheit ihres Sohnes drückte auf ihr Herz, die Enttäuschung über Eva schlug in ein geradezu körperliches Mißbehagen um. So etwas betreute den kleinen Manfred! Mit Familienanschluß...

Es gab gar keinen Zweifel: Eva Aurich mußte den Urlaub abbrechen und sofort nach Hause fahren. Man mußte sie fortschicken. Aber wie, ohne Hermann die erschütternde Wahrheit zu gestehen?

Nach langem Grübeln kam Dorothea zu dem Entschluß, mit Walter unter vier Augen zu reden. Von Mutter zu Sohn, offen, eindringlich, ehrlich, wie sie es so oft getan hatte, ohne daß Hermann davon wußte. Mit seinen Problemen war Walter immer zu ihr gekommen, selten zum Vater.

Hermann hatte immer nur Zitate bereit, Belehrungen, geschichtliche Vergleiche, aber wenig Konstruktives. Wenn es ganz kritisch wurde, sagte er immer nur: »Frag deine rote Fahne! Oder schreib ein Transparent und trag dein Problem auf der Straße herum...«

Das war natürlich keine Art, auf die Sorgen junger Menschen einzugehen. In der eigenen Familie versagten alle pädagogischen Fähigkeiten, die man an Studienrat Wolters im Gymnasium immer so lobte.

Aber das ist wohl überall so.

Um sieben Uhr morgens erschien Gabi in der Küche, weil sie Frühstücksdienst hatte. Hermann Wolters' Arbeitsplan funktionierte. Es hätte ja auch niemand gewagt, dagegen etwas einzuwenden.

Gabi blickte ins Wohnzimmer, erschrak und erkannte erst dann ihren Vater, der schnarchend auf der Couch lag.

»Paps!« rief sie erstaunt. »Es ist sieben Uhr, Paps.«

Wolters schrak hoch, brauchte ein paar Sekunden zur Orientierung und erkannte dann die peinliche Situation.

Angriff ist die beste Verteidigung. Das ist ein historischer Lehrsatz von völkererhaltender Wahrheit.

»Was machst du denn hier?« bellte Wolters darum.

»Küchendienst! Und du, Paps!«

»Ich liege hier.«

»War's bei Mami im Bett zu warm?«

Bei Kindern, auch wenn sie achtzehn sind, wissen Eltern nie: Sind solche Sätze noch kindlich-naiv oder schon frechraffiniert?

Wolters wollte jetzt keine Entscheidung darüber treffen; er verhielt sich lieber neutral und sagte ausweichend:

»Koch Kaffee! Wer hat Stalldienst?«

»Du und Mami ...«

»Dann beeile dich, wir haben das in einer Viertelstunde geschafft.« Er stand auf, nahm die Decke und sein Kissen und stieg nach oben ins eheliche Schlafzimmer.

Dorothea war auch schon auf. Sie saß vor dem Spiegel und kämmte sich. Wortlos warf Wolters sein Bettzeug auf das Bett und ging ins Bad. In der Tür stieß er auf Walter, der wie immer gähnend und noch halb schlafend herumschwankte. Er sah übernächtigt aus und hatte hervorquellende Augen.

»Guten Morgen, mein Sohn.« sagte Wolters betont. »Noch nicht munter?«

»Nee! Im Urlaub um sieben Uhr aufzustehen, ist barbarisch.«

»Die Barbaren waren Frühaufsteher. Denken wir an den keltischen König Brennus, der in der Schlacht an der Allia ...«

»O Gott! Ich bin schon hellwach, Paps! Bloß das nicht um sieben Uhr morgens ...«

»Einen Augenblick noch!« Wolters hielt seinen Sohn am Arm fest. »Wie hast du heute nacht geschlafen?«

Walter starrte seinen Vater an. War das eine Falle? Vorsichtig, Junge, dachte er. Mach ein kreuzdämliches Gesicht, das kommt am besten an.

»Im Verhältnis gut«, sagte Walter. Das war nicht einmal gelogen, wenn man Sinn für sprachliche Jongleurakte hatte.

»Was heißt — im Verhältnis?«

»Man schläft mal so, mal so ...«

»Von dir ist nie eine klare Antwort zu bekommen«, sagte Wolters enttäuscht. »Hast du heute nacht vielleicht irgendwelche Geräusche gehört?«

»Geräusche? Nee. Du, Paps?«

»Ist das Badezimmer jetzt frei?«

»Ja, klar. Was war denn los heute nacht?«

»Ich bin hier auf die Couch gezogen. Mami beschwerte sich, daß ich schnarche. Das muß am Chianti liegen.«

Wolters ging ins Badezimmer, warf die Tür zu und schloß ab. Walter starrte nachdenklich vor sich hin. Das muß man also auch einkalkulieren, dachte er. Der Alte geistert nachts herum. Er muß was gehört haben und weiß nun nicht, was es war. Zweimal hat Ingeborg gequietscht. Das wird es gewesen sein.

Überhaupt war das ein dicker Hammer — kommt Ibo nachts mit einem geliehenen Moped angeknattert, holt sich die Leiter, klettert bei Eva ins Zimmer, weil sie nicht wußte, welches Fenster zu meinem Zimmer gehört, steht plötzlich vor meinem Bett und sagt: »Rück mal ein Stück zur Seite.«

Und dann war sie zu ihm gekommen, nackt und glatt und kalt von der Nachtkühle und dem Mopedfahren und fühlte sich fabelhaft erfrischend an.

»Wo kommst du denn her?« hatte Walter gefragt.

»Aus Evas Zimmer.«

»Und was hat Eva gesagt?«

»Gute Nacht. — Ist ein Pfundskerl, die Eva! Ach, Walter, wie hab' ich dich lieb ...«

Da darf man am Morgen verquollene Augen haben!

Im Stall arbeiteten Wolters und Dorothea mit schweigender Verbissenheit. Keiner wollte das erste Wort sprechen — nein, diese Blöße gab man sich nicht. Die Schuld lag eindeutig beim anderen.

Zu guter Letzt war es aber doch Wolters, der am Ende des Ausmistens sagte: »Ich habe Walter erklärt, daß ich auf der Couch geschlafen habe, weil ich zu laut geschnarcht habe. Mit Rücksicht auf dich...«

»Das ist eine glaubhafte Erklärung!« Dorotheas Antwort klang sehr unterkühlt. Und damit war die Konversation auch schon erschöpft.

Manfred saß schon am Kaffeetisch und blickte mißmutig vor sich hin. Gabi schenkte den Kaffee ein, Walter und Eva hockten nebeneinander, und Dorothea beobachtete sie, unter halbgesenkten Lidern hervor, genau. Im Gegensatz zu Walter, der etwas ramponiert wirkte, strahlte Eva eine ansteckende gute Laune und morgendliche Frische aus.

Anscheinend ist sie solche Exzesse gewöhnt, dachte Dorothea empört. Ihr macht das nichts aus. Sie platzt vor Energie. Wie schamlos...

»Was ist denn mit dir los, Manfred?« fragte Hermann Wolters. »Warum stocherst du so in deinem Müsli herum?«

»Hat denn keiner was gemerkt?« erkundigte sich der Kleine.

»Was denn?« fragte Dorothea alarmiert.

»Die drei Hähne sind weg. Sie haben nicht gekräht. Jemand hat die Hähne geklaut.«

Walter atmete auf, und auch Evas innere Anspannung ließ nach.

Gabi lachte. »Kluge Tiere. Sie haben genau gemerkt, daß du ihnen an den Wagen wolltest, Manni.«

»Wie ist das Programm für heute?« wollte Wolters wissen, und Walter antwortete:

»Ans Meer. Schwimmen, faulenzen, ausruhen.«

Das hast du wirklich nötig, mein Sohn, dachte Dorothea. Es ist unverantwortlich, wie die Weiber mit dem Jungen umspringen.

Bevor man nach Diano Marina abfuhr, ergab sich die Gelegenheit, daß Dorothea ihren Sohn allein sprechen konnte. Sie trafen sich an dem Müllcontainer, der neben dem Stall stand. Walter brachte gerade den Küchenabfall weg.

»Ich habe mit dir zu reden«, sagte Dorothea ernst.

»Ja, Mami.« Walter setzte den Mülleimer ab. »Wegen Paps?«

»Nein. Wegen dir ...«

»Brauchst du meine Hilfe für deinen großen Auftritt als Miß Riviera?«

»Laß doch den Blödsinn!« Sie holte tief Atem. »Was war heute nacht los?«

»Paps ist ausgezogen, weil er geschnarcht hat. Oder nicht?«

»Junge, weich mir nicht so dumm aus! Du weißt genau, was ich meine.«

Wider Willen bekam Walter einen roten Kopf, ärgerte sich maßlos darüber und blickte über seine Mutter hinweg in den verwilderten Garten.

»Hast du ...« fragte er stockend.

»Ich habe am Fenster gesessen, als das Mädchen aus dem Zimmer kletterte. Schämst du dich nicht?«

»Nein ...«

»Mit zwei Mädchen?«

»Wieso zwei? Du meinst ... O Gott, Mami! Mami!« Walter lachte schallend und umarmte Dorothea. Wie ein elektrisierender Blitzstrahl fuhr die Erkenntnis in sie hinein, daß sie mehr vermutet hatte, als es der Wirklichkeit entsprach. Das lähmte sie fast vor Scham ihrem Sohn gegenüber.

»Ich hätte es dir in Kürze gesagt, Mami«, fuhr Walter fort. »Das war nämlich Ingeborg.«

»Ibo? Sie ist hier?«

»Sie war schon einen Tag vor uns da. Sie ist mit der Bahn gekommen und hat auf mich gewartet. Natürlich hat sie ein Zimmer im Ort, aber da konnten wir uns nicht treffen. Darum ist sie auf die Idee gekommen, hier ... Sie hat nur nicht gewußt, welches Fenster meins ist, und ist bei Eva reingeklettert. Nicht auszudenken, wenn sie in euer Fenster gestiegen wäre. Aber jetzt weiß sie den Weg ...«

»Sie will also wiederkommen, Junge?«

»Na ja, den normalen Weg würde Paps ja nie erlauben. Konkubinat Tür an Tür — da müßte man erst die Welt verändern.«

»Gib ihr einen Schlüssel.«

»Mami, du bist wunderbar! Aber Paps hat alle beide ...«

»Ich werde mir den einen geben lassen und dir zustecken — als Wiedergutmachung, weil ich so schlecht von dir gedacht habe.« Dorothea schämte sich noch immer.

Wie konnte ich nur solche Vermutungen äußern, dachte sie. Wie stehe ich jetzt selber da, weil ich so was angenommen habe ...

»Mami, du bist ein Goldstück, das man einfassen und um den Hals tragen sollte!« sagte Walter begeistert.

»Das würde ein bißchen schwer werden, Junge.« Dorothea befreite sich aus seiner Umarmung und vermied es, ihm in die Augen zu sehen. »Und du willst Paps nichts sagen?«

»Vorläufig nicht. Erst müssen wir ihn ein bißchen umerziehen. Deine Aktion kann da sehr helfen.«

»Welche Aktion?«

»Die Meisterflirterin von Diano Marina ...«

»Ich weiß nicht recht, Walter ...«

»Mami, jetzt darfst du nicht kneifen! Zeig einmal, was in dir steckt. Zwanzig Jahre warst du ein Hausmütterchen und hast das Zeug zum Vamp ...«

»Du bist verrückt, Junge!«

»Beweise Paps, daß eure Ehe durch Gewohnheit und Sicherheit erstickt. Bring frische Luft in die Lungen! Paps weiß zwar genau, wann Perikles ein weiches Ei aß, aber die erogenen Zonen seiner Frau kennt er vermutlich nicht ...«

»Walter! Schämst du dich nicht? Ich bin deine Mutter!« Dorothea war sehr verlegen. Auch wenn Walter ein erwachsener Mann war — mit seiner Mutter spricht man nicht über solch delikate Wahrheiten. Das ist, als wenn man ihn am Eheleben teilhaben ließe — wie einen Ringrichter in der Kampfbahn.

»Wir sind doch jetzt Verschworene, Mami«, sagte Walter leise und gab seiner Mutter einen Kuß. »Fang beim Friseur an. Eine neue, kesse Frisur, eine Gesichtsmaske, ein umwerfendes Make-up, so ein Fähnchen von Kleid aus der Boutique »Jolanda«, hochhackige Sommerschuhe... Mami, du hast doch phantastische Beine! Und dann einmal über die Strandpromenade zur Piazza und zurück — das reicht. Unser alter Herr wird Sterne sehen!«

»Aber du bleibst in der Nähe, Walter?«

»Wie dein Schatten.«

»Eigentlich tut Paps mir leid, Junge.«

»Das ist kein Grund zur Umkehr. Er hat dich zwanzig Jahre lang zum Inventar seines Lebens gerechnet. In seinen Augen bist du so was wie ein Möbelstück, das eben fest zur Einrichtung gehört. Verdammt, Mami, zeig ihm, daß du ein Mensch mit Blut in den Adern bist...«

Zufrieden kehrte Walter zur Küche zurück und lieferte den Abfalleimer ab. Hermann Wolters saß schon im Auto und hupte. Herbei, wir wollen an den Strand! Immer diese trägen Bewegungen! Einer von der Familie ist nie fertig...

Wortlos setzte sich Dorothea neben ihren Mann. Auf dem Rücksitz hockte Manfred mit Eva. Gabi fuhr mit Walter.

»Ich möchte auf der Piazza aussteigen«, sagte Dorothea, als sie die Stadt erreicht hatten. »Gib mir einen Hausschlüssel. Ich will einkaufen. Walter fährt mich dann heim.«

Wolters knurrte etwas Unverständliches, reichte ihr aber die Ersatzschlüssel. Dann hielt er an der Piazza, Dorothea stieg aus und Gabi in den Wagen ihres Vaters um, der zum Strand weiterfuhr.

Dorothea gab Walter den Hausschlüssel.

»Da hast du ihn«, sagte sie lächelnd.

»Ich könnte dich jetzt vor allen Leuten abknutschen, Mami . . . danke!«

»Wo triffst du heute deine Ingeborg?«

»Etwas abseits vom Rummel — bei einem umgekippten, alten Boot. Warum?«

»Ich möchte mit ihr sprechen.«

»Muß das sein?«

»Dann gib den Schlüssel wieder her.«

»Ach, bitte, Mami, verteil doch keine mütterlichen Ermahnungen.«

»Ich möchte mich mit diesem Mädchen einmal länger unterhalten, mein Junge. Du liebst sie doch — oder ist sie nur ein Abenteuer?«

»Das ist schwer zu sagen.«

»Bei deinem Vater wußte ich sofort: Den nehme ich!«

»Das war eine grobe Fehlentscheidung.«

»Sei nicht so frech. Und Vater wußte es auch sofort.«

»Bei so einem Mädchen, wie du es warst — wen wundert das?« Walter hob die Schultern. »Mami, ich habe doch mindestens fünf Jahre Studium vor mir.«

»Eine richtige Liebe muß ein Leben lang halten, Walter. Wenn fünf Jahre schon ein Problem sind, dann gib die Sache auf. Siehst du, und darum will ich mit Ingeborg sprechen. Ich will mir ein Bild von ihr machen — wie sie denkt, wie sie zu dir steht, wie sie die Zukunft sieht. Ich will wissen, ob sie wirklich so ein Typ ist, der das Chaos bejaht und für eine Reinwaschung von allem Bestehenden hält.«

»Sie kann ohne Demonstrationen und den ganzen Kram nicht leben.«

»Das glaube ich einfach nicht. Sie ist dir nachgefahren. Wie hat sie sich eigentlich das Geld für ein Zimmer besorgt?«

»Von ihrem Vater . . .«

»Dann hat sie also doch Kontakt mit zu Hause?«

»Jetzt wieder. Meinetwegen . . .«

»Und das läßt dich kalt? Das sagst du so einfach daher?

Merkst du denn nicht, was für eine Wandlung da vorgegangen ist? Du Holzkopf, dieses Mädchen will mit dir leben! Es liebt dich wirklich, nicht nur nachts mit einer Leiter! Walter, ich will unbedingt mit ihr reden! Vielleicht bist du sie gar nicht wert...«

»Auch das noch!« Walter zerwühlte seine Haare, die er sich gestern ein gutes Stück gestutzt hatte. »Erst müssen wir Pärchen mit Tarnkappe spielen, und jetzt auf einmal ist sie zu gut für mich! Wenn Ibo das hört, platzt ihr vor Lachen die Hose!«

»Ich möchte wissen, wann du endlich mal so reif wirst, wie es sich für einen Neunzehnjährigen gehört«, sagte Dorothea kopfschüttelnd. »Bereite Ingeborg auf mich vor, hörst du?«

»Ja, ehrwürdige Mutter.«

»Was hast du jetzt vor?«

»Ich wollte dich bei deinen Einkäufen begleiten und bei der Auswahl der Top-Mode als Berater fungieren. Noch einen Tip für den Friseur! Laß dir eine gute Portion Rot in die Haare knallen. Rot ist eine Signalfarbe — da stoppen alle Männer vor dir.«

»Dann gehen wir jetzt also«, sagte Dorothea zögernd. Die letzten Skrupel meldeten sich mit Herzklopfen.

»Klar, gehen wir.«

Sie begannen in der Boutique »Jolanda«. Als Dorothea die Preisschildchen sah, ging sie sofort wieder hinaus auf die Straße.

»Ich bin doch nicht verrückt«, sagte sie schroff. »Für solch einen Fummel ein solcher Wahnsinnspreis.«

»Dieser Fummel haut die Männer um, Mami. Zieh ihn erst mal an. Du bezahlst ja nicht den Stoff oder das Dessin, du bezahlst die Wirkung, die du damit erzielst. Und die wird super sein.«

Walter schubste seine Mutter wieder in den Laden und verlangte das Kleid, bei dessen Preis Hermann Wolters als Vergleich nur die Verschwendung des späten Roms hätte anführen können.

Um die Wahrheit zu gestehen: Das Kleidchen — denn mehr war es nicht, luftig, dünn, frech, animierend — verwandelte Dorotheas Typ völlig. Es war verblüffend, wie so wenig Stoff eine Figur modellieren konnte, wie der Busen lockend wurde, die Hüften erregend, die Schenkel vielversprechend wurden.

Dorothea bestaunte sich in dem großen Spiegel und fand sich verworfen schön. Nur an den Preis durfte sie nicht denken. Er schluckte fast das ganze Geld, das sie heimlich gespart hatte — Mark für Mark vom Wirtschaftsgeld im Hinblick auf die großen Ferien.

»Phantastisch«, sagte Walter begeistert. »Wenn du nicht meine Mutter wärst — ich liefe dir auch auf der Piazza nach. Paps war zwanzig Jahre lang blind. Das ist hiermit erwiesen.«

»Ist es nicht zu ... auffällig?« fragte Dorothea leise. »Zu ... aufreizend?«

»Genau das soll ja der Effekt sein. Das Kleid ist gekauft!«

Die weitere Verwandlung der Dorothea Wolters beim Friseur fand allerdings nicht statt. Über das Meer zog eine plötzliche Regenfront. Es begann wie aus Kübeln zu gießen — auch das gibt es an der Riviera. Alles flüchtete in die Restaurants, und so hatte Dorothea keine Möglichkeit mehr, die Friseure abzuklappern, um zu fragen, wo man ohne lange Voranmeldung noch unterkommen konnte.

Das Kleid versteckte Walter in seinem Citroën. »Dann eben morgen, Mami«, sagte er. »Der Anfang ist jedenfalls im Kasten.«

Es regnete vier Tage und Nächte. Ungewöhnlich, aber nicht zu ändern.

Keine Sonne, kein Strand, keine Piazza, keine Ingeborg ... Und das war am schlimmsten für Walter.

Aber man konnte ihr nicht zumuten, mit dem geliehenen Moped heraufzukommen, und sie mit dem Citroën abzuholen, wäre vermutlich sofort aufgefallen.

Es waren vier Tage, in denen Walter im Haus herumlief

wie ein Tiger, der zwar Fleisch riecht, aber nicht mit der Tatze hinlangen kann.

Für Hermann Wolters war Regenwetter im Urlaub keine Katastrophe. Darin war er durch viele Jahre an der Nordsee gestählt. In weiser Voraussicht hatte er Spiele mitgebracht, vom »Mensch ärgere dich nicht« bis zum »Monopoli«, man konnte Halma spielen oder Schach, »Siebzehn und vier« und Canasta.

Nur Skat spielte Wolters nicht mit seiner Frau. Dorothea gewann immer – sie war eine Naturbegabung im Skat. Sie reizte und bluffte, sie spielte mit zwei Buben, als hätte sie vier, und wenn sie einen Null ouvert hinfeuerte, geriet Wolters in Wallung und schwor sich, nie mehr mit Hasi zu spielen! In solchen Situationen fühlte er sich ziemlich klein, und welcher Mann kann das ertragen!

Am fünften Tag endlich erstrahlte der Himmel wieder in wolkenlosem Glanz. Das Meer blinkte, der Sandstrand leuchtete weiß, die roten Dächer von Diano Marina glänzten sauber gewaschen.

An diesem Morgen, bevor die Familie geschlossen zum Strand abrückte, brachte der Briefträger mit seinem kleinen Fiat zum ersten Mal Post in das Ferienhaus.

Wolters nahm den Brief in Empfang wie einen Millionenscheck, schenkte dem Briefträger tausend Lire, riß das Kuvert auf und überflog die Zeilen. Dann ließ er das Schreiben sinken und sah seine erwartungsvolle Familie mit dem Blick eines getretenen Hundes an.

»Onkel Theo und Tante Frida kommen«, sagte er gepreßt. »Hierher! Wer, zum Teufel, hat ihnen geschrieben, daß wir ein Ferienhaus gemietet haben?«

11

Jeder Mensch hat Verwandte, der eine mehr, der andere weniger! Es gibt Frohsinnige, die freuen sich über diesen Anhang, und es gibt eine Menge Düsterlinge, die Türen und Fenster verrammeln, wenn weitläufige Angehörige in der Nähe gesichtet werden.

Über Verwandte kann man endlos schreiben; sie bieten Stoff für ganze Bibliotheken, weil es nichts gibt, was bei ihnen nicht möglich wäre. Von Onkel Fritz angefangen, der mit neunundsiebzig eine Dreiundzwanzigjährige heiratete und noch einen Sohn in die Welt setzte, bis hin zu Tante Erna, die sich als Schoßtier eine Pythonschlange hielt. Auch Oma Anna-Maria gehört dazu, die sich mit dreiundsiebzig Jahren ein Motorrad kaufte, einen superschweren Flitzer, und im Lederdreß damit bis zur französischen Atlantikküste fuhr, wo die konsternierte Polizei ihr erst einmal den Führerschein abnahm und auf dem Wege der Amtshilfe in Deutschland nachfragte, ob es bei Omas Führerschein mit rechten Dingen zuginge.

Die Verwandtschaft der Familie Wolters war klein aber oho!

Onkel Theo Radler war der Bruder von Dorotheas Vater. Er hatte früher einmal die Vertretung für einen pharmazeutischen Artikel gehabt, den jeder brauchte und der deshalb eine wahre Goldgrube war. Der Onkel bewohnte in Bad Pyrmont eine Jugendstilvilla in der Nähe des Kurparks und lebte, wie man so schön sagt, von seinem Vermögen. Aktien und andere Geldanlagen liefen wie ein Wasserkran und spuckten mehr Geldscheine aus, als Onkel Theo verbrauchen konnte. Es war im Familienkreis bekannt, daß er auch in der Schweiz und auf den Bahamas ein Konto hatte mit unbekannten Summen darauf. Darüber sprach man nicht offiziell, aber bei jedem Händedruck von Onkel Theo war es, als klimperten in seinen Adern Franken- und Dollarstücke.

Onkel Theo war Witwer, hatte keine Kinder, keinen Anhang, keine Geliebte, wurde im Oktober fünfundsiebzig und soff wie ein Gully. Er residierte in einer wunderbaren Villa, für die ihm Liebhaber schon drei Millionen geboten hatten, was ihn allerdings überhaupt nicht zum Verkauf animieren konnte, ging im Kurpark von Bad Pyrmont spazieren, saß auf den weißen Stühlen beim Kurkonzert und kannte jeden – vom Hilfsarbeiter angefangen, der im Park mit einem langen Stock mit einer Eisenspitze das herumliegende Papier aufspießte, über die Stammgäste des Bades bis hin zum Kurdirektor und Oberbürgermeister. Diese beiden gratulierten Onkel Theo zu Weihnachten und zu seinem Geburtstag besonders herzlich, weil Theo Radler jedes Jahr eine größere Summe spendete und schon eine Reihe Parkbänke gestiftet hatte.

Onkel Theo war ein fröhlicher Mann, der zu leben verstand, der gern gut aß, was ihm einen hohen Zuckerspiegel einbrachte, mit dem er aber in einer Art Zweiergemeinschaft lebte und den er immer wieder in Grenzen hielt, indem er einmal jährlich für vier Wochen in einem Bad verschwand, wo er mit diversen Diäten gequält wurde.

Solange man mit ihm nicht über Geld redete, war er der verträglichste Mensch; er wurde nur saugrob, wenn man ihn auf seine Bankkonten ansprach oder frotzelte, er habe sich an kranken Menschen gesundgestoßen.

Von ganz anderem Kaliber war Tante Frida Vornebusch aus Bückeburg.

Die Vornebuschs waren die Familienmitglieder von Hermann Wolters' Mutter, und Tante Frida war deren Schwester. Es war eine Unachtsamkeit von Wolters' Vater gewesen, daß er nach der Hochzeit seine Schwägerin nicht erschlagen hatte. Er merkte erst später, daß er auch Frida mitgeheiratet hatte.

Tante Frida war natürlich ledig geblieben und Lehrerin geworden. Es gab Legionen von ehemaligen Schülern, die bei dem Namen Vornebusch sofort erbleichten, aber – da sie Tante Frida jahrelang tapfer ertragen hatten — auch von einer bemerkenswerten Lebenstüchtigkeit waren. Vor allem in Heimatkunde waren sie unschlagbar — Fräulein Vornebusch hatte drei Heimatbücher geschrieben.

Auf ihren Namen Frida ohne »e« in der Mitte war sie besonders stolz. Friedas mit »e« gab es genug, aber Frida war rein germanisch und sollte, so deutete sie es wenigstens, von Freia herkommen, von der blonden, strahlenden Göttin der Schönheit und Liebe.

Daß sie selbst dunkelhaarig war, störte bei diesen Erklärungen nicht, auch nicht ihre Größe von nur 1,61 Metern, die verhindert hatte, daß sie zu den Parteitagen nach Nürnberg hatte fahren dürfen. Dessen ungeachtet war ihr größtes Erlebnis das Erntedankfest von 1938 in Bückeburg gewesen, bei dem sie mit der Oberklasse vor dem Führer Adolf Hitler zwei Volkslieder hatte singen dürfen, für die sich Hitler dann mit einem deutschen Gruß und einem stahlharten Blick seiner funkelnden Augen bedankte.

Das wenigstens beschrieb Tante Frida in ihrem zweiten Buch »Ernte am Bückeberg« mit glühenden Worten, was ihr später, 1945 bei der Entnazifizierung, gewaltige Schwierigkeiten machte und zu ihrer Einstufung als »Mitläufer« führte. Heute schämte sie sich dieses Buches und ärgerte sich, daß noch einige Exemplare in der Familie existierten. Hermann Wolters' Idee, eine veränderte Neuauflage herauszubringen, natürlich unter Weglassung des enthusiastischen Hitler-Kapitels, verwarf sie, als sei es ein Satansbuch, das sie da geschrieben hätte.

Tante Frida war wenig aus Bückeburg herausgekommen. Das lag daran, daß niemand sie haben wollte. Die übrige Verwandtschaft ging in Deckung, wenn sie sich anmeldete, erfand Krankheiten (vor denen sie eine heilige Angst hatte), oder verreiste selbst.

Allein zu reisen, war Tante Frida zu unbequem. Sie hatte es viermal versucht und war immer ohne Anschluß geblieben. Außerdem fand sie die anderen alleinreisenden Damen ihrer Altersklasse reichlich primitiv. Sie sprachen nur von ihren Krankheiten, ihren Kindern und ihren Enkeln. Von all dem konnte Frida nichts vorweisen und mußte passen. Begann sie ein geistiges Gespräch, etwa über die Naturschilderungen in den Romanen von Dos Passos, saß sie bald allein am Tisch. Die Umwelt ist ja so dumm ...

Um Tante Frida mit einem Satz zu umreißen: Als ihr Verlag ihr letztes Buch unter Frieda mit »e« herausbrachte, führte sie einen jahrelangen Prozeß wegen Körperverletzung. Das »e« auf dem Buchtitel hatte ihr Herz geschädigt ...

»Wer zum Teufel hat den beiden denn nur geschrieben, daß wir ein Ferienhaus gemietet haben?« rief Hermann Wolters also in berechtigtem Entsetzen und schwenkte den Brief, der ihm gerade gebracht worden war. Onkel Theo hatte ihn geschrieben, nachdem Tante Frida ihn angerufen hatte.

»Ich«, gestand Manfred maulend. »Zwei Ansichtskarten waren es.«

»Bist du denn verrückt!« schrie Wolters.

»Bei euch kann man auch nie was richtig machen!« Manfred verzog trotzig das Gesicht. »Ihr habt immer gesagt: Onkel Theo und Tante Frida haben keine Erben, man muß sie pflegen. Na, und da habe ich gedacht ...«

»Und sie haben prompt reagiert. Sie kommen in zehn Tagen zu uns. Für eine Woche! Tante Frida war noch nie an der Riviera, und Onkel Theo will seine früheren Nahkampfstätten noch einmal sehen.«

»War Onkel Theo hier Soldat?« fragte Manfred.

Walter grinste. »Und wie! Er hat hier in vielen Stellungen gelegen ...«

»Walter!« Das war Dorothea, und der Neunzehnjährige zuckte zusammen.

»Pardon, Mami.«

»Du mußt das abbiegen, Hermann!« sagte Dorothea und überlas ebenfalls schnell den Brief aus Bad Pyrmont.

»Wie denn?« fragte Wolters hilflos.

»Innerhalb von zehn Tagen wird dir schon was einfallen.«
»Onkel Theo wird sofort merken, daß es eine Ausrede ist.«
»Erfinde irgendeine ansteckende Krankheit. Schreib, die Kinder hätten Typhus bekommen. Oder noch besser: Manfred hätte Scharlach . . .«
»Immer ich!« rief Manfred protestierend. »Gabi hat nie was!«
»Es wäre unklug, Onkel Theo und Tante Frida auszuladen.« Wolters steckte den Brief ein. »Nachdem Manfred — in bester Absicht, das gebe ich zu — Ihnen geschrieben hat und damit die Lawine auslöste, bleibt uns nichts anderes übrig, als die Folgen abzuwarten.«
»Dann reise ich ab!« sagte Walter entschlossen. »Damit habt ihr für Onkel Theo schon mal ein Zimmer. Und wenn Gabi zu Eva zieht, hat auch Tante Frida eines. Viel Vergnügen für die letzten zwei Wochen aber ohne mich!«
»Du bleibst wie wir alle!« Wolters fegte mit der Hand jeden weiteren Einwand fort. »In Notzeiten hat die Familie zusammenzuhalten und nicht auseinanderzubrechen! Das ist der tiefe Sinn einer intakten Familie — die kleinste, aber schlagkräftigste Zelle in einer großen Gemeinschaft zu sein!« Er sah auf seine Uhr. »Wenn wir noch ausgiebig schwimmen und sonnenbaden wollen, müssen wir jetzt los! In die Wagen! Nutzen wir die nächsten zehn Tage noch voll aus.«
Trotz dieser eindrucksvollen Ansprache sagte Dorothea auf der Fahrt zum Strand: »Muckel, gibt es wirklich gar keine Möglichkeit, diesen Besuch zu verhindern?«
»Kaum! Ihr überlegt alle zu wenig. Ihr klebt an eurer engstirnigen Trägheit. Onkel Theo verfügt über ein Vermögen von schätzungsweise fünf Millionen, einschließlich des Hauses in Bad Pyrmont. Und wer sind die Alleinerben? Unsere Kinder!«
»Dann lade wenigstens Tante Frida aus . . .«
»Tante Frida hat den Hof meines Großvaters geerbt, einen der schönsten im Kreis Bückeburg. Was der wert ist,

kann man kaum schätzen! Das Haus steht unter Denkmalschutz. Und wer ist in ihrem Testament damit bedacht? Unser Kinder! Soll ich sie enterben lassen, nur weil wir Tante Frida nicht einmal eine Woche lang ertragen können? Bei nüchterner Abwägung aller Fakten kann das nicht dein Ernst sein?«

»Aber der Rest der Ferien ist versaut!« sagte Gabi vom Rücksitz.

»Dafür bekommst du mal Millionen...«

»Noch leben beide und sind geradezu bedenklich frisch. Onkel Theo kann hundert Jahre alt werden, und Tante Frida konserviert sich selbst mit ihrer eigenen Galle!«

»Schluß! Kein Wort mehr darüber!« Wolters zog die Schultern hoch. Onkel Theo und Tante Frida als Garanten eines sorglosen Lebensabends waren für ihn außerhalb aller Kritik. Müheloser konnte man keine Millionen verdienen, als diese Verwandtschaft von Zeit zu Zeit zu ertragen. Und das konnte man kategorisch von jedem Familienmitglied verlangen.

»Geld kassieren und die Schnauze aufreißen!« knurrte Hermann Wolters. »Das ist typisch für die heutige Jugend! Nie ein Opfer bringen, aber immer die Hand aufhalten! Es bleibt dabei – kein Wort mehr über Onkel und Tante, sonst werde ich ungemütlich.«

Die Familie respektierte das. Genau betrachtet konnte man Hermann Wolters auch keinen Vorwurf machen. Als Studienrat hatte er eine berechenbare Zukunft mit einer ebenso berechenbaren Pension, die zu keinem Jubelschrei Anlaß gab. Onkel Theo und Tante Frida aber garantierten seinen Kindern ein Leben, von dem Millionen Menschen nur träumen können. Darum war Wolters wie eine Glucke, die geduldig goldene Eier ausbrütete, ohne die Jahre zu zählen, die dazu nötig waren. Einmal würde jedenfalls der große Augenblick kommen...

Nur unbelehrbare Moralisten können behaupten, man versuche Gott, wenn man auf das Ableben eines Erbonkels oder einer Erbtante wartet. Sie vergessen, daß wir alle sterblich sind. Warum soll man sich darauf nicht beizeiten vorbereiten?

Am Strand sagte Dorothea leichthin: »Ich gehe zum Friseur! Ich sehe ja furchtbar aus. Fast acht Tage laufe ich mit diesen Haaren herum.«

Und Walter verabschiedete sich mit dem Satz: »Ich hol' die Fotos ab und bringe dann Eis mit.«

Wolters nickte nur. Ihm ging der Brief von Onkel Theo nicht aus dem Sinn. Auch er war nicht von diesem Besuch begeistert, zumal sich dadurch echte Platzprobleme ergaben. Man konnte natürlich Eva und Gabi in einem Zimmer unterbringen, damit das andere für Tante Frida frei war. Aber wohin mit Onkel Theo?

Walter würde sich vermutlich kategorisch weigern, Manfred zu sich zu nehmen, das hatte Dorothea vorhin schon angedeutet (wohlweislich im Hinblick auf Ingeborgs gelegentliche nächtliche Anwesenheit). Davon ahnte Wolters zwar nichts, aber trotzdem erkannte er das Problem. Man konnte Onkel Theo doch nicht unten im Wohnraum auf der Couch schlafen lassen! Von einer millionenteuren Jugendstilvilla auf eine harte, schon ein bißchen abgewetzte Couch – das war nicht zumutbar. Auch nicht in einem Ferienhaus in Diano Marina. In einem Hotel aber wollte Onkel Theo nicht wohnen. Er schrieb ganz eindeutig: »*Ich freue mich auf euch in eurem Ferienhaus. Ich kenne die Gegend, sie ist zauberhaft...*«

Wir werden Onkel Theo unser Schlafzimmer geben müssen, dachte Wolters. Ich schlafe wieder unten auf der Couch und Dorothea bei Manfred. Das ist die beste Lösung. Außerdem ist meine Frau bei Manfred sicher. Ich habe schon erlebt, daß Onkel Theo über Dorotheas Hintern streichelte, und das war kein Versehen oder eine unbewußte Handbewegung. Überhaupt – Onkel Theo! Wenn er behaupten würde, er sei seiner Frau, der Tante Luise, auch nur einen einzigen Monat treu gewesen, wäre das eine faustdicke Lüge! Aber auch dafür hatte Onkel Theo eine Erklärung: In der Kollektion der von ihm vertretenen pharmazeutischen Produkte hatte sich auch ein potenzsteigerndes Aufbaupräparat befunden. Er war also ein Opfer seines Berufes.

Zufrieden, daß er die Schlafprobleme einigermaßen gelöst hatte, streckte sich Wolters auf seinem Liegestuhl aus und gab sich ganz der Erholung hin. Er lag im Schatten des Sonnenschirms in der neunten Reihe, hatte sich die Zeitung zurechtgekniffen und beobachtete eine dicke Frau mit ausufernden Formen, die zwei Reihen vor ihm ihre Lagerstatt ordnete und einen Bikini trug.

Das ist schon kein Mut mehr, das ist eine Zumutung, dachte Hermann Wolters schockiert. Ein Glück, daß sie nicht neben uns liegt.

Dann schlief er ein, überwältigt von der Meeresluft und dem Genuß, einmal nichts tun zu müssen. Das war für ihn Erholung.

Drei Stunden sind eine winzige Zeitspanne, wenn man sie in andere Zeitabläufe einfügt, etwa in die Lebenserwartung eines Menschen oder die Dauer des 20. Jahrhunderts. Sie sind aber eine ganze Menge, wenn man die Zeit bei einem Friseur und einer Kosmetikerin verbringt, vor allem, wenn man sieht, was man in diesen drei Stunden alles mit einer Frau anstellen kann.

Dorothea hatte den besten Salon gewählt, den Diano Marina zu bieten hatte. Sie bekam einen modernen Windstoß-Haarschnitt, danach wurde das Haar kupferrot getönt, Finger- und Fußnägel wurden ebenfalls behandelt und lackiert, das Gesicht erblühte unter einer Porentiefen Lymphdrainage, der eine Maske aus Gurkensaft und geheimnisvollen Cremes folgte.

Aber nicht nur das Gesicht verschwand unter Masken — auch der Busen wurde zugekleistert, denn, so erklärte man Dorothea in gebrochenem Deutsch, ein Mann schaue nicht nur in das Gesicht einer Frau, sondern sein Blick glitte in direkter Linie tiefer. Und wo bliebe er hängen, der Blick? Na also ...

Die Visagistin — Hand aufs Herz, sie heißen wirklich so, abgeleitet von »Visage« — war von Dorotheas Grundaussehen begeistert. »Wir machen daraus Schönheitskönigin!« sagte sie.

»Sollen sehen, Signora ... molto bello ...«

Dorothea überließ sich widerspruchslos den Händen, die an ihr arbeiteten. Wenn es zwischendurch möglich war, lernte sie aus einem Sprachführer Italienisch. Sie tat das schon seit Tagen, vor allem in den zurückliegenden verregneten Stunden, und gab Walter recht, der das Buch gekauft und gesagt hatte: »Lern die wichtigsten alltäglichen Vokabeln, Mami, und ein paar markante Sätze. Damit kannst du dir immer helfen. Du bist doch sprachbegabt.«

Das war Dorothea wirklich. Sie merkte es wieder, als sie den italienischen Sprachführer durchstudierte. Worte und Sätze blieben leicht haften, und das ohne die humanistische Ausbildung, auf die Hermann Wolters so stolz war. Sein Latein, das hatte man ja am ersten Tag gesehen, versagte hier kläglich. Er behauptete allerdings, das läge nur am Dialekt der Rivierabewohner.

Nach etwas über drei Stunden war Dorothea soweit, daß man ihr einen großen Spiegel in einem venezianischen Goldrahmen zeigte. Sie blickte kurz hinein, schloß sofort die Augen und sagte zaghaft: »O nein!«

»Bellissimo!« schrie der Cheffriseur begeistert. »Signora sind Königin von Diano Marina.«

»Ich erkenne mich ja nicht wieder ...«

»Neues Mensch, ja! Graziosissimo!«

»Das bin nicht mehr ich!«

»Sag' ich ja ... sag' ich ja! Signora werden zerdrehen alle Köpfe ... rrrrr ... Männer fallen um ... rrummm ...«

Etwas unsicher verließ Dorothea den Salon, um über die Piazza zu der Trattoria zu gehen, wo Walter auf sie wartete. Sie trug jetzt auch das neue Kleid, das bisher in Walters Kofferraum gelegen hatte, hochhackige Schuhe und ein Goldkettchen um den linken Fußknöchel, auf dessen Kauf Walter energisch bestanden hatte.

Man muß es ehrlich eingestehen: Auf Männer wirkte Dorothea jetzt wie ein Blitz. Wer sie ansah, spürte das bis in die Zehenspitzen. Von ihren Kupferhaaren bis zu den schlanken Fesseln war sie geradezu vollkommen. Das Make-up verjüngte sie um zehn Jahre. Ein Mann, der behauptet hätte, dieses Märchen von Frau habe bereits erwachsene Kinder, wäre von anderen Männern niedergeschlagen worden.

Es gelang Dorothea, genau vierzehn Schritte zu tun, da tauchte schon ein Mann an ihrer Seite auf und schoß ein strahlendes Lächeln ab. Er hatte schwarze, mit vielen weißen Fäden durchsetzte Locken, ein markantes, kantiges Gesicht, war natürlich braungebrannt und trug einen hellgelben Seidenanzug mit einem hellroten Hemd, das bis zum Gürtel aufgeknöpft war. Auf seine schwarzbehaarte Brust schien er sehr stolz zu sein..

»Non ci conosciamo già de vista?« fragte er.

Das war ein dämlicher Anfang. Stümperhaft. »Kennen wir uns nicht schon vom Sehen?« hieß das, aber auf Italienisch klang es trotzdem wie Musik.

»No«, antwortete Dorothea kurz und ging weiter. Das Herz klopfte ihr bis zur Kehle.

»Soasi è Lei la signora Bender?«

»No.«

»Il Suo nome, per favore?«

»Wolters.«

»Da dove viene?«

»Bamberg.«

»Oh! Bamberg! Grande cattedrale ...«

»Si ...«

»È qui gita da molto?«

»Sette giorni ...« Dorothea warf den Kopf zurück. Sie hatte das Gefühl, daß alle Leute auf der Straße und der Piazza zu ihnen hinüberstarrten. »Mi lasci in pace!«

Aber der begeisterte Kavalier dachte gar nicht daran, sie in Ruhe zu lassen. Er blieb an ihrer Seite und redete weiter auf sie ein. Es war eine ungeheure Suada, und Dorothea überfiel allmählich Angst.

Es war unzweifelhaft, daß der schöne Mann sich nicht mit Worten abwimmeln ließ. Er wollte sie abholen, er lud sie zu einer Flasche Wein ein ... Er legte ein südländisches Tempo an den Tag, dem Dorothea nicht gewachsen war. Walter mußte eingreifen. Wer weiß, was der standhafte Verehrer sonst noch alles an gemeinsamen Zerstreuungen vorschlug!

Der Weg über die Piazza kam Dorothea endlos vor. Aber der feurige Kavalier blieb unbeirrt an ihrer Seite.

»Vogliamo ballare?« fragte er.

Nein, Dorothea wollte nicht tanzen.

»Vogliamo fare una piccola con la mia macchina?«

Auf keinen Fall! In seinem Auto wollte sie schon gar nicht spazierenfahren. Sicherlich besaß er einen dieser italienischen Luxusschlitten, bei denen junge Mädchen die Augen verdrehen. Aber sie war kein junges Mädchen mehr.

»Posso invitarla ad un ricevimento?«

Das war's! Der Anfang. Die Einladung zu einer Party. Schummriges Licht, breite Couches, Asti Spumante, Gitarrenmusik ... Das Laster schritt an ihrer Seite!

Walter, wo bist du? Hilf mir doch!

»Questo vestito Le stà proprio bene«, sagte der schöne Teufel unbeirrt.

Man muß es den italienischen Männern neidvoll zugestehen: Hat eine Frau bei ihnen wie ein Blitz eingeschlagen, dann verbrennen sie auch bis zur letzten Haarspitze. Ihr Stehvermögen ist enorm, ebenso ihre Phantasie. Wenn gar nichts mehr hilft, lobt man eben das Kleid. Das kommt immer an. Welche Frau hielte es auch aus, ein häßliches Kleid zu tragen!

»Dove abita?« fragte der Kavalier als nächstes.

Dorothea schwieg. Als ob sie ihre Adresse angäbe!

»Posso accompagnarLa a casa con la mia macchina?«
»No!«

Endlich war die Piazza überquert, endlich konnte sie die Trattoria betreten. Dorothea stürzte fast in das Lokal und war gar nicht mehr erstaunt, daß ihr Begleiter ihr ohne Zögern folgte.

Walter saß am Fenster, grinste ihr entgegen und zwinkerte ihr zu. »Du siehst zum Anbeten aus...« sagte er. »Himmel nochmal, wie hübsch du bist, Mami! Richtig zum Verlieben...«

»Laß den Blödsinn, Walter. Der Kerl hinter mir läßt mir keine Ruhe.«

»Sein gutes Recht. So wie du über die Piazza gehoppelt bist... einfach Klasse! Die Sonne auf dem roten Haar, das neue Kleid, deine Beine und auch sonst... Da würde jeder Filmregisseur in Zuckungen verfallen.«

»Du hast alles gesehen?«
»Von Anfang an.«
»Der Kerl hat mir Anträge gemacht.«
»Ich lobe seinen Geschmack, Mami. Da ist er schon. Den schüttelst du nicht mehr ab.«

»Du mußt mir helfen, Walter!« sagte Dorothea flehend. »Bitte, Junge! Das geht doch nicht! Da gibt es eine Grenze...«

Der Kavalier kam an den Tisch, sah Walter kurz an und wies dann auf den freien Stuhl. »Scusi, posso sedermi vicino a Lei?«

»No!« Dorothea holte tief Luft. Jetzt muß es sein, dachte sie, trotz der neuen Jugend aus Make-up-Töpfchen und Gurkenmaske. Sie zeigte auf Walter. »Mio figlio...«

Den Schwarzgelockten, mit den weißen Strähnen, schien das in keiner Weise zu beeindrucken. Er verbeugte sich knapp vor Walter und sagte: »Piacere! Mi chiamo Enrico Tornazzi.«

»Du mußt zugeben, Mami, er ist höflich, hat Stil und sieht blendend aus. Bei deinem Anblick reagiert er genauso wie ein gesunder Mann einfach reagieren muß. Ich sehe keinen Anlaß, ihm den freien Stuhl zu verweigern.«

»Walter! Du sollst mich doch schützen!«

»Ich bin ja bei dir, Mami. Keine Angst, keine Panik. Er wird dich schließlich nicht hier im Lokal vernaschen.«

»Ich hören, Sie Deutsche?« sagte Enrico Tornazzi. Walter wurde etwas fahler. Ihm war klar, daß Tornazzi jedes Wort verstanden hatte. »Ich kann deutsch ein wenig. Ich habe auch Kind. Großes Tochter. Hat schon Bambina. Giulia. Ich nonno ... Großvater ...« Er lachte, kokettierte mit seinem blendend weißen Gebiß und sah wirklich umwerfend gut aus. »Trinken wir zusammen vino. Sie sein ein wunderbare Frau.«

»Und so früh Witwe geworden ...« sagte Walter.

Dorothea zuckte heftig zusammen. Sie wollte protestieren, aber Walter trat ihr unter dem Tisch auf den Fuß.

»Ich auch«, sagte Tornazzi mit glänzenden Augen. »Maria tott seit vier Jahren. Sie nix Mann, Signora, ich nix Frau ... Möchte Schicksal küssen, weil ich gesehen Sie ...«

Es wurde ein sehr schöner Vormittag. Man trank zwei Flaschen Rotwein und wurde sehr fröhlich.

Enrico Tornazzi besaß in Modena eine große Keramikfabrik, stellte Wand- und Bodenfliesen her und exportierte sie in alle Welt. Natürlich auch nach Deutschland. Dort saß sein bester Kunde.

Zerknirscht und unglücklich allerdings wurde Tornazzi, als Walter zum Aufbruch mahnte.

»Spero che ci rivedremo presto!« sagte Tornazzi mit einem Gesicht, als leide er Höllenqualen.

»Bestimmt sehen wir uns wieder!« tröstete ihn Walter.

»Quando ci rivedremo?«

»Vielleicht schon morgen.«

»E stato molto bello. Tante grazie. Le telefono domani ...«

»Bitte nicht anrufen!« sagte Dorothea schnell.

»Warum nicht?« Walter grinste unverschämt. »Unsere

Nummer ist 32 8 58. Wenn sich eine fremde Männerstimme meldet, ist es unser Butler.«

Für Tornazzi schien es selbstverständlich zu sein, daß eine solche Frau auch einen Butler beschäftigte. Er verbeugte sich tief, gab Dorothea einen Handkuß, seufzte laut und begleitete sie zu Walters altem, zerbeultem Citroën.

Auch das nahm er hin. Es war heute »in«, gewaltig tiefzustapeln. Man kann sich einen Rolls-Royce leisten, fährt aber eine Ente. Darin zeigt sich wahrer Reichtum...

»Du bist der gemeinste Sohn, der je geboren wurde!« sagte Dorothea, nachdem sie abgefahren waren und Walter dem traurigen Tornazzi, der richtige Dackelaugen bekommen hatte, nachwinkte. »Du läßt deinen Vater frühzeitig sterben, funktionierst ihn hinterher zum Butler um und benimmst dich wie ein Kuppler! Wie soll das enden? Ich will diesen Tornazzi nie wiedersehen. Nie!«

»Er kann dir gefährlich werden, nicht wahr, Mami?«

»Blödsinn...«

»Oh, ihr Engelchen, jubiliert: Mami kann noch rot werden!«

»Ich werde so lange nicht mehr an den Strand gehen, bis ich wieder vernünftig aussehe.«

»Enrico wird anrufen. Darauf leiste ich jeden Eid.«

»Paps wird ihn abschmettern!«

»Ein Butler schmettert keinen Tornazzi ab, das dürfte sicher sein.«

»Das ist ja alles so gemein, auch Tornazzi gegenüber. Er glaubt deinen ganzen Unsinn und macht sich Hoffnungen...«

»Es liegt an dir, sie zu erfüllen...«

»Bei Gott, ich haue dir eine runter, trotz deines Alters!« sagte Dorothea wütend. »Was hältst du eigentlich von deiner Mutter?«

»Sie ist die schönste Mutter, die es gibt! Wenn du so, wie du jetzt aussiehst, Paps in Bamberg vom Gymnasium abholst, wird er entlassen werden — wegen sittlicher Gefährdung der ihm anvertrauten Jugendlichen. Mami, du bist eine Wucht!«

Es hatte keinen Sinn, mit Walter weiter zu diskutieren. Außerdem beschäftigte Tornazzi seltsamerweise Dorotheas geheimste Gedanken. Sie empfand das — noch seltsamer — als wohltuend und nannte sich im gleichen Atemzug eine unmögliche und verwerfliche Person.

Als Dorothea und Walter gegen zwei Uhr mittags noch nicht wieder am Strand — waren, wurde Hermann Wolters unruhig. Er packte seine Zeitungen zusammen, verließ die neunte Liegestuhlreihe und ging hinunter zum Meer. Eva, Gabi und Manfred spielten Federball, es war Ebbe, der Strand weit und fest.

»Wo bleibt das Eis?« brüllte Manfred sofort. »Walter hat uns Eis versprochen! Ich hab' Hunger, Paps.«

»Ich weiß nicht, wo die beiden sind!« Wolters blickte zur Strandpromenade hinüber. »Das verstehe ich nicht, Eva, wie lange dauert ein Friseurbesuch?«

»Es kommt darauf an, was gemacht wird.«

»Na, das übliche . . .«

»Also Waschen und Föhnen?«

»Ja, ich glaube.«

»Dafür braucht man eine Dreiviertelstunde.«

»Aber jetzt ist meine Frau schon über vier Stunden weg.«

»Vielleicht läßt sie sich die Haare färben?«

»Davon hat sie nichts gesagt. Warum sollte sie auch? Ihre Haare sind doch gut, so wie sie sind.« Wolters wurde immer unruhiger. »Da stimmt was nicht.«

»Walter ist doch dabei.«

»Nicht beim Friseur. Und überhaupt — er wollte nur die Fotos abholen. Das dauert auch keine vier Stunden.«

Gabi hatte die überzeugende Idee. »Und wenn die Bilder noch nicht fertig waren? Da hat Walter eben darauf gewartet — und Mami mit.«

»So kann es sein, natürlich, genauso!« Wolters beruhigte

sich sichtlich. »Diese Erklärung ist logisch. Bravo Gabi. Trotzdem gehe ich jetzt mal zum Ort und sehe nach.«

»Wir gehen alle mit!« rief Manfred gewitzt. »Am Eisstand vorbei.«

»Dann los! Mami wird ganz schön sauer sein, daß sie so lange warten muß.«

Es wurde ein kurzer Weg. Auf der Strecke zum Strandparkplatz kamen ihnen Dorothea und Walter schon entgegen.

Im ersten Augenblick durchfuhr es Wolters: Himmel, was schleppt Walter da für eine Frau an! Das ist ja eine Bombe! Dann breitete sich in ihm eine lähmende Schwäche aus, die zu einer totalen Leere im Gehirn führte und aus der er erst zu sich kam, als hinter ihm Gabi begeistert ausrief:

»Toll! Das ist ja Spitze, Mami! Phänomenal!«

Hermann Wolters' Hals war total zugepreßt, als sie sich gleich darauf gegenüberstanden. Walter grinste.

»Hat etwas länger gedauert, Paps. Kleine Wunder brauchen eben ihre Zeit . . .«

»Dorothea . . .« Wolters' Stimme kam wie aus Nebeln. »Darf man fragen . . .«

»Man soll die Neuzeit nie ignorieren . . . Einer deiner Leitsätze!«

»Das war historisch gemeint.«

»Man kann ihn auch wörtlich nehmen, dann ist er aktueller. Ich habe mich entschlossen, dem Modetrend zu folgen. Bevor du etwas dazu sagst: Ich habe mich daran erinnert, daß ich erst vierzig bin und damit in einem Alter, in dem eine Frau ihrem Höhepunkt entgegenlebt.«

»Bravo!« sagte Walter provozierend. »Bravissimo! Sono appassionato del Mama!«

»Wo ist der nächste Nervenarzt?« fragte Wolters steif. »Dorothea, willst du in dieser Maskerade noch länger herumlaufen?«

»Heute, morgen, übermorgen. Immer von jetzt an, Mukkel!« sagte sie aufsässig. »Ich fühle mich herrlich jung!«

»Mit roten Haaren?«

»Andere tragen Waikikihemden . . .«

»Mit diesem Fähnchen am Leib . . .«

»Es gibt Leute, die in einem Herrentanga herumlaufen und damit kokettieren . . .«

»Ich habe die Dinger weggeworfen!« schrie Wolters.

»Das habe ich bei meinem Fähnchen nicht vor . . .«

»Warum auch . . .« sagte Walter genüßlich. »Das hättet ihr sehen müssen, die ganze Piazza stand kopf. Die Männer hielten ihre Hosen fest . . .«

»Wir fahren sofort nach Hause!« sagte Wolters in einem Ton, der keinen Widerspruch duldete. »Sofort!«

»Und mein Eis?« rief Manfred.

»Ruhe! Es geht um mehr als um Eis! Das verstehst du noch nicht!«

»Paps«, sagte Gabi leise.

»Ruhe!! Zu den Wagen! Auch du, Walter. Mit dir rede ich noch besonders. Ich bin schon vieles gewöhnt, ich habe schon manches ertragen, aber hier stoße ich an Grenzen. Dorothea, woher hast du überhaupt das Geld für solche Ausgleitungen?«

»Von mir!« erklärte Walter schnell. Welch ein Drama, wenn Paps von Mamis heimlicher Kasse erfuhr!

»Von dir? Bafög oder Rubel aus Moskau?«

»Du weißt doch, daß ich in Bamberg auf der Straße Gitarre gespielt habe. Da kam allerhand zusammen.«

Wolters brach das Thema ab. Der Auftritt seines Sohnes als Straßensänger gehörte zu seinen dunkelsten Erinnerungen. Sogar sein Oberstudiendirektor hatte zu ihm gesagt: »Lieber Kollege Wolters, was sich Ihr Walter da wieder leistet — nein, nein!« Und hatte erschüttert den Kopf geschüttelt.

Im Ferienhaus brach Manfred in Jubel aus — die drei Hähne waren wieder da. Sie saßen auf dem Tisch der Terrasse und hatten ihn vollgeschissen. Wolters stürmte ins Haus, warf sich in einen Sessel und wartete auf Dorothea zwecks Aussprache. Die übrigen Familienmitglieder verzogen sich auf ihre Zimmer, nur Walter blieb in der Nähe, auf der Terrasse bei offener Terrassentür. Er hielt sein Versprechen, seine Mutter zu schützen. Auch gegen seinen Vater.

»Ich erwarte eine Erklärung«, sagte Wolters steif, als Dorothea ins Zimmer kam.

»Was soll ich da erklären?«

»Du siehst wie eine Nutte aus!«

»Verkehrst du so viel bei Nutten, um diese Vergleiche anstellen zu können?«

Walter draußen rieb sich die Hände. Mami brauchte keine Hilfe, Mami war Klasse! Sie nahm sich den Alten zur Brust. Endlich — nach zwanzig Jahren Dienstmagd-Dasein!

»Das war eine dumme Bemerkung!« sagte Wolters erregt.

»Was kannst du von Nutten anderes erwarten? Es sei denn, du siehst mich als Hetäre. Das waren kluge Geschöpfe, beschlagen in Philosophie und schöngeistigem Wissen. Ich nenne nur Lais, Rhodopis und die berühmte Aspasia. Die Weltliteratur kennt die Hetärengespräche und ...«

»Mach mich nicht wahnsinnig!« schrie Wolters. Sein Herz jagte. »Du willst also in diesem Aufzug bleiben?«

»Ja.«

»Den Kindern zur Schande?«

»Die Kinder sind begeistert.«

»Und ich bin nichts? Eine Null?«

»Du kannst dir wieder deinen Tanga anziehen«, erwiderte sie kühl. »Und deinen goldenen Anker vor die Brust hängen! Ich habe nichts dagegen.«

Sie setzte sich, schlug die schönen, schlanken Beine übereinander und wippte mit den Fußspitzen. Wolters sah erst jetzt das Goldkettchen um ihre rechte Fessel und spürte, wie sein Herzschlag aussetzte. Nach diesem Anblick war es ihm unmöglich, noch gesetzte Worte zu finden.

Er sprang auf, lief in den Garten und wunderte sich, daß er diese Szene überlebt hatte.

Am Abend klingelte das Telefon.

Natürlich hob Hermann Wolters ab und meldete sich. Eine kultiviert klingende Stimme war zu hören.

»Pronto, chi parla?«

»Wer ist da?« bellte Wolters.

»Pronto, sono l' Enrico Tornazzi. Posso parlare con la signora Dorothea...«

»Sie Lümmel!« schrie Wolters. »Was wollen Sie?«

»Aha. Sie sein der Butler«, sagte die angenehme Stimme. »Weiß schon. Holen an Telefon zauberhafte Hausfrau — presto, presto...«

Zum ersten Mal in seinem Leben hätte Wolters jetzt einen Mord begehen können.

12

Im Zimmer war es seltsam still, als Wolters die Hand über die Sprechmuschel legte und sich umwandte.

Walter knabberte an einer Salzstange, Gabi las verzweifelt in einem Modeheft, Eva blätterte in einem Buch, und Manfred bastelte an einem Modellflugzeug, das er morgen am Strand starten wollte.

Nur Dorothea tat nichts. Sie saß mit übereinandergeschlagenen Beinen im Sessel, wippte mit dem Fuß, an dem sie das Goldkettchen trug, und rauchte eine Zigarette.

Wolters mußte schon weit zurückdenken, um sich überhaupt zu erinnern, wann seine Frau das letztemal geraucht hatte. Soviel er wußte, hatte sie vor Manfreds Geburt mit dem Rauchen aufgehört und seitdem keine Zigarette mehr angerührt. Zehn Jahre lang also — und nun plötzlich saß sie da wie eines dieser Luxusweibchen vom Film und ließ sich von dem süßlichen Rauch einer Orientzigarette umspielen. Ein sittlicher Verfall, für den Wolters bis zu dieser Stunde keine Erklärung wußte.

Jetzt allerdings ahnte er den Anstoß von Dorotheas Verwandlung.

»Für dich!« sagte er heiser. »Ein gewisser Cockazzi...«

»Tornazzi. Enrico. Oh, es ist Enrico!« Dorothea erhob sich schnell und schnippte gekonnt ihre Zigarette in den Aschenbecher. »Der Liebe...«

»Wer ist Tornazzi?« fragte Wolters und wunderte sich, daß er noch Worte fand.

»Ein Fabrikant aus Modena. Keramik. Vielleicht haben wir im Badezimmer sogar Kacheln von ihm an der Wand.« Dorothea schwebte heran, mit einem ekelhaften Lächeln, wie Wolters fand. »Er ruft wirklich an!«

»Woher kennst du ihn?«

»Wir haben heute mittag zwei Flachen Chianti classico getrunken. Ein äußerst charmanter Unterhalter und sehr gebildeter Mensch. Fährt einen Maserati, ist Millionär und ein Liebhaber alles Schönen...«

»Wieso haben wir einen Butler?« fauchte Wolters sie an.

»Sagt er das?«

»Ja! Er hält mich für deinen Butler.«

»Wahrscheinlich, weil es für ihn undenkbar ist, daß eine Frau wie ich einen Ehemann besitzt...«

»Bist du total verrückt geworden? Was soll denn das nun wieder heißen!« Wolters schluckte mehrmals. »Ich werde diesem Knaben jetzt sagen...«

»Es ist mein Gespräch, Hermann. Bitte...« Dorothea streckte die Hand nach dem Telefonhörer aus. Wolters merkte sehr wohl den kleinen, aber gravierenden Unterschied zu früher: Sie sagte nicht mehr Muckel, sie sagte Hermann. Ein kühler Hauch der Entfremdung wehte ihn an. Wegen Enrico Tornazzi?

Widerstandslos gab Wolters das Telefon frei. Fast hilfesuchend blickte er den Rest seiner Familie an, aber die vermied alles, wodurch sie in dieses Problem hineingezogen werden konnte. Gabi stand sogar auf und ging hinaus.

Ich bin allein, dachte Wolters voller Bitterkeit. Vollkommen allein. Womit habe ich das verdient? Ich war doch immer ein guter Vater...

Hinter ihm stieß Dorothea ein girrendes Lachen aus — ein geiles Lachen, wie Wolters fand. Dabei bog sie sich in den Hüften und sah hinreißend aus.

»Pronto«, sagte sie. »Sono il Dorothea... Oh, Enrico! Como sta? Tante grazie per la Sua gentilezza...«

Wolters schwankte mehr, als daß er ging, zu Walter und setzte sich neben ihn auf die hölzerne Sessellehne. Der kalte Schweiß brach ihm aus.

»Seit wann spricht Mami italienisch?« flüsterte er.

»Wie kann ich das wissen?« knurrte Walter und lutschte an der zehnten Salzstange. »Frag sie doch selbst.«

»Kennst du diesen Enrico?«

»Ich hab' ihn mit Mami auf der Piazza gesehen. Sie gingen in eine Bar...«

»Bar? Am hellen Vormittag?«

»Hier nennen sich auch Tagesrestaurants mit besonderer Note Bar...«

»Was heißt ›besondere Note‹?«

»Na — verschwiegene Eckchen, ungestörte Nischen, diskrete Bedienung, leise Hintergrundmusik...«

Wolters fragte nicht weiter. Ihm wurde wieder übel, ein sicheres Zeichen, daß die Aufregung ihn auffraß. Am Telefon ließ Dorothea eine Kaskade von perlendem Lachen los, wie er es noch nie bei ihr gehört hatte. Hermann Wolters zuckte wie unter stechenden Schmerzen zusammen und starrte auf seine so völlig verwandelte Frau. Auf einmal glich sie diesen unerreichbaren Geschöpfen, die die Seiten der Gesellschaftsmagazine bevölkern und bei deren Anblick Wolters manchmal darüber nachgegrübelt hatte, was die Männer solcher Frauen verdienen mußten, um diesen Luxus zu bezahlen.

Jetzt wußte er es. Man mußte zum Beispiel Keramik-Millionär sein und einen Maserati fahren.

Mit einem weiteren hellen Lachen, das wie ein Brunftschrei klang — so jedenfalls Wolters' Version beendete Dorothea das Gespräch. Sie schwebte zurück zu ihrem Sessel, warf sich hinein und griff nach einer neuen Zigarette. Ihr Kleid war hochgerutscht und gab den Blick auf ihre langen schlanken Beine frei, die bereits attraktiv gebräunt waren. Eine glatte, makellose Haut hatte sie. Trotz der drei Kinder keinen Hauch von Krampfadern. Die Beine eines jungen Mädchens.

Und so ist sie am ganzen Körper, dachte Wolters mit trockenem Gaumen. Kein Wunder, daß ein so geiler Hirsch wie dieser Enrico Tornazzi mit dem Röhren anfängt!

»Zufrieden?« fragte er, als Dorothea schweigend rauchte.

»Sehr.«

»Darf man als Ehemann höflichst fragen, was da besprochen worden ist?«

»Er will mich morgen abend abholen. Zu einem Konzert. Das Sinfonieorchester Genua spielt in Imperia. Beethoven, Prokofjew und Glinka.«

»Und du hast zugesagt?«

»Aber ja! Soll ich mir das entgehen lassen? Du kannst ja an diesem Abend in einen Rockschuppen gehen. Für Rock sind deine neuen Joggingschuhe gerade das richtige. Man federt gut darin.«

Nun hielt auch Walter die Zeit für gekommen, das Zimmer zu verlassen. Er zwinkerte Eva auffordernd zu, und beide gingen hinaus. Hermann Wolters wischte sich den Schweiß vom Gesicht und rutschte in den freigewordenen Sessel von Walter.

»Du fährst also wirklich morgen nacht mit diesem Enrico nach Imperia?« fragte er. »So völlig ohne Hemmungen?«

»Hermann, das ist ein falscher Ausdruck!«

»Die Kinder sind weg, wir können offen reden.«

»Der Kleine ist noch da.«

»Der versteht das noch nicht. Gott sei Dank hat er noch Achtung vor seiner Mutter.«

»Das versteht er nun wirklich! Ich bitte dich, Hermann...«

»Ich geh ja schon!« Manfred packte sein Modellflugzeug in eine Pappschachtel. »Macht nur weiter Krach ... so was Doofes! Nur weil Mami rote Haare hat ...«

Wolters wartete, bis sich die Tür hinter Manfred geschlossen hatte. »So, nun sind wir allein«, sagte er und spürte wieder, wie sein Magen schmerzte. »Sei ehrlich zu mir, Dorothea: Was ist mit diesem Tornazzi?«

»Ich habe ihn kennengelernt, weiter nichts.«

»Und Wein getrunken ...«

»Ist das ein Verbrechen? Sollte ich Wasser trinken?«

»Wenn ich mit jedem hübschen Mädchen in eine Bar gehen und einen trinken würde ...«

»Das bleibt dir überlassen. Wenn's dir Spaß macht ... mir hat es jedenfalls Spaß gemacht.«

»Das sind ja völlig neue Töne!« sagte Wolters entsetzt. »Das stellt ja alle Moralbegriffe auf den Kopf.«

»Was haben zwei Gläser Wein mit Moral zu tun?«

»Zwei Flaschen! Am hellen Vormittag! Nennst du das normal? Und morgen abend willst du nach Imperia zum Konzert — mit einem wildfremden Mann ...«

»Fremd ist er mir ja nun nicht mehr«, sagte Dorothea satanisch. »Und ob er wild ist, wird sich noch herausstellen ...«

»Ich finde keine Worte mehr!«

»Das ist das beste, was du tun kannst.«

»Mein Gott, was ist denn bloß in dich gefahren?«

»Der Blitz der Erkenntnis, daß ich zwanzig Jahre nachzuholen habe. Noch kann ich das bei meinem Aussehen. Zwanzig Jahre lang, Tag und Nacht, war ich nur für dich da — und was war der Dank? Vorträge über die Pflichten der phönizischen Frauen!«

»Aber waren wir denn nicht glücklich — wir alle? Wir sind doch eine fabelhafte Familie ... eine homogene Einheit! Was fehlt dir denn? Luxuskleider, ein teurer Wagen, Opern und Sinfonien, der Strand von Miami, Brillanten an jedem Finger? Ich bin nur ein kleiner Studienrat, Dorothea, und das wußtest du vorher, als du am Altar ja gesagt hast. Ich kann nicht mehr für dich tun, als ich verdiene — und ich kann nicht mehr verdienen, soviel ich auch tue! Ich bin Beamter!« Hermann Wolters sah seine Frau mit tatsächlich umflorten Blicken an. »Aber wenn du meinst... wenn du glücklich bist in Modena mit Maserati und Villa... Wir werden es mit den Kindern besprechen...«

»Du nimmst das also hin? Du stellst Fakten zusammen, machst einen Strich darunter, addierst alles und sagst: Da muß ich passen. — Du denkst nicht daran, zu kämpfen?«

»Gegen Millionen? Und wenn du nicht willst...?«

»Ich kenne Enrico erst seit ein paar Stunden — und schon disponierst du mit kühlem Kopf...«

»Kühl? Wenn du wüßtest, wie es in mir aussieht...«

»Dann zeig es doch mal, zum Donnerwetter!« Dorothea schlug mit der Hand auf den Tisch. In ihrer Erregung, mit ihren blitzenden Augen wurde ihre Schönheit zu einem echten Erlebnis. »Sei kein Geschichtsbuch mit zwei Beinen — aber spiel auch nicht den lächerlichen Westentaschencasanova mit Tangahöschen! Ach Gott, was rede ich überhaupt! Enrico würde anders handeln...«

»Jeder Mensch hat ein anderes Naturell. Sein spezifisches.« Wolters wischte sich die Augen. »Was soll nun werden, Dorothea? Du fährst morgen mit diesem Enrico zum Konzert nach Imperia?«

»Ja.«

»Dann gibt es nichts mehr zu sagen.« Er stand auf. Sie blickte ihn an und hatte in diesem Moment tiefes Mitleid mit ihm.

»Du kannst dich ja um Eva kümmern.«

Und da schoß Wolters genau falsch zurück. Es war wie ein Eigentor beim Fußball. Er antwortete nämlich: »Das werde ich auch! Wir beide haben uns nichts mehr vorzuwerfen — was auch geschieht!«

»Was soll denn geschehen?« fragte sie, jetzt doch erschrocken. Plötzlich war ihr ganzes Rachegebäude auf schwankenden Fundamenten errichtet. Sie hatte gehofft, Hermann würde wie ein Stier gegen Tornazzi vorgehen. Statt dessen blieb er in der Defensive und spielte mit dem lustvollen Gedanken, mit Eva allein zu bleiben, wenn sie, Dorothea, mit Enrico herumzog. Wenn das wirklich geschah, reichte aller Kitt der Welt nicht aus, diese Ehe wieder zu kitten.

»Was geschehen soll?« wiederholte Wolters Dorotheas Frage. »Warten wir ab, wie die Dinge sich entwickeln.«

»Eva könnte deine Tochter sein.«

»Zwischen Mann und Frau von Altersunterschieden zu reden, wäre eine Verkennung innerer, biologischer Vorgänge. Ein Mann altert eigentlich nie . . .«

»O Himmel? Daraus könnte man einen Werbeslogan machen!«

»Es kommt immer auf die Partnerin an!« fuhr Wolters unbeirrt fort. »Ein Mann verliert nie seine Reizschwelle. Aber so etwa muß man wecken können . . .«

»Mit einem dreiundzwanzigjährigen Busen!«

»Zum Beispiel! Das dafür zuständige Hirnzentrum reagiert sofort.«

»Ich glaube, weitere Worte erübrigen sich!« sagte Dorothea, innerlich sehr unruhig geworden. »Ich gehe ins Bett.«

»Ich werde hier unten schlafen, wie immer!« sagte Wolters steif. »Vielleicht fahre ich heute nacht noch weg . . .«

»Wohin denn?«

»Nach Diano. In eine Bar! Irgendwelche Einwände?«

»Keine. Viel Vergnügen.«

»Das hoffe ich.«

Tatsächlich verließ Wolters eine Stunde später das Haus und stieg in seinen Wagen. Er trug die neuen Jeans, ein weißes Hemd und eine weite Sommerjacke aus Jersey. Und natürlich die Joggingschuhe. Er sah verdammt unternehmungslustig aus.

Dorothea und Walter standen oben am Schlafzimmerfenster und beobachteten Wolters' Abgang. Walter hatte den Arm um die Hüften seiner Mutter gelegt.

»Ich glaube, Junge, der Schuß geht nach hinten los«, flüsterte Dorothea. »Paps macht ernst mit seinem Barbesuch. Er schluckt Enrico, um selbst frei zu sein. Wer hätte das gedacht. Frei für Eva . . .«

»Der Alte hat doch 'ne Meise!« sagte Walter wegwerfend. »Eva und er — da bin ich auch noch da. Daran denkt Eva nicht mal in Alpträumen . . .«

»So übel ist dein Vater nun auch wieder nicht. Er hätte noch Chancen . . . Junge, fahr ihm nach! Tu mir den Gefallen.«

»Auf gar keinen Fall, Mami.«

»Bitte! Er begeht sonst womöglich Dummheiten, die er nicht wieder rückgängig machen kann.«

»Ich kann doch keinen Mann von 46 Jahren an die Leine nehmen!«

»Paps aber doch! Bitte . . .«

»Das ist doch superblöd, Mami!«

»Wenn schon! Tu's mir zuliebe, Junge. Damit ich Ruhe habe.«

»Also gut.« Walter trat vom Fenster zurück. Der Wagen seines Vaters war längst davongefahren. »Ich kümmere mich um ihn. Aber was soll ich mit den Tanten machen, die er sich aufreißt?«

»Dir fällt schon etwas ein, Walter. Bitte, fahr schnell hinterher.«

»Mir wird ewig unbegreiflich bleiben, wieso gerade Paps deine große Liebe ist«, sagte Walter muffig.

»Das stimmt. Es ist ebenso unbegreiflich wie die Tatsache, daß Ingeborg dich liebt.«

Das war ein Thema, dem man ausweichen mußte! Walter verließ schnell das Schlafzimmer und rannte zu seinem alten Citroën.

Aber Hermann Wolters war nur ein Stück die Straße nach Diano Marina hinuntergefahren. Dann bog er ab und zokkelte einen schmalen Feldweg entlang, der plötzlich zu Ende war. Wolters blieb stehen, stieg aus dem Wagen und setzte sich in die offene Tür.

Hier bleiben wir, dachte er. Sehen auf das Meer, auf die

Stadt, in den Himmel, zu den Sternen und lassen die Stunden verstreichen. Soll Dorothea doch denken, ich tanzte jetzt in einer Bar — es wird heilsam für sie sein. Oder auch nicht ... dann hat sowieso alles keinen Sinn mehr. Dann war das Ferienhaus an der Riviera die Endstation unserer Ehe. An der Nordsee wäre das nicht passiert. Eigentlich ein Hohn des Schicksals: Man will tausend Mark sparen und verliert dafür Frau und Kinder.

Er blickte in den hellen Sternenhimmel, aber er hatte nicht mehr die innere Ruhe, die Sternbilder auseinanderzuhalten. Denn außer Enrico Tornazzi war ja da auch noch Eva Aurich, die ihm im Kopf herumging. Wenn man es genau nimmt, wenn man korrekt sein will, wie es sich für einen Studienrat Hermann Wolters gehört, hatte er seine Frau in Gedanken bereits massiv mit Eva betrogen. Das war eine Schuld, die er nun mit sich herumtrug.

Aber Gedanken sind immer noch etwas anderes, Harmloseres als das Faktum:,Ich fahre morgen mit Enrico nach Imperia zum Sinfoniekonzert!, Das ist eine Tat. Gedanken sind nur theoretische Überlegungen. Ein Jonglieren mit Wunschvorstellungen. Wenn man Gedanken bestrafte, gäbe es nur noch Schwerverbrecher!

Hermann Wolters hätte später nicht zu sagen gewußt, wann und wie es geschah — aber im Laufe dieser Nacht am Feldrain und allein mit Himmel und Meer, wuchs in ihm eine unbändige Energie, die ihm befahl, sich Enrico Tornazzi entgegenzustellen. Dort ein Millionenvermögen — hier zwanzig Jahre glückliche Ehe. Was wog denn mehr?

Die Stunden schlichen endlos dahin. Wolters wanderte auf dem Felweg hin und her, rauchte vier Pfeifen, beobachtete, wie der Morgen dämmerte und Meer und Landschaft veränderte, und dachte doch immer nur an Dorothea. Und in diesen langen Stunden gewann er die Klarheit, daß es bei einer Entscheidung zwischen Dorothea und Eva nur eines gab: das ungetrübte Glück der vergangenen zwanzig Jahre zu erhalten oder wiederzuerlangen.

Um vier Uhr morgens entschloß sich Hermann Wolters, wieder heimzufahren. Es war eine gute Zeit, wenn man einen ausgiebigen Barbesuch vortäuschen wollte. Vor allem war es glaubhaft, daß ein Mann wie er, wenn er erst einmal in Schwung gekommen war, es bis vier Uhr morgens bei einem schönen Mädchen aushielt.

Walter war unterdessen natürlich längst aus Diano Marina zurückgekommen und hatte seine Mutter in Panik versetzt.

»Nichts«, sagte er. »Keine Spur von Paps. Ich habe alle Bars und Tanzschuppen abgeklappert. Überall Fehlanzeige.«

»Aber das ist doch nicht möglich!« stammelte Dorothea. »Du hast nicht richtig gesucht.«

»Mir wäre eine Maus aufgefallen. Paps ist verschwunden.«

»Vielleicht ist ihm auf der Fahrt etwas passiert! Er war so aufgeregt, und wenn er aufgeregt ist, fährt er wie ein Blinder...«

»Auch unmöglich! Er lag nicht im Straßengraben.«

»Er kann den Hang hinuntergestürzt sein.«

»Auch nicht! Denn dann müßte er ja irgendwo unten angekommen sein.«

Dorothea fühlte, wie ein Zittern sie durchlief. »Wenn... wenn er sich etwas angetan hat... Diese Enttäuschung für ihn, die ganze Familie gegen ihn, das böse Spiel mit Tornazzi... Das war deine Idee, Walter. Wenn Paps nun...«

»Aber Paps doch nicht!« Walter lief unruhig im Zimmer auf und ab. »Es gibt nur eine Erklärung: Er ist nach Imperia oder Alassio gefahren, um dort auf die Pauke zu hauen. Dort kennt ihn keiner. Hier hätten ihn irgendwelche Strandnachbarn sehen können. Gar nicht so dumm von dem Alten, so als Inkognitoplayboy...«

»Ich ahne etwas Fürchterliches«, sagte Dorothea leise. »Wir hätten dieses Spiel nie anfangen dürfen. Nie und nimmer! Wir haben Paps' heile Welt zerstört.«

»Das war vielleicht nötig!« Walter blieb stehen und schlug die Fäuste zusammen. Auf einmal glich er seinem Vater auf verblüffende Weise. »Trösten wir uns mit der Gewißheit, daß Paps in einer Bar eine ziemlich unglückliche Figur macht. Ihm fehlt völlig die Praxis. Er wird an der Theke hocken und sich vollaufen lassen.«

»Und dann Auto fahren! O Gott...«

Walter hob die Schultern. »Wir müssen abwarten. Mehr bleibt uns sowieso nicht übrig.«

Kurz nach vier Uhr hörte man den Wagen kommen. Dorothea sprang auf, Walter rieb sich die Hände.

»Na also«, sagte er, »da ist der große Don Juan! Heil und gesund wieder da! Ich geh' ins Bett, Mami. Was jetzt kommt, ist deine Sache. Du hast ihn jedenfalls wieder!«

Mit kampflustig vorgerecktem Kinn betrat Wolters das Haus. Er blickte an Dorothea vorbei, ging zu einem Sessel, setzte sich und schlug die Beine übereinander. Dann stopfte er seine Krummpfeife.

Er ist nicht betrunken, dachte Dorothea erleichtert. Wenigstens nicht sichtbar. Auch sonst scheint er unbeschädigt zu sein. Der Barbesuch hat offenbar keine ins Auge springenden Folgen hinterlassen. Noch nicht einmal müde sieht er aus, eher durchfroren, als hätte er sich ziemlich lange im Freien aufgehalten.

Wolters zündete die Pfeife an, paffte dicke Rauchwolken und ignorierte seine Frau.

Es gehört zu den höllischsten Foltern auf Erden, eine Frau, die bis zu den Haarspitzen voller Fragen steckt, nicht zu beachten. Diese Qualen sind einfach unbeschreiblich für die Arme. Und die Energien, die da zusammengeballt werden und sich nicht entladen können, entsprechen der Sprengkraft einer hochbrisanten Bombe.

Dorothea war da nicht anders als andere Frauen. Nach einer Weile des Stillschweigens begann sie, sonst wäre sie geplatzt.

»Ist heute wieder um sieben Uhr Wecken!« fragte sie heiser.

Wolters starrte an die Decke. »Warum nicht? Es ist doch

ein normaler Tag. Oder gibt es einen Grund, den Plan zu ändern?«

»Von mir aus nicht.«

Danach herrschte wieder Schweigen. Bloß keine gezielten Fragen! Bloß nicht nachgeben! Auf keinen Fall Schwäche zeigen — auf beiden Seiten nicht!

»Willst du in diesem verräucherten Zimmer schlafen?« erkundigte sich Dorothea nach einer Weile.

Wolters blickte mit großer Geste auf seine Armbanduhr. »Halb fünf. Es lohnt sich nicht mehr, sich hinzulegen. Ich mache durch . . .«

»Aha! Der Marathonmann!«

Wolters überging diese Bemerkung. Nur keine Angriffsfläche bieten! Aber wenigstens einen Gegenschlag müßte man landen können.

»Ihr werdet heute mittag ohne mich auskommen müssen. Ich habe eine Verabredung«, sagte er großartig.

»Das trifft sich gut. Ich auch!«

»Wie schön für dich . . .«

Wieder Schweigen. Dorothea schielte verstohlen zu Hermann hin. Die Neugier fraß an ihr fast wie Säure. Wo ist er gewesen? Mit wem hat er eine Verabredung? Was für ein Typ mag dieses Weibsbild sein? So ein langbeiniger Vamp mit rundem Hintern, der beim Gehen hin und her wackelt. Ein Vampir, der nur das Geld heraussaugen will, denn sicherlich hat Hermann nicht gesagt, daß er ein Studienrat ist. Jagdfreudige Männer können da skrupellos hochstapeln.

Es war nur beruhigend, daß Hermann diese Rolle nicht lange durchhalten konnte. Das Geld würde ihm schnell ausgehen. Und was ist ein Mann in einer Bar mit leeren Taschen?

»Ich leg mich noch etwas hin«, sagte Dorothea. »Ich bin müde.«

»Es hat dich niemand gebeten, aufzubleiben. Ich brauche keine Kontrolle.«

Ekel, dachte sie bitter. Du selbstgefälliger Tyrann! Warum liebe ich dich eigentlich so!

Sie ging hinauf ins Schlafzimmer, schloß sich dort ein und begann plötzlich zu weinen.

»Du Ekel!« sagte sie schluchzend und hielt sich ein Taschentuch vor den Mund, damit Walter im Nebenzimmer ihr Schluchzen nicht hören sollte. »Du Ekel! Du Ekel!«

Der Tag war alles andere als von Ferienstimmung erfüllt.

Man saß am Strand oder lag auf den Liegestühlen, schweigsam, ohne den anderen zu beachten, und direkten Blickkontakt vermeidend. Dreimal versuchte Walter, ein Gespräch mit seinem Vater in Gang zu bringen, aber das blockte Hermann Wolters ab, indem er sagte: »Ich möchte meine Ruhe haben. Das ist ja wohl das Geringste, was ich im Urlaub erwarten kann.«

»Er mauert sich ein!« berichtete Walter dann am Strand. »Es ist nicht herauszubekommen, wo er gestern nacht gesteckt hat. Muß ja ein toller Schuppen gewesen sein. Der Alte füttert einen riesigen Kater.«

Wie man sich doch irren kann, wenn man bereit ist, etwas Erwartetes zu glauben!

Um zwölf Uhr mittags verließ Dorothea den Strand, um ihre »Verabredung« einzuhalten. Sie mußte in die Stadt gehen, obwohl sie gar kein Treffen vereinbart und Tornazzi gestern sogar am Telefon gesagt hatte, daß sie nicht mit ihm nach Imperia zu dem Sinfoniekonzert fahren würde. Aber da Hermann vermutlich darauf wartete, daß sie jetzt wegging, mußte Dorothea ihre Rolle weiterspielen, schon um ihre Glaubwürdigkeit nicht zu verlieren.

Wolters beobachtete ihren Aufbruch mit einem Zähneknirschen, erhob sich auch, zog sich an und ließ ein paar Minuten verstreichen, ehe er sich auf den Weg in die Stadt machte. Walter gab Gabi und Eva einen Wink und zeigte mit dem Daumen zur Straße.

»Der Aufmarsch der Gladiatoren beginnt«, sagte er. »Ich muß Mami helfen. Drückt mir die Daumen . . .«

Die Piazza ist für einen Italiener der Mittelpunkt seines

Lebens. Ein Ort ohne Piazza wäre so undenkbar wie ein Körper ohne Herz. Auf der Piazza treffen Schicksale aufeinander, werden politische Entscheidungen erörtert, geschäftliche Transaktionen vorbereitet und familiäre Sorgen geglättet. Hier wird der Tag mit munteren Gesprächen beendet, und hier lauern die Gockelhähne vom Dienst auf willige Touristinnen.

Wer südliches Leben inhalieren will, sollte sich eine Stunde lang auf eine Piazza setzen. Er wird begreifen, warum ein Südländer überall in der Welt Sehnsucht nach einem solchen Plätzchen hat und in den kalten nordischen Städten als Ersatz eine Bahnhofshalle wählt.

Enrico Tornazzi allerdings hatte es wirklich nicht nötig, auf einer Piazzabank zu sitzen und auf Dinge zu warten, von denen er nicht wußte, wie sie sein sollten. Das ist nämlich die große Kunst der Südländer: Sie warten immer auf etwas und können nie erklären, auf was. Aber dann kommt es, irgend etwas, und sie sagen: ›Das war's!‹

Diese Lebenskunst macht ihnen keiner nach.

Wenn Tornazzi nun doch auf einer Bank im Schatten saß, so nur darum, weil er gezielt auf etwas wartete. Dorotheas Absage für den heutigen Abend hatte ihn nicht verwundert; sie war eine Frau, die behutsam aber unaufhaltsam erobert werden wollte. Als junge Witwe kannte sie das Leben genau, und Tornazzi lobte an ihr das kritische Bewußtsein und die vornehme Abwehr.

Neunundneunzig von hundert alleinstehenden Frauen hätten bei den Worten Maserati und Millionen ihre Moral eingewickelt und verschnürt, um unbeschwert von dieser Last des Lebens angebotene Fülle zu genießen. Daß Dorothea genau das Gegenteil tat – und dann noch bei ihrem himmlischen Aussehen, das betrachtete Tornazzi als ein Geschenk des Schicksals.

Im Gegensatz zu den meisten aktiven Don Juans in Diano Marina stimmte die Geschichte, die er Dorothea und Walter erzählt hatte. Er fuhr tatsächlich einen Maserati, hatte in

Modena noch einen Ferrari stehen, beschäftigte dreihundert Arbeiter in seiner Keramikplattenfabrik, bewohnte eine schloßähnliche Villa, war Witwer und hatte Diano Marina nur deshalb besucht, weil hier ein Geschäftspartner aus England seinen Urlaub verbrachte.

Tornazzi selbst flog in den Ferien nach Mauritius oder auf die Seychellen. Er war auf Bora-Bora bekannt und mit dem Geschäftsführer des größten Hotels auf den Fidschiinseln befreundet. Diano Marina war für ihn Provinz — und gerade hier traf er auf die Frau, die alle Grundsätze seines Witwerdaseins wie ein Tornado wegfegte.

Tornazzi hatte Glück ... Er sah Dorothea zur Piazza kommen, verführerisch jung in einem weiten Strandrock in den Farben ihres Badeanzugs, der das Oberteil ihrer Kleidung bildete. Diese Kombination war im vergangenen Jahr an der Nordsee die teuerste Anschaffung gewesen und immer noch schick und modern.

Tornazzi spürte den Elan vergangener Jahre in sich aufsteigen, sprang von seiner Bank hoch und eilte mit langen Schritten Dorothea entgegen. »Bellissima!« schrie er schon von weitem. »Du kommst zu mir! Ich glücklich! Darf ich küssen Sie ...«

Ehe die entsetzte Dorothea ihn abwehren konnte, hatte er sie umfaßt, an sich gerissen und küßte sie glühend auf die Lippen.

Er war ein kraftvoller Mann, es gab kein Entrinnen, und so geschah es, daß Dorothea nach zwanzig Jahren ihren ersten, heißen, außerehelichen Kuß empfing. Es war ein ungeheuerliches Gefühl!

Hermann Wolters, der gerade die Strandstraße überquert hatte und die Piazza betrat, blieb wie erstarrt stehen. Er war bereit gewesen, Dorothea den kleinen Ausrutscher zu verzeihen, aber diese maßlose Schamlosigkeit, die er jetzt sah, diese innige Umarmung, die geradezu einer öffentlichen Kopulation glich, zerstörte alle Duldungsbereitschaft.

Aber leider auch jede Vernunft!

Was nun folgte, erinnerte an die alten Stummfilme, wo man zur Steigerung der Komik die Szenen zu schnell drehte.

Wolters stürzte vor, riß Tornazzi mitten aus seiner Kußorgie und versetzte ihm einen Stoß. »Sie Flegel!« brüllte er. »Sie Saukerl!«

»Muckel!« stammelte Dorothea. Sie war weiß wie ein Schwan. »Muckel, laß dir doch erklären... sei vernünftig...«

Wie kann man vernünftig sein, wenn die eigene Frau in aller Öffentlichkeit mit einem fremden Mann Intimitäten austauscht? Solche Wünsche sind irreal.

Tornazzi wäre kein Italiener gewesen, wenn er nicht sofort reagiert hätte. Da hatte ihn einer von der geliebten Frau weggerissen, hatte ihm einen Stoß gegeben... Ein Jahrhundert früher hätte das vollauf für ein tödliches Duell genügt. Aber da diese Art der Ehrbereinigung nicht mehr zulässig war, setzte Tornazzi das moderne Mittel ein: Seine Faust schnellte vor und traf Wolters voll auf das linke Auge.

Im Gegensatz zu seinem Sohn Walter, der von einem ähnlichen Schlag eine Minute lang benommen und wie paralysiert gewesen war, steckte Hermann Wolters, sonst der unsportlichste Mensch Bambergs, diesen Treffer weg wie ein Profiboxer. Er stand, nahm Maß und schlug dann voll zurück.

Zu seiner größten Verblüffung verdrehte Tornazzi die Augen, drehte sich halb um die eigene Achse und sank in den Piazzastaub. Einen Schlag genau auf den Punkt, auf die Kinnspitze, übersteht auch ein Weltmeister nicht, geschweige denn ein vornehmer älterer Herr. Es war ein Glückstreffer — aber warum sollte Hermann Wolters nicht einmal in seinem Leben großes Glück haben?

Die Folgen ergaben sich schnell. Die Polizei erschien, hob Tornazzi auf, brüllte Wolters an, beruhigte die weinende Dorothea und nahm alle mit zur Wache.

Dort wurde mit lautstarken Wortkaskaden geklärt, daß es sich um ein ganz normales Eifersuchtsdrama von seiten des

Ehemannes handelte, dem die Kußdemonstration seiner Frau mit einem heimlichen Liebhaber nicht sonderlich gefallen hatte.

In Seebädern ist die Polizei solcherlei Begebenheiten gewöhnt. Sie gehören zum täglichen Brot. Nach Feststellung aller Personalien und dem Hinweis, jeder könne eine Privatanzeige wegen Mißhandlung oder Körperverletzung erstatten, ließ man die Herrschaften wieder laufen.

Walter war zwischenzeitlich zum Strand zurückgerannt, nachdem er aus der Ferne der dramatischen Komödie zugesehen hatte.

»Die Polizei hat Paps verhaftet!« berichtete er und war rein aus dem Häuschen.

»Aber das ist ja schrecklich!« schrie Gabi auf. »Was hat er denn angestellt?«

»Er hat von Tornazzi eins aufs Auge bekommen, erinnerte sich daran, daß er ebenfalls Muskeln und einen Bizeps hat, und schlug Tornazzi auf der Piazza mit einem hervorragenden rechten Haken k. o. Wer hätte das dem Alten zugetraut! Ich bin richtig stolz auf ihn. Endlich lebt er nicht mehr im alten Rom . . .«

Enrico Tornazzi verließ noch an diesem Mittag Diano Marina und kehrte nach Modena zurück. Er schwor sich, nie mehr zu heiraten und sich in Notfällen nur noch mit dem Kauf eines vorübergehenden Vergnügens zufriedenzugeben.

Hermann und Dorothea fuhren ins Ferienhaus zurück. Es war Dorothea unmöglich, sich so verweint und zutiefst erschüttert wieder an den Strand zu legen und Erholung zu heucheln. Außerdem schwoll Wolters' Auge zu, sein Kopf brummte, und sein Nasenbein stach. Tornazzi hatte eine große Faust, aber leider — oder Gott sei Dank — ein gläsernes Kinn.

»Ich habe essigsaure Tonerde und Alkohol hier«, sagte Dorothea, als man im Haus war. »Du mußt das Auge kühlen. Berufsboxer legen sogar rohes Fleisch auf.«

»Das habe ich lieber gebraten auf dem Teller!« Wolters

ließ sich in seinen Stammsessel fallen und streckte die Beine von sich. »Hast du gesehen, wie er umkippte? Ein Schlag genügte...«

»Es war fürchterlich, Muckel!«

»Und solch ein Schwächling wollte meinen Platz bei dir einnehmen? Eine Schande!«

»Niemand wollte deinen Platz einnehmen. Das war alles nur ein Irrtum von dir.«

»Dieser schamlose Kuß auf der Piazza war ein Irrtum? Das willst du mir einreden? Haltet ihr mich denn für total blöd?«

»Es geschah gegen meinen Willen.«

»Aber du hast stillgehalten!«

»Ich war wie gelähmt – und dann warst du schon da!«

»Und nun?« fragte Wolters. Er hielt still, als Dorothea ihm eine Kompresse mit Alkohol aufs Auge legte.

»Was nun?« fragte sie.

»Das will ich von dir wissen. Wie soll es weitergehen?«

»Wir haben noch knapp vier Wochen Ferien vor uns.«

Wolters drückte die Kompresse auf sein Gesicht. »Wird das Auge bis heute abend wieder abschwellen?«

»Ich fürchte nein. Blau und gelb wird es werden.«

»Ich kann ja Walters Augenklappe tragen. Mir kann etwas ins Auge geflogen sein. Ein Sandkorn oder so...«

»Keiner wird darauf achten. Aber warum ist dir das so wichtig?«

Wolters legte den Kopf auf die hohe Sessellehne und hielt seine Alkoholkompresse fest.

»Ich habe zwei Karten«, sagte er leise. »Für das Sinfoniekonzert in Imperia.«

Onkel Theo und Tante Frida trafen an einem Freitag in Diano Marina ein. Es war nicht abzuwenden; ein Telegramm kündigte sie an. Tante Frida erreichte das Ferienhaus mehr tot als lebendig. Onkel Theo hatte darauf bestanden, von Düsseldorf nach Nizza zu fliegen, nachdem Frida in Bad

Pyrmont eingetroffen und Onkel Theos Bekanntenkreis, der aus lauter rüstigen Greisen bestand, als letztes Fossil der Familie vorgeführt worden war. Schon das war arg gewesen, denn die fröhlichen Witwer hatten nicht mit Witzen aus der Schatzkiste knallharter Zoten gespart, die Tante Frida stumm leidend hatte ertragen müssen.

Der Flug war ebenfalls eine unvorstellbare Marter gewesen. Frida hatte zum ersten Mal in einer solchen Maschine gesessen und insgeheim auf den Absturz gewartet. Onkel Theo hatte diese Erwartung noch genährt, indem er gesagt hatte:

»Jetzt sind wir zehntausend Meter hoch. Wenn wir abstürzen, kommen wir unten in Pulverform an.«

Oder er hatte aus dem Fenster geblickt und erschrocken gerufen: »Die Alpen! Mein Gott, was fliegen wir niedrig! Wir rammen gleich einen Berg!«

Eine besondere Glanzleistung war allerdings gewesen, daß er plötzlich hochgefahren war, die Hände an die Ohren gelegt und gestottert hatte: »Da stimmt doch was nicht! Da ist doch ein Motor ausgefallen. Man hört's ganz deutlich! Da! Rrrrrrr! Mein Gott, wir werden in den Felsen notlanden und zerschnellen ... Frida, schnall dich an und zieh die Schuhe aus...« Darauf hatte er leise gebetet.

Wen wundert es jetzt noch, daß Onkel Theo einen Großneffen wie Manfred Wolters hatte!

In Nizza hatte Onkel Theo einen Leihwagen bestellt. Der hatte auch am Flughafen bereitgestanden, ein kleiner Peugeot war's, und mit diesem Auto hatte Onkel Theo eine Küstenfahrt über Monaco, Menton, Ventimiglia, Bordighera, San Remo und Imperia unternommen, die man einem guten Siebziger nie zugetraut hätte. Viermal hatten Polizisten seine Wagennummer notiert, dreimal waren sie nur durch Theos Geistesgegenwart einem Frontalzusammenstoß entgangen.

Niemand konnte demnach Tante Frida das Recht absprechen, völlig entnervt im Ferienhaus anzukommen. Sie wankte ins Wohnzimmer, sank auf die Couch und lallte mit versagender Stimme:

»Nur noch einen Kilometer, und ihr hättet mich begraben können! Theo ist ja ein Irrer!«

Im Gegensatz zu ihr war Onkel Theo putzmunter und sich durchaus dessen bewußt, was einem Lebemann wie ihm zustand. Er küßte Dorothea, küßte Gabi und küßte Eva, ohne viel zu fragen. ›Mit Farnilienanschluß‹ umfaßt eben auch solche Gunstbezeigungen.

Walter wurde von Onkel Theo freundschaftlich in die Rippen geboxt, Manfred bekam einen Kassettenrecorder mit Kopfhörer zum Geschenk, und zu Hermann Wolters sagte er:

»Mein Lieber, der erste Eindruck ist beeindruckend.« Dabei musterte er Eva von oben bis unten und ließ seinen Blick lange auf ihrem Busen haften. Nur gesetzte Herren verfügen über solch einen schamlos ausdauernden Blick. »Du hast eine vorzügliche Wahl getroffen. Hab ich einen Durst! Von Nizza bis hierher hat Tante Frida wahre Lustschreie ausgestoßen. Das greift einen an. Hast du Wein da?«

»Nach dieser Fahrt möchtest du sofort Wein?« fragte Dorothea ungläubig.

»Ja, denkst du denn, ich komme an die Riviera, um Wasser zu saufen?« Onkel Theo blinzelte Eva zu und reckte die Schultern. »Mein schönes, blondes Kind, reiche mir den Met! Wie ruft Siegmund in der ›Walküre‹? ›Ein Quell, ein Quell!‹ — Holde, reiche mir den Becher.«

»Das kann ja heiter werden«, flüsterte Walter Gabi zu, als sie gemeinsam die Koffer ins Haus schleppten. »Heute will er den Becher, morgen die ganze Maid! Man sollte die Alten nie ohne Halsband herumlaufen lassen.«

Die Zimmerverteilung war geklärt worden, nachdem Walter es durchgesetzt hatte, daß er weiterhin allein schlafen durfte. Eine Einquartierung von Manfred hatte er kategorisch abgelehnt. So schlief also Manfred bei den Eltern auf einer Matratze, die man vor den Betten auf die Erde legte. Der Kleine fand das dufte — im Gegensatz zu Hermann

Wolters, der nach Beilegung der Tornazziaffäre eigentlich die eheliche Zweisamkeit bevorzugt hätte.

Tante Frida ließ der erste Eindruck keine Ruhe. Während Gabi in der Küche das Abendessen vorbereitete und Onkel Theo unter Loslassung frecher Sprüche half, die Schafe und Ziegen in den Stall zu treiben, zumal Eva mit Walter Stalldienst hatte, erschien die Tante im Schlafzimmer und sah zu, wie sich Dorothea für den Abend frisch machte.

»Du hast jetzt rote Haare?« fragte sie.

»Ja.«

»Und das willst du so lassen?«

»Warum nicht?«

»Sehr auffällig für eine Mutter von erwachsenen Kindern.«

»Man soll Mütter nie nach ihrer Haarfarbe beurteilen, Tante Frida. Hermann gefällt es – das ist die Hauptsache.«

»Hast du dir diese Eva eigentlich mal genau angesehen, Dorothea? Ihre Augen, ihren Gang, ihre Sprache? Die zielt doch nur auf Hermann ab!«

»Eva studiert Pädagogik. Sie wird Lehrerin – wie du!«

»Trotzdem gefällt sie mir nicht. Überhaupt, die junge Lehrergeneration – man bekommt das kalte Grausen. Diese Eva ist genau der Typ, der kalt auf ein Ziel zusteuert. Vorhin, als Hermann einen Scherz machte, bog sie sich geradezu ordinär nach hinten. Bei der engen Bluse . . . Man konnte alles sehen. Sie hatte nichts darunter an, völlig nackt war sie, nur um die Männer verrückt zu machen. Dorothea, schaff dir diese Person schnell aus dem Haus.«

Sämtliche Erwartungen wurden bereits in den ersten Stunden erfüllt: Eine friedvolle Zeit lag vor der Familie. Das wurde sofort klar, als sich Onkel Theo beim Abendessen neben Eva setzte und sagte: »Ab heute ist das mein Stammplatz. Evas Anblick regt meinen Appetit an.«

Und Tante Frida flüsterte Dorothea zu: »Habe ich es nicht gesagt? Du nährst eine Schlange an deinem Busen. Halt bloß die Augen offen, meine Kleine.«

Noch am späten Abend sang Onkel Theo, der Unverwüstliche, ein italienisches Liebeslied und rief dann hemmungslos: »Und jetzt, Hermann, machen wir ein Faß auf! Laß die Weiber ins Bett gehen — wir nuckeln noch einen. Als Büblein klein an der Mutter Brust...«

Man durfte gar nicht daran denken, daß eine volle Woche mit Onkel Theo und Tante Frida vor einem lag...

Vier Tage lang verlief zum großen Erstaunen der ganzen Familie allerdings alles in geregelten Bahnen, wenn man davon absah, daß sich Onkel Theo manchmal geradezu flegelhaft benahm. Denn erstens war er ein alter Mann, dem man einen bestimmten Grad der Verkindlichung zugestand, zweitens gewöhnt man sich an Boshaftigkeiten, und drittens war der Onkel das herumwandelnde Erbe.

Am Strand spielte er nur mit Eva und Manfred, mietete großzügig ein schnittiges Motorboot mit Schiffsführer, das soviel kostete wie eine Woche Hotelaufenthalt, ließ die ganze Familie die Küste hinauf und hinunter schippern, und für alle war es ein einmaliges Erlebnis, die Riviera vom Meer aus zu besichtigen. Onkel Theo aber freute sich wie ein Kind, als er hinterher sagen konnte:

»Jetzt ist das Mittelmeer nicht mehr fischbar. Alle Fische sind bei Tante Fridas Anblick geplatzt. So was hält ja keine Schwimmblase aus.«

Doch am fünften Tag wurde der von Ideen und Wünschen übersprudelnde Greis aktiv. Er tätschelte Eva die Hüften und hielt ihr einen Vortrag über die Ausdauer altgedienter Männer.

»Sie liegen da völlig falsch, Herr Radler«, sagte Eva ruhig.

»Ich habe mein ganzes Leben lang immer richtig gelegen.« Onkel Theo ließ seine Hand über Evas Oberschenkel gleiten. Er war vorsichtig genug, in bestimmten Grenzen zu bleiben, aber frech war es auch so schon. »Und ich habe immer noch gute Ohren. Neben meinem Zimmer schläft Walter... Ich habe mir die ganze Zeit überlegt, ob ein junger

Mann nachts im Traum im Falsett spricht, leise kichert, quietscht und zu sich selbst sagt: ›Ich könnte dich auffressen!‹«

Ingeborg, dachte Eva erschrocken. Sie war also wieder bei Walter gewesen. Man sollte ihn warnen und ihm raten, dem Mädchen einen Knebel in den Mund zu schieben. Es ließ sich wohl nicht abwenden, daß Onkel Theo jede Nacht im Bett saß und sein Ohr an die Wand des Nebenzimmers legte. So etwas mußte einen so fröhlichen alten Herrn ja aufheizen.

»Ich habe nichts gehört«, sagte Eva mit großen, staunenden Augen. »Da waren Geräusche?«

»Und wie! Eva — Walter ist doch ein junger Springer! Aber das wahre Erlebnis liegt in der Ausdauer. Wir sollten mal darüber sprechen — allein . . .«

Eva stand auf und ging davon. Onkel Theo blickte ihr mit glänzenden Augen nach und nahm in Gedanken Maß. Du kleines Luder, dachte er. Mit dem Hintern wackeln und dann die Eiserne spielen! Nicht bei Theo Radler. Der kennt die Weiber von Alaska bis Kap Hoorn.

Er sprang auf, legte einige Runden am Meer im Laufschritt zurück und fühlte sich unbändig stark.

›Mit Familienanschluß‹ ist tatsächlich ein Begriff, dem man verschiedene Deutungen geben kann.

13

Lag es am Gesetz der Serie, oder wirkte sich auch hier eine gewisse Familienzusammengehörigkeit aus? Am nächsten Morgen lief Onkel Theo mit einem blauen Auge herum. Von da an war er still, in sich gekehrt und sehr vorsichtig und behandelte Eva, wie es sich für einen Gentleman gehörte.

Das blaue Auge erklärte er damit, daß er im halbdunklen Stall nach dem Hereintreiben der Viecher gegen einen hervorstehenden Balken gerannt sei, was sogar glaubhaft war.

In Wirklichkeit war es ein bißchen anders gewesen. Onkel Theo hatte an diesem Abend zusammen mit Eva den Stalldienst übernommen, was sich so gestaltete, daß er Eva auf den zierlichen Popo — wie er das nannte — geklopft hatte und bei einer hektischen Bewegung, mit der er ein störrisches Schaf in den Stall treiben wollte, in Berührung mit ihrem Busen gekommen war ganz zufällig natürlich.

Walter hatte diese Szene vom Weingarten aus mit düsteren Blicken beobachtet und sich dann unauffällig entfernt. Singend war Onkel Theo nach einer Weile zum Haus zurückgekehrt. Und da war es passiert. Im Dunkeln, zwischen Stall und Haus war eine Faust auf seinem Auge gelandet, und ehe der fröhliche Greis wahrnehmen konnte, woher der Schlag kam und vor allem von wem, war er umgefallen und hatte zwei Minuten lang unbeweglich auf dem Rücken gelegen.

So hatte Onkel Theo nach über siebzig Jahren erfahren, was ein K. o. ist, und wie man sich fühlt, wenn man daraus erwacht. Eine Erfahrung, die ihm in seinem wildbewegten Leben bisher noch gefehlt hatte.

Tante Frida schüttelte nur den Kopf. Ein Pech hatte die Familie mit ihren Augen! Erst fällt Walter eine dicke Autoschraube auf das rechte Auge, Hermann stößt sich das linke und Onkel Theo ebenfalls ... Wenn man die drei blauäugigen Männer nebeneinander sah, konnte man ihnen eine enorme Familienähnlichkeit nicht absprechen.

»Schade, daß wir in zwei Tagen schon wieder abreisen müssen«, sagte Frida zu Dorothea in der Küche. »Eine Woche ist zu kurz für einen Urlaub an der Riviera. Am liebsten bliebe ich noch ein paar Tage länger. Mir gefällt es hier wunderbar. Im nächsten Jahr werde ich hier meine Ferien verbringen. Oh, wie schön ist doch die Welt! — Übrigens, Dorothea, wann wirfst du endlich diese Eva hinaus?«

»Warum?«

»Sie ist ein Fremdkörper.«

»Sie betreut Manfred, das siehst du doch.«

»Ihr Bikini ist schamlos, ihr Gang aufreizend, ihr Lächeln provozierend. Daß du das nicht siehst! Überhaupt habt ihr euch alle verändert. Du mit deinen roten Haaren und den modernen Kleidern, Hermann mit seinen schrecklich bunten Hemden und den Turnschuhen, Walter — na, über den wollen wir gar nicht erst reden! Und Gabi kommt ganz auf die Linie dieser Eva heraus. Ich verstehe dich nicht! Wo soll das denn noch hinführen?«

»Noch zwei Wochen — und alles ist vorbei, Tante Frida. Im Urlaub darf man ruhig mal verrückt spielen, der Alltag holt uns doch viel zu schnell wieder ein. Ein bißchen ausflippen ist doch schön ...«

»Ausflippen! Das aus deinem Mund! Ich bin entsetzt, Dorothea, du gehst schließlich auf die Einundvierzig.«

»Genau das meine ich: Ich stehe mitten in meiner besten Zeit!«

Am Abend im Schlafzimmer sagte Dorothea zu Hermann Wolters: »Erbschaft oder nicht — mir geht Tante Frida auf die Nerven. Mit Onkel Theo kann man auskommen, wenn man seine zweideutigen Reden und eindeutigen Witze schluckt. Aber Frida ...«

»Nur noch zwei Tage, Hasi, dann ist auch diese Episode vorbei.«

»Und wenn Tante Frida noch länger bleibt und Onkel Theo allein zurückfahren läßt?«

»Um Himmels willen, nein!«

»Sie hat aber so etwas angedeutet.«

»Dann ist unsere Erholung zur Hälfte futsch!«

»Ganz, Muckel! Tante Frida schießt aus allen Rohren auf Eva.«

»Auf Eva?« Wolters setzte sich kerzengerade im Bett auf. »Wieso denn das? Was hat Eva ihr getan?«

»Ihre bloße Anwesenheit genügt. Ihr Aussehen, ihr Gang,

ihre Sprechweise ... Laut Tante Frida soll Eva eine Gefahr für die Familie sein.«

»So ein Blödsinn!« sagte Wolters rauh.

»Eva will – so Tante Frida – Walter und dich verführen ...«

»Mich nicht!« rief Wolters sofort in verdächtiger Eile. Männer mit schlechtem Gewissen sind die schnellsten Dementierer, darin sind sie den Politikern seelenverwandt. Wenn ein Mann heilige Beteuerungen ausstößt, ist immer größte Vorsicht geboten.

»Noch eine Woche Frida halte ich nicht aus, Muckel«, sagte Dorothea. Sie saß wieder nackt vor dem Spiegel und cremte sich für die Nacht ein. Es war das abendliche Ritual seit vielen Jahren, aber ihr Gesicht war auch glatt und ohne Falten. Wolters betrachtete sie wohlgefällig. »Es muß was geschehen.«

»Was denn, Hasi?« fragte Wolters ratlos.

»Schockiere sie. Treib sie aus dem Haus.«

»Ich? Sehe ich vielleicht wie Frankenstein aus?«

»Zieh noch einmal deine Tanga-Badehose an ...«

»Vor Frida? Dann bleibt sie erst recht!«

»Angeber!« Dorothea lächelte ihn im Spiegel an. »Sie ist schon über meine roten Haare entsetzt.«

»Mir gefallen sie jetzt! Du meinst also wirklich ...«

»Es wäre ein Versuch.«

Am nächsten Morgen blieb Onkel Theo dem Strand fern. Sein Auge sah böse aus, er kühlte es ununterbrochen, ruhte sich von seiner Qual auf der Terrasse im Liegestuhl aus und sagte: »Fahrt nur ohne mich ans Meer. Ich kann es ja von hier aus auch sehen. Ich fühle mich nicht gut. So ein Balken ist verdammt hart ...«

»Du hättest ihn nicht gleich halb totschlagen müssen«, sagte Dorothea später zu ihrem Sohn, als sie am Meer mit dem Ball spielte. »So ein alter Mann hat nicht mehr einen so harten Kopf wie du ...«

»Ich war so richtig in Schwung!« Walter zuckte mit den

Schultern. »Wie kann man einen Schlag dosieren? Onkel Theo mußte doch für einen Augenblick weggetreten sein, damit ich mich unerkannt absetzen konnte.«

»Er ahnt wohl, wer es war . . .«

»Aber er weiß es nicht. Darauf kommt es an. Er kann nichts beweisen.«

»Und wenn er dich enterbt?«

»Das ist mir wurst! Er hat Eva belästigt, und dafür bekommt er eins aufs Auge. Jedes Vergnügen hat seinen Preis!«

An diesem Morgen erstarrte Tante Frida wie Lots Weib zur Salzsäule und legte dann ein Handtuch über ihre entsetzten Augen.

Hermann Wolters verließ die Umkleidekabine mit seinem Tanga-Höschen. Ohne jede Moral, geradezu schamlos sprang er vor Tante Frida herum, und als er aus dem Wasser kam, machte er auch noch einen flotten Dauerlauf — man kennt die Wirkung. Damit war der Gipfel der Duldung erreicht. Tante Frida schielte nach den anderen Leuten, wie die wohl auf einen solchen Anblick reagierten, und verging vor Scham.

»Entsetzlich!« sagte sie mit belegter Stimme zu Dorothea, die diesmal in einem knappen Bikini neben ihr lag. »Genauso gut könnte Hermann auch nackt herumlaufen.«

»Am liebsten möchte er das auch . . .«

»Hermann? Mir fehlen die Worte! Was sagst du denn dazu?«

»Ich würde das auch gern tun. Es ist schön, nahtlos braun zu sein.«

»Ihr würdet vor fremden Leuten . . .«

»Ja, warum nicht?«

»Dorothea!! Was ist bloß in euch alle gefahren!«

»Wir freuen uns, daß wir leben! Übrigens hat Hermann eine Idee. Wir ziehen nächste Woche am Strand um, weiter nach Alassio zu. Dort gibt es eine Bucht, wo man nackt baden kann. Walter hat sie entdeckt. Da wollen wir alle hin.«

»Einschließlich Eva?«

»Natürlich. Sie hat doch Familienanschluß . . .«

Für Tante Frida war damit der Kurzurlaub beendet. An eine Verlängerung dachte sie nicht mehr. Wie Onkel Theo, den der Balken im Stall zu sehr verwirrt hatte, war sie froh, morgen wieder abreisen zu können.

Zwar standen ihr noch die Tortur der Autofahrt mit Onkel Theo am Steuer bis Nizza bevor und dann der schreckliche Flug über die Alpen nach Düsseldorf — aber wenn alles gutging und sie auch diese Gefahren überlebte, war sie übermorgen wieder in ihrem geliebten Bückeburg, auf ihrem riesigen alten Hof und konnte sich von dem Ausflug an die Riviera erholen.

Zum Abschluß gab Onkel Theo noch ein Gala-Essen in Diano Marinas feinstem Restaurant. Es hatte den Eindruck, als sei es eine Seeräuber-Party, denn Onkel Theo und Hermann Wolters erschienen mit schwarzen Augenklappen und erregten damit überall berechtigtes Aufsehen. Ein Gast am Nebentisch, ein Kölner, rief sogar mit rheinischer Fröhlichkeit:

»Enä! Wenn isch dat in Kölle verzäll . . . Hier lande noch Pirate!«

Wie immer zeigte sich Onkel Theo großzügig. Von Austern bis Hummer, von der weißen Trüffelsuppe bis zum Pistazieneis mit Sahne, vom Piemontwein über klassischen Chianti bis zum Champagner und Kognak, ließ er alles auftischen und achtete nicht auf den Preis.

»Das mußt du dir merken, mein Junge«, sagte er zu Walter, der neben ihm saß und sich ein wenig schuldbewußt fühlte, »wenn du eine Speise- und Getränkekarte bekommst, halte immer die rechte Spalte zu, weil da die Preise stehen, und bestelle, was dir schmeckt.«

»Das kannst du dir leisten«, antwortete Walter. »Aber wir sind kleine Normalverbraucher.«

»Kommt Zeit, kommt Rat«, lachte Onkel Theo und zwinkerte mit den Augen. »In der Zukunft schläft so manche Überraschung.«

Hermann Wolters atmete auf. Er deutete diesen Satz so, daß Onkel Theo nicht daran dachte, sein Testament zu ändern. Die Millionen würden in die Portemonnaies der Familie Wolters fließen und nicht in eine wohltätige Stiftung, wie es Erbonkel manchmal zum Entsetzen der wartenden Familie fertigbringen.

Aber dann sagte Onkel Theo einen Satz, der alles wieder in Frage stellte: »Du treibst Sport, Walter?«

»Ja, Judo ...«

»Aktiv?«

»Ziemlich.«

»Auch Boxen?«

»Nein ...«

»Das solltest du aber«, sagte Onkel Theo friedlich. »Du scheinst ein großes Talent zu sein.«

Damit war das Thema erledigt. Trotzdem starrte Hermann Wolters seinen Sohn böse an, und Walter schlug die Augen nieder.

O Scheiße, dachte er. Mohammed Ali bekommt für einen Kampf zehn Millionen ... Ich muß sie für einen einzigen Schlag bezahlen! Das teuerste blaue Auge der Welt ...

Am nächsten Morgen brachte die ganze Familie Onkel Theo, Tante Frida und den kleinen geliehenen Peugeot bis hinunter zur Seestraße, und Hermann Wolters und Walter hupten in ihren Wagen so lange einen Abschiedssalut, bis Onkel Theo mit verkehrsgefährdendem Schwung um die nächste Kurve verschwunden war. Da es nicht knallte und kein Blech aufschrie, war alles gutgegangen. Die Verwandtschaft hatte Diano Marina verlassen.

»Jetzt haben wir nur noch vierzehn Tage«, sagte Walter und reckte sich. »Junge, wie die Zeit vergeht! Nun, wo wir so richtig warm geworden sind, geht der Urlaub dem Ende zu.«

»Das ist ja das doofe!« Manfred leckte wieder an einem Eis; er konnte von Eis leben. »Ferien sind viel zu kurz. Aber die Lehrer haben ja keine Ruhe ...«

Auch Hermann Wolters dachte nur ungern an den Wiederbeginn der Arbeit. Das erschreckte ihn. Ein Studienrat hat sich nach seiner Schule zu sehnen, ihm sollte die Klasse fehlen, der typische, mit nichts zu vergleichende Schulmief, der ständige, erbitterte Kampf mit der Dummheit, die mühsame Vermittlung humanistischer Bildung. Statt dessen ertappte er sich bei dem Wunsch, hier am Strand bleiben und faulenzen zu dürfen.

Es war etwas Wahres dran: Die südliche Sonne, das schimmernde Meer, die unbeschwerte Lebensart machen süchtig. Die Geschichte bewies es: Die Goten und die Staufer gingen am italienischen Frohsinn zugrunde. Einem Hermann Wolters durfte so etwas allerdings nicht passieren.

»Genießen wir diese vierzehn Tage«, sagte er. »Aber auf Sparflamme. Unsere Urlaubskasse sieht trübe aus. Entgegen allen Erwartungen haben wir bis jetzt schon mehr ausgegeben als voriges Jahr an der Nordsee.«

Am Abend erlebten sie eine Art wundersamer Speisung. Als sie vom Strand zurückkamen, um zu Hause zu essen, lag auf dem Tisch im Wohnzimmer ein Kuvert. Von Onkel Theo.

»Ihr Lieben alle«, schrieb er mit seiner steilen Sütterlinschrift, die nur noch Hermann Wolters lesen konnte. »*Ihr seid so liebe Menschen, daß es immer eine Freude ist, Euch zu sehen. Bleibt so, wie Ihr seid, das tut meinem alten Herzen gut. Und rechnet nicht mit dem Pfennig, wenn das Leben so schön ist. Ich umarme Euch alle. Euer Onkel Theo.*«

Das war ein schöner Brief. Am schönsten aber war die Beilage: fünf Tausendmarkscheine.

Wolters legte sie nebeneinander auf den Tisch. Noch niemand von der Familie hatte fünf Tausender in einer Reihe gesehen.

»Und du haust ihm ein blaues Auge«, sagte Hermann Wolters atemlos. »Schäm dich, Walter.«

»Im Gegenteil!« Walter legte seine Hand auf die Tausendmarkscheine. »Das Geld gehört mir. Es ist mein erstes Boxer-Honorar.«

Man kann es verstehen — so fröhlich wie an diesem Abend war die Familie Wolters seit langem nicht gewesen.

Vierzehn Tage gleiten wie Sand durch die Hände; es ist, als ob alle Uhren schneller ticken und die Stunden immer kürzer werden. Plötzlich ist das Ende der Ferien da, und man blickt erstaunt und betroffen zurück und fragt sich: Wo ist nur die Zeit geblieben? Fünf Wochen waren das? Sie sind ja gerast...

Die Familie Wolters empfand die fünf vergangenen Wochen als eine Zeit, die im Sauseschritt an ihnen vorbeigelaufen war. Maßgebend daran beteiligt war vor allem Manfred, der während der ganzen Wochen nicht ein einziges Mal für Sensationen oder Aufregungen gesorgt hatte. Sogar Tante Frida war ohne Belastungen davongekommen, und gerade da hatte man mit heillosen Komplikationen gerechnet.

Dorothea faßte die daraus rührende Erkenntnis so zusammen: »Wenn man es genau überlegt, hätten wir uns Eva sparen können. Manni hat sich fabelhaft benommen, er brauchte gar kein Kindermädchen. Der Junge kommt jetzt in ein Alter, wo er endlich vernünftig wird.«

Hermann Wolters sah das ganz anders, natürlich! Er resümierte: »Ich betrachte Manfreds Wandlung als das Ergebnis von Evas Einfluß. Allein Ihre Gegenwart genügte, um aus dem Kleinen einen Gentleman zu machen. So was steckt eben drin.«

»Was?« fragte Dorothea.

»Die Achtung vor der Frau! Ich behaupte: Ohne Evas Anwesenheit hätten wir hier fünf Wochen Chaos gehabt. Entweder hätte ein Liegestuhl gebrannt, oder ein Trampelboot wäre abgesoffen, oder Manfred hätte wieder abgelegte Büstenhalter geklaut — wie an der Nordsee. Evas Vorbild hat auf ihn abgefärbt, deshalb hat sich die Ausgabe gelohnt. Wir hatten herrliche Ferien, nicht wahr?«

»Das stimmt. Aber wir können Eva nicht für immer bei uns aufnehmen, nur weil sie auf Manni einen so guten Einfluß hat. Oder soll der Familienanschluß über die Ferien hinausgehen?«

»Man sollte Eva einmal fragen...«

»Muckel! Da protestiere ich aber. Eva kann immer ein gern gesehener Gast bei uns sein, aber sonst ist unsere Familie groß genug. Oder fehlt dir etwas, wenn sie bald nicht mehr bei uns ist?«

Das war eine Frage, die Wolters nie beantwortet hätte. Er brummte nur: »Blödsinn!« und verschanzte sich hinter seiner Zeitung und den Qualmwolken seiner Pfeife.

Man soll das Ende einer Ferienreise nie vor dem tatsächlichen Ende loben, das heißt, bis zu dem Moment nicht, wo man wieder wohlbehalten in der eigenen Wohnung gelandet ist. Es gibt nämlich Dinge, die es gar nicht geben dürfte, und meistens treffen sie den, der sie am wenigsten gebrauchen kann.

Bei Hermann Wolters war es sein uraltes Auto. Drei Tage vor Ferienschluß versagten die Bremsen, als man wieder einmal nach Diano Marina hinunterfuhr. Voller Geistesgegenwart steuerte Wolters den außer Kontrolle geratenen Wagen gegen eine Böschung und zog die Handbremse. Der Wagen machte einen Sprung nach vorn wie ein Raubtier und bohrte sich frontal in die zum Glück sandig weiche Erhebung.

Wolters schrie noch: »Festhalten! Kopf einziehen!«, stemmte die Beine gegen das Bodenblech und schloß die Augen.

Der Aufprall als solcher war im Grunde genommen harmlos. Es krachte allerdings dramatisch, die linke Hintertür flog aus den Angeln, Scheiben klirrten, die Hupe begann idiotischerweise zu lärmen, aber Hermann Wolters stürzte mit einem Hechtsprung aus dem Wagen und sah erlöst, daß Dorothea und Manfred schon von dem hupenden Trümmerhaufen wegliefen. Hinter ihm bremste Walter mit seinem Citroën, daß die Bremsen kreischten, und sprang aus dem Auto.

»Die Zündung aus!« brüllte er. »Willst du mit der Karre in die Luft fliegen?«

Er lief zu dem Wagen, drehte den Zündschlüssel herum, und nun schwieg auch die Hupe. Hermann Wolters saß drei Meter neben seinem Auto an der Böschung und stierte entgeistert auf den Haufen verbogenen Blechs.

»Die Bremsen ...« stotterte er. »Walter, die Bremsen haben einfach versagt ...«

»Bei diesem Alter hält kein Auto mehr ein Fading aus.«

»Was hält es nicht aus?«

»Bei andauerndem Bremsen lassen die Bremsen nach.«

»Das ist bekannt.«

»Natürlich.«

»Und warum hat mir das Meister Müller nicht gesagt? Dem werde ich was erzählen!« Hermann Wolters kam wieder zu Kräften, der erste Schock war vorbei. »Dieser Müller!« brüllte er. »Läßt mich mit einem Fading losfahren! Der bezahlt mir das Auto! Wozu habe ich eine Werkstatt, die mir den Wagen urlaubsfertig durchsieht — und dann passiert so etwas! Erst klappert alles, dann versagen die Bremsen! Und ich muß mich von diesem Müller auch noch verhöhnen lassen!«

Es half kein Fluchen mehr. Walter begutachtete den Wagen, der sich mit der Schnauze halb in die Böschung gebohrt hatte, und sagte kalt: »Totalschaden. Den kannst du wegwerfen.«

»Ich denke nicht daran!« schrie Wolters. »Er hat noch seinen Wert!«

»Schrottwert! Der Motor ist hin, das Getriebe auch, der Rahmen verbogen, die Achse ... Du wirst noch was zuzahlen müssen, daß sie die Karre überhaupt abschleppen.«

Genauso war es auch. Man alarmierte eine Werkstatt in Diano Marina, die einen Fachmann schickte. Er trug einen weißen Overall mit einer bekannten Automarke auf der Brust, betrachtete sich die Trümmer, ohne etwas zu berühren, um sich nicht zu beschmutzen, und sagte dann weise: »Signore, ganz schlimm. Alles kaputt. Nix Reparatur. Wegwerfen ...«

»Schrottwert«, sagte Wolters mühsam.

»Nix Schrott! Haben kaputte Autos ganze Haufen. Was tun mit kaputte Auto? Zu alt...«

»Sie sind alle gleich, diese Mafiosi von den Autowerkstätten«, sagte Wolters böse. »Erst für teures Geld alles mögliche an Ersatzteilen hineinstecken, dann bei Bruch nichts zahlen. Was nun?«

Das war eine berechtigte Frage. Die Familie trat am Abend auf der Terrasse zusammen und beriet. Es gab zwei Möglichkeiten:

Erstens — von Onkel Theos Geld kaufte man sich sofort einen Gebrauchtwagen.

Hermann Wolters verwarf diesen Vorschlag. Als Deutscher, der nicht italienisch spricht, von einem Italiener in Italien einen gebrauchten Wagen zu kaufen, das war wie ein russisches Roulett: Entweder man überlebte — oder man landete in einem Krankenhausbett, günstigstenfalls.

Also die zweite Möglichkeit: Paps, Mami und Manfred fahren mit dem Zug nach Hause. Walter und Gabi kommen mit dem Citroën nach und transportieren das Familiengepäck. Deshalb kann auf dem Rücksitz auch keiner mehr mitgenommen werden, höchstens Eva. »Weil sie schlank genug ist«, argumentierte Walter, »um zwischen den Koffern zu sitzen.«

Diese Möglichkeit wurde nur teilweise gebilligt. Gabi und Walter im Citroën mit Gepäck — ja. Der Rest der Familie aber mit dem Zug.

»Eva soll bei mir bleiben!« rief Manni, der nun nicht mehr bestechlich war, auch nicht mehr mit hundert Mark.

Walter kniff die Lippen zusammen. Ein Nachkömmling ist eine Strafe der Familie. Eine letzte große Möglichkeit fiel damit flach:

Walter hatte mit der Idee gespielt, auf der Rückfahrt eine Panne zu inszenieren und irgendwo zu übernachten, natürlich nur, wenn Eva mit in seinem Wagen fuhr. Das weitere würden Wein und Gesang tun... Immerhin war Ingeborg außer Sichtweite.

Überhaupt, Ingeborg. Sie war schon seit einer Woche wieder in Deutschland. Nicht, weil es Krach gegeben, sondern weil ihr Vater geschrieben hatte, Mutti wäre krank geworden — eine Herzgeschichte, und es wäre für Mutti sicherlich eine Freude, wenn sie, Ingeborg, nach Hause käme.

»Du fährst natürlich nicht«, hatte Walter gesagt.

»Wie kommst du denn darauf?« hatte Ingeborg gerufen.

»In einer Woche läuft doch die große Demo gegen die neue Autobahnstrecke. Du bist als Kampfspitze fest eingeplant.«

»Und du?«

»Ich gehöre zum ideologischen Stab.«

»Das heißt, du bist hinten und machst große Haufen, während wir vorne die Jacke vollkriegen.«

»Jemand muß doch die geistige Leitung haben! Das war immer so: Es gab den Taktiker, und es gab die Kämpfer. Ohne Generalstab keine Schlacht. Frag doch meinen Vater, das Geschichts-Genie.«

»Dann will ich dir mal was sagen, mein Schatz!« Ingeborg hatte sich vorgebeugt und Walter einen Kuß gegeben. »Ich gehöre ab sofort zur Marketenderei und spiele bei dir die Mutter Courage. Ich beliefere dich mit Liebe, damit du taktisch gut denken kannst. Und morgen fahre ich zu Mutti und versöhne mich mit den Alten. Wenn du nach Bamberg zurückkommst, bin ich auch wieder da. Und dann fahren wir zusammen zu meinen Eltern.«

»Wozu?«

»Damit mein Vater dir dein bißchen Hirn herausnehmen kann.«

»Ach du, meine Mutter wollte dich auch noch sprechen.«

»Das hat sie bereits getan.«

»Lieber Himmel, wann denn?«

»Eines Morgens vor vier Tagen, als ich aus deinem Zimmer kam. Sie wartete unten auf der Terrasse auf mich. Es war eine warme Nacht, wir haben bis um sechs Uhr in der Früh gequatscht.«

»Davon weiß ich ja gar nichts«, stotterte Walter. »Meine Mutter hat mir kein Wort erzählt . . .«

»Das war so ausgemacht. Wir verstehen uns fabelhaft. Und nun bist du dran bei meinen Eltern . . . Mein Gott, was kannst du dämlich aussehen . . .«

Dann war Ibo abgereist, und Walter wußte nicht recht, ob er aufatmen oder trauern sollte. Um seine Mutter schlich er tagelang herum, aber Dorothea sagte nichts. Walter fand das niederträchtig, wie eine Verschwörung gegen ihn, und verdoppelte seine Anstrengungen bei Eva, um zu demonstrieren, daß ihn Ingeborgs Abreise in keiner Weise belastete oder betrübte.

Am letzten Ferientag erschien – nach fünf Wochen zum erstenmal – Ermano Zaparelli, der Immobilienmakler und Vermieter. Er kam in Begleitung eines ehemaligen Boxers, um die Schlüssel abzuholen und das Ferienhaus zu inspizieren, ob es auch so zurückgegeben wurde, wie die Wolters' es übernommen hatten. Durch Erfahrungen mit etlichen Vormietern gewarnt, hatte Zaparelli bereits 100 000 Lire mitgebracht, um sie als Entschädigung anzubieten, falls Hermann Wolters sich durch den grimmig dreinblickenden Boxer nicht einschüchtern ließ und wegen der Schafe und Ziegen, der Wasserleitung und des verwilderten Gartens mit der Polizei drohen sollte.

Zu Zaparellis sprachloser Verblüffung geschah nichts dergleichen. Im Gegenteil: Der Garten war gesäubert und gepflegt, die Schafe und Ziegen zeigten sich in bester Verfassung, das Haus blitzte vor Sauberkeit; alles strahlte eine preußische Ordnung aus, obwohl Bamberg ja zu Bayern gehörte. Die Familie schien rundum zufrieden und erholt zu sein, was Zaparelli als ein Wunder betrachtete, das es wert war, nach Rom gemeldet zu werden.

Die Deutschen! Diese standfesten Erben der Germanen! Ein Italiener hätte beim Anblick von Zaparelli sofort zum Messer gegriffen, aber Hermann Wolters drückte ihm die Hand und bedankte sich sogar für den wunderbaren Urlaub.

Die 100 000 Lire blieben in Zaparellis Tasche. Die Fremden sind selbst schuld, wenn sie beschissen werden, ihre Duldungskraft ist sensationell.

Immerhin erbot sich Zaparelli — zur Beruhigung seines eigenen Gewissens — die Familie mit seinem Wagen kostenlos zur Bahn nach Ventimiglia zu bringen, was Wolters in seiner urdeutschen Naivität ungeheuer großherzig nannte und Zaparelli abermals die Hand schüttelte.

Man darf es wirklich laut sagen: Der Abschied vom Ferienhaus fiel der Familie Wolters schwer. Es war ihnen in diesen fünf Wochen ans Herz gewachsen — der Weingarten, die Terrasse mit dem phantastischen Weitblick über Stadt, Strand und Meer, die Sonnenauf- und Sonnenuntergänge, die drei krähenden Hähne morgens um sechs, die sechs Schafe und vier Ziegen, die nur nachts sprudelnde Wasserleitung und der Waschbottich in der Waschküche, in dem Dorothea viermal Wäsche gekocht hatte.

Manfred heulte laut, umarmte die Schafe und Ziegen, und auch Hermann Wolters war es blümerant zumute; ein Kloß steckte in seinem Hals, als er Zaparelli sagte:

»Im nächsten Jahr kommen wir wieder. Wir alle. Bestimmt! Reservieren Sie uns dieses Paradies schon jetzt — vom 19. Juli bis 24. August.«

Zaparelli verstand die Welt nicht mehr, aber er versprach alles und wurde wieder einmal in seiner Ansicht bestätigt, daß die Nordländer alle einen Stich haben.

Mit gesenkten Köpfen fuhr man ab. Keiner blickte zurück, um den Abschiedsschmerz nicht noch zu vergrößern. Nur einmal zuckten die Köpfe wie auf ein Kommando hoch, als man nämlich an der Böschung vorbeifuhr, die Wolters' Auto zum Schicksal geworden war.

Der zertrümmerte Wagen stand noch da. Die Werkstatt hatte ihn noch nicht abgeschleppt. Dafür hatten sich unbekannte Liebhaber bedient — die Sitze waren ausgebaut worden, die noch intakten Fenster, der Kofferraumdeckel und die Räder waren abmontiert worden,

Hermann Wolters biß die Zähne aufeinander und blickte weg. Für Männer ist solch ein Erlebnis schrecklich, es gleicht Leichenfledderei. Ein alter Hut, ein altes Auto, ein alter Anzug, ein Paar alte Schuhe — daran hängen Herzfasern. Nur junge Frauen will man haben. Darin sind die Männer schizophren ...

»Wir werden uns einen Kombi kaufen«, sagte Wolters, als sie Diano Marina erreicht hatten. Er blickte in den Rückspiegel und sah Walter mit seinem Citroën folgen. Auch der macht es nicht mehr lange, dachte Hermann. Aber zwei neue Wagen — so was kann sich kein Studienrat leisten. Ich werde Onkel Theo unser Mißgeschick schildern und kräftig über Meister Müller schimpfen. Dann wird er mindestens Walters Auto finanzieren.

Mit dem Nachtzug fuhren sie von Ventimiglia zurück nach Deutschland. Es blieb dabei: Eva und Manfred fuhren mit, Gabi und Walter blieben allein zurück mit dem Citroën, den Koffern und gerade soviel Geld, daß sie nach Hause kommen konnten.

Vorher aber ließ sich Hermann Wolters nicht entgehen, was ihn die ganzen fünf Wochen gereizt und worauf er sehnsüchtig gewartet hatte: Sie hielten in Imperia und besichtigten das Spaghetti-Museum.

Beeindruckt verließ er es wieder. Er hatte eine neue, ihm bisher unbekannte kulturelle Seite Italiens entdeckt.

Eine Heimkehr ist immer ein Erlebnis besonderer Art.

Die meisten kommen aus dem Urlaub zurück mit dem faden Gedanken: Ich bin gespannt, was in meiner Abwesenheit alles passiert ist. Wahrscheinlich werde ich noch keine zehn Minuten im Haus sein, und der Ärger geht schon los. Wetten ... ?

So war es auch verständlich, daß Eva sehr unruhig wurde, als der Zug im Bamberger Bahnhof einlief. Sie stand am Fenster, beugte sich hinaus, der Fahrtwind ließ ihre langen, blonden Haare flattern, und plötzlich stieß sie einen hellen

Schrei aus. Sie winkte mit beiden Armen und benahm sich so verrückt, wie man es fünf Wochen lang nicht an ihr erlebt hatte.

Hermann Wolters blickte Dorothea fragend an, aber die zuckte mit den Schultern. Keine Ahnung, hieß das. Eva muß etwas entdeckt haben, was sie so außer Rand und Band bringt. Holen vielleicht ihre Eltern sie ab? Sie hat nichts davon gesagt.

Es waren natürlich nicht die Eltern! Beim Anblick von Vater und Mutter gerät man nicht aus dem Häuschen, man winkt höchstens und freut sich.

Eva dagegen stürzte, kaum daß der Zug zum Halten gekommen war, zur Tür, riß sie auf, sprang auf den Bahnsteig und lief mit ausgebreiteten Armen davon. Ihr entgegen rannte ein junger Mann in hellen Jeans und einem gestreiften Hemd. Er breitete auch die Arme aus, fing Eva auf, drehte sich mit ihr ein paarmal um die eigene Achse und küßte sie dann vor allen Leuten lange und ungeniert. Kenner nennen so etwas einen innigen Kuß.

Erstarrt blickte Herrmann Wolters auf diese ungeheure Überraschung. Sein Hals war plötzlich wie ausgetrocknet, was irgendwelche Kommentare seinerseits verhinderte. Er half Dorothea aus dem Zug und warf einen irritierten Blick auf Manfred, der in die Hände klatschte und ausrief:

»Das ist ja Rolf!«

»Du kennst den Kerl?« fragte Wolters mühsam.

»Nee . . .«

»Aber du nennst ihn doch Rolf . . .«

»Das ist Eva ihrer . . .«

»Und das wußtest du?«

»Sie hat mir mal davon erzählt. Sie wollen heiraten. Er ist'n Doktor oder so . . .«

»Und du hast nie davon gesprochen«, stellte Wolters in strengem Ton fest.

»Warum denn auch?«

»So etwas muß ich doch wissen!«

»Heiraten ist doch doof . . .«

Wolters zuckte es in der Hand, aber er beherrschte sich. Er spürte Dorotheas Blick in seinem Nacken und straffte sich.

Haltung, alter Junge! Größe zeigt sich auch im Hinnehmen einer Niederlage. Als Friedrich der Große bei Hochkirch geschlagen wurde, verhüllte er nicht sein Haupt, sondern baute seine Armee um. Das hier ist keine verlorene Schlacht . . . Es ist nur das Begräbnis eines schönen Traums. Wie gesagt: Haltung!

Mit hocherhobenem Kopf ging Wolters auf Eva und den jungen Mann zu, die ihm Arm in Arm entgegenkamen.

»Darf ich euch Dr. Rolf Hendrik vorstellen?« rief sie strahlend vor Glück. »Er ist Assistenzarzt an der Uni-Klinik von Würzburg. Wir sind verlobt und wollen nächstes Jahr heiraten.«

»Sehr erfreut!« sagte Wolters steif und gab Dr. Hendrik die Hand. »Und meine Gratulation. Sie bekommen eine wunderbare Frau.«

»Das weiß ich.« Dr. Hendrik begrüßte Dorothea mit einem Handkuß und erwies sich als sehr gebildeter Mann. Nur seine zur Schau getragene Glückseligkeit empfand Wolters als unpassend. Man braucht ja nicht so öffentlich zu zeigen, wie man zu einer Dame steht!

»Eva hat sich so wohl bei Ihnen gefühlt«, fuhr Dr. Hendrik fort. »Sie hat mir jede Woche geschrieben und alles berichtet. Ich habe Ihnen zu danken . . .«

Und wieder gab es einen Abschied. Natürlich stieg Eva in Dr. Hendriks Wagen und fuhr mit ihm nach Hause. Manfred begann wieder zu heulen und rief immer wieder: »Wann kommst du zu uns, Eva? Wann kommst du wieder? Bring doch Onkel Rolf mit . . .«

Der Junge ist schrecklich, dachte Wolters. Was soll ich mit Dr. Hendrik in meiner Wohnung? Das wäre nun der Gipfel: Eva Hand in Hand mit Rolf vor meinen Augen. Jede Leidensfähigkeit hat ihre Grenze. An meiner bin ich nun angelangt.

»Ich komme sobald wie möglich, um meine Koffer abzuholen«, sagte Eva. »Ich rufe euch vorher an. Ich . . . ich werde euch alle sehr vermissen.« Sie küßte Manni, sie umarmte Dorothea und gab ihr einen Kuß, dann zögerte sie, warf die langen Haare zurück und umarmte auch Wolters. Ihr Kuß, mehr töchterlich als sinnlich, durchrann ihn heiß, und er war froh, als alles vorbei war. In seinen Schläfen pochte es.

Mit einem Taxi fuhren sie dann nach Hause, und Manfred heulte so lange, bis Wolters voller Groll, Grobheit und Wehmut schrie: »Hör endlich auf mit der Flennerei! Noch einen Ton, und ich klebe dir eine!«

Es ist schlimm, jemanden heulen zu sehen, wenn einem selbst das Herz bleischwer in der Brust liegt.

Am Abend war es dann wie immer.

Dorothea saß vor ihrem großen Frisierspiegel, cremte sich ein, hatte die Haare mit einem Band zurückgebunden, und ihre Nacktheit war so selbstverständlich wie Hermann Wolters' Brustkratzen, bevor er sich ins Bett legte und aus dem Stapel Bücher auf seinem Nachttisch die Einschlaflektüre auswählte.

Dorothea blickte zu ihm hinüber und sah, wie er gedankenverloren vor sich hinstarrte.

Da mußt du durch, mein Lieber, dachte sie mit einem Funken Mitleid. Das mußt du nun schlucken, Muckel! Es hat dich tief getroffen, was? Der reife Mann muß abseits stehen und erleben, wie ihn seine Jahre aus dem Rennen werfen. Das ist schwer zu verdauen . . . Ich glaub' es dir, Muckel. Aber das mußt du überwinden; es gibt keinen Weg mehr zurück zur Jugend. Das ist nun mal das Gesetz des Lebens: Der Mensch geht seinen Weg und macht Platz für die Nachkommenden.

»Muckel . . .« sagte Dorothea langsam. So viel Zärtlichkeit schwang in ihrer Stimme, daß Wolters zu ihr hinschaute, als höre er sie zum ersten Mal und sähe sie auch zum ersten Mal in ihrer nackten Schönheit. »Kopf hoch! Jetzt sind wir wieder allein . . . Sieh dich doch einmal genau an, Hermann:

ein bißchen gelichtetes Haar, ein kleines Doppelkinn, eine flache Brust, ein Bauchansatz, etwas zum X neigende Beine... Und *sie* ist dreiundzwanzig! Auch du warst einmal so jung, als wir uns kennenlernten. Vor einem Kino war's, ich durfte gerade hinein, weil ich achtzehn war... Und damals, Muckel, sahst du anders aus; in meinen Augen warst du der tollste Mann, der mir je begegnet war... Wie Dr. Hendrik für Eva. Und so wie damals habe ich dich noch in meinem Herzen. Für mich hast du dich nicht verändert...«

Er schwieg, legte sich zurück, wartete, bis Dorothea neben ihm lag, und verzichtete darauf, seine Cromwell-Biographie weiterzulesen. Er wartete, bis Dorothea das Licht löschte, dehnte sich wohlig, kroch an ihre Seite, fühlte ihren festen, warmen Körper und legte den Kopf in Dorotheas Handfläche.

»Weck mich morgen um sieben, Hasi«, sagte er glücklich. »Ich habe gesehen — der Rasen muß dringend gemäht werden.«

Dann schlief er ein, sehr schnell und zufrieden.

Ein Ehemann wie Millionen andere...

KONSALIK zählt zu den erfolgreichsten deutschen Autoren der Gegenwart. Seine Romane, inzwischen mehr als 140, sind alle Bestseller. Eine Gesamtauflage von über 75 Millionen, Übersetzungen in viele Sprachen und mehr als 850 Auslandsausgaben unterstreichen die Weltgeltung des Autors.

Im BASTEI-LÜBBE-Programm erschienen:

10033
2 Stunden Mittagspause

10034
Transsibirien-Expreß

10042
Liebe in St. Petersburg

10048
Die Straße ohne Ende

10054
Ich bin verliebt in deine Stimme/Und das Leben geht doch weiter

10055
Der Leibarzt der Zarin

10056
Wir sind nur Menschen

10057
Vor dieser Hochzeit wird gewarnt

10077
Ninotschka, die Herrin der Taiga

10089
Der Träumer/Gesang der Rosen/Sieg des Herzens

10280
Spiel der Herzen

10394
Die Liebesverschwörung

10519
Und dennoch war das Leben schön

10607
Ein Mädchen aus Torusk

10678
Begegnung in Tiflis

10765
Babkin, unser Väterchen

10813
Der Klabautermann

10893
Gold in den Roten Bergen

11032
Liebe am Don

11046
Bluthochzeit in Prag

11066
Heiß wie der Steppenwind

11080
Wer stirbt schon gerne unter Palmen . . .
Band 1: Der Vater

11089
Wer stirbt schon gerne unter Palmen . . .
Band 2: Der Sohn

11107
Natalia, ein Mädchen aus der Taiga

11130
Liebe läßt alle Blumen blühen

11151
Es blieb nur ein rotes Segel

11180
Mit Familienanschluß

11214
Nächte am Nil

11377
Die Bucht der schwarzen Perlen